Elena Bellmar
Mörderisches Mallorca –
Toni Morales und der Lohn der Habgier

ELENA BELLMAR

TONI MORALES UND DER LOHN DER HABGIER

MÖRDERISCHES MALLORCA

Ein Mallorca-Krimi

PENDO

Mehr über unsere Autoren und Bücher:
www.pendo.de

Wenn Ihnen dieser Kriminalroman gefallen hat, schreiben Sie uns unter Nennung des Titels »Mörderisches Mallorca – Toni Morales und der Lohn der Habgier« an *empfehlungen@piper.de*, und wir empfehlen Ihnen gerne vergleichbare Bücher.

Unser Versprechen für mehr Nachhaltigkeit
- Klimaneutrales Produkt
- FSC®-zertifiziertes Papier
- Hergestellt in Europa

FSC www.fsc.org MIX Papier aus verantwortungsvollen Quellen FSC® C083411

ISBN 978-3-86612-479-0

Redaktion: Kerstin von Dobschütz
Satz: Fotosatz Amann, Memmingen
Gesetzt aus der Kepler Std
Druck und Bindung: CPI books GmbH, Leck
Printed in the EU

Mallorca, Frühjahr 1994

Wie jeden Nachmittag, wenn er es einrichten konnte, begab er sich auf den Weg zum geheimen Treffpunkt in der Hotelwäscherei. Sara würde dort auf ihn warten, das tat sie immer.

Langsam wurde es jedoch ungemütlich für ihn. Sara drängte regelmäßig, ihre Verbindung öffentlich zu machen. Doch das war unmöglich. Zu viel stand für ihn auf dem Spiel, um sein angenehmes Leben für eine zwar leidenschaftliche, aber dennoch wenig zukunftsträchtige Liaison zu riskieren. Seine dominante Frau durfte niemals davon erfahren. Sonst wäre er erledigt. Sie würde ihn hochkant vor die Tür setzen. Er wäre nicht nur obdachlos, sondern auch ohne Einkommen. Diese Abhängigkeit nahm er für die von ihr gebotenen Annehmlichkeiten gerne in Kauf. Nur seiner Position als Hotelmanager verdankte er es, sich regelmäßig mit den Zimmermädchen vergnügen zu können. Mit einer Beförderung oder einer kleinen Abfindung hielt jede den Mund. Zudem würden auch sie ihre Stelle verlieren, sollte die Affäre auffliegen. Da kannte seine Frau keine Skrupel. Und das wussten auch die Angestellten.

Er sah Sara schon an der Waschmaschine lehnen. Das enge Kleid ihres Zimmermädchenkostüms legte sich verlockend um die ausladenden Kurven ihres Körpers. Es bedurfte keiner Worte. Er ging auf sie zu, umfasste ihre Hüfte und küsste sie leidenschaftlich. Sie bog sich ihm willig entgegen. Mit raschen Handbewegungen entledigte er sie ihrer Kleidung. Das grobmaschige Muster ihrer schwarzen Spitzenunterwäsche enthüllte genug, um in seinem Gehirn einen Kabelbrand zu entfachen. Diese Frau trieb ihn in den Wahnsinn.

»Cariño«, flüsterte sie. »Lass es uns öffentlich machen. Verlass deine Frau. Wir werden schon zurechtkommen.«

Augenblicklich fiel seine Lust in sich zusammen. »Sara, es bringt doch nichts, wöchentlich darüber zu sprechen. Es geht nicht. Wo sollten wir denn hin?«

»Wir könnten nach Saragossa gehen, wo dich niemand kennt. Dort fangen wir neu an. Nur wir beide.«

Sie war so romantisch und so naiv. Und so leidenschaftlich. Ihre Bewunderung für ihn kannte keine Grenzen. Die heimlichen Blicke, wenn sie sich zufällig irgendwo begegneten, heizten die Flammen noch weiter an. Nur an diesem Tag schien sie wieder mehr zu wollen, als er ihr geben konnte. »Es geht nicht, und du weißt das auch.«

»Sollen wir uns auf ewig hier in der Wäscherei treffen?« Sara schob ihn von sich und setzte sich auf eine der laufenden Waschmaschinen.

Er sah sich um. Holzlatten lagen auf einer Seite. Sie wurden für die Bauarbeiten gebraucht und waren bereits in der Wäscherei aufgestapelt worden.

»Es ist ungemütlich hier.«

»Ich weiß, ab nächster Woche ist dieser Treffpunkt auch nicht mehr sicher. Die Arbeiter werden dann im Turnus schuften, um mit den neuen Zwischenwänden und den Böden fertig zu werden.«

»Du weißt genau, was ich meine!«, wandte Sara ein. Sie war in Streitlaune, das war nicht zu übersehen. Generell hatte er nichts gegen eine Versöhnungsnummer, doch seit die Bauarbeiten vorgenommen wurden, war es hier nicht mehr so sicher wie früher.

»Sei leise«, bat er. »Man könnte dich hören.«

»Dann sollen sie mich doch hören!«, brüllte sie weiter. »Dann ist es wenigstens vorbei.«

»Nicht so laut.« Er ging auf sie zu und versuchte, sie zu umarmen.

Sara ließ es nicht zu. Sie wehrte ihn ab. »Jetzt bekommst du wohl Angst, was?«

»Blödsinn!«, log er. So langsam ergriff ihn die Panik. Aus dem hinteren Gang vernahm er Stimmen. Also würden sie auch ihn hören. Natürlich hatte er die Wäscherei abgeschlossen, aber dennoch würde der Streit bemerkt werden, wenn Sara nicht endlich den Mund hielt.

»Ich will das aber jetzt und hier geklärt haben!« Trotzig verschränkte sie die Arme vor ihrer Brust.

»Wir sind hier nicht allein, falls du das noch nicht bemerkt hast.«

»Sonst bist du auch nicht so zimperlich. Wenn ich komme und schreie, da findest du es passend, aber wenn ich sauer bin, soll ich leise sein.« Sie hüpfte von der Maschine, griff nach ihrem Kleid und funkelte ihn böse an. »Ich ziehe mich jetzt an, und dann brülle ich das ganze Hotel zusammen.«

»Das wirst du nicht tun.«

Sie lachte spöttisch auf und schlüpfte in ihr Kleid. »Und ausgerechnet du willst mich davon abhalten?« Sie lachte weiter. »Du bist ein Waschlappen. Sonst würdest du dich von deiner Frau trennen. Alle werden von unserem Verhältnis erfahren, und dann will ich dich auch nicht mehr!«

»Nichts dergleichen wirst du tun. Sei vernünftig.« Seine Nackenhaare stellten sich auf, sein Puls raste, und er hoffte, Sara hätte ein Einsehen.

»Vernünftig?«, kreischte sie. »Ich war drei Jahre lang

vernünftig. Ich will nicht mehr vernünftig sein.« Mit forschen Schritten ging sie auf ihn zu, schob ihn beiseite und war im Begriff, die Tür aufzuschließen.

Er wusste nicht mehr, wie das Kantholz in seine Hand gelangte. Jedoch schlug er es ihr mit Schwung in die Rippen, als sie Luft holte, um die nächste Salve schreiend von sich zu geben.

Sara sog scharf die Luft ein und klappte zusammen. Aus ungläubigen Augen sah sie ihn an.

Nun schwieg sie.

Die Luft blieb ihr weg.

Bevor sie sich wieder sammeln konnte, holte er erneut aus und ließ das Holz auf ihren Kopf niedersausen.

Das Holz brach. Saras Schädel ebenfalls.

Mallorca, April 2021, Mittwoch

1

Seit drei Wochen ging Toni mit Bruno Martín während der verbleibenden Arbeitszeit die ungeklärten Fälle der letzten Jahre durch. Warum Anabel García gerade ihm die alten Fälle auf den Tisch packte, war ihm klar. Seine ehemalige Geliebte wollte ihm zeigen, wer hier bestimmte. Und er war es nicht. Das hatte sie ihm, als seine neue Vorgesetzte, bereits bewiesen.

Natürlich hatte Anabel ihre Motivation anders deklariert. Offiziell übergab sie ihm die ungelösten Fälle, damit es nicht auffiel, wenn er wegen des ungeklärten Mordes an seinem Halbbruder ermittelte. Doch dazu hätte sie ihm nicht die offenen Fälle der letzten fünfundzwanzig Jahre aus dem Archiv bringen lassen müssen. Dazu hätten die letzten fünf Jahre ausgereicht. Und schon gar nicht wäre dann die Anweisung gewesen, mit dem Aufrollen der ältesten Fälle zu beginnen.

Auch ihre Erklärung konnte Toni nicht akzeptieren. Natürlich ging Bruno Martín bald in Pension, das bedeutete aber nicht, dass er nicht mehr für Gespräche zur Verfügung stand, die alte Fälle betrafen. Toni hatte diesbezüglich mit seinem Mitarbeiter gesprochen. Das hatte Anabel offenbar nicht für nötig befunden.

Zum einen wollte Anabel Toni Steine in den Weg legen.

Und zum anderen wollte sie über seine Arbeitsleistung ihre Aufklärungsquote im Revier erhöhen.

Ein unnötiger Schritt.

Denn die ungeklärten Fälle kamen in regelmäßigen Abständen aus dem Archiv. Neue Ermittlungsmethoden brachten oftmals neue Erkenntnisse. Aber auch Beteiligte, die kurz vor dem Tod standen, plagten oft Reuegefühle, und sie erleichterten bei einer erneuten Befragung ihr Gewissen.

Toni saß auf seiner Terrasse in Santa Ponsa. Die milde Frühlingssonne kitzelte seine Nase. Vielleicht waren es aber auch die Blütenpollen der Aleppokiefern, die der Wind in gelben Wolken von den Ästen wehte.

Generell reagierte Toni auf nichts allergisch, doch dieser Pollenflut, die für etwa drei Wochen die komplette Insel mit einer senffarbenen Pulverschicht überzog, konnte niemand entkommen. Mel hatte den Terrassentisch vor zwei Stunden abgewischt, doch jetzt schimmerte die Glasplatte des Tisches wieder zartgelb. Auch andere Büsche begannen, in einer Explosion der Farben zu blühen.

Tonis Garten war etwas verwildert. Die Äste sprossen in Wildwuchs, ein Nachschnitt war seit Monaten überfällig, und der Rasen glich einer Wiese. Wenn Mel und er mal gleichzeitig freihatten, gingen sie lieber am Strand spazieren oder gemütlich ein Glas Wein trinken, und den chronischen Zeitmangel sah man dem Garten an. Vielleicht sollte er einen Gärtner kommen lassen.

Sein Blick glitt hinüber zum Grundstück seiner Schwiegermutter. Ihr gepflegter Ziergarten hätte auch in die königliche Sommerresidenz von Marivent gepasst, bis auf die drei hüfthohen Marihuanapflanzen, die sie zwischen den Tomaten angepflanzt hatte. Ihr Versuch, die Pflanzen vor ihm zu verbergen, ließ ihn schmunzeln.

Als ob er nicht den Unterschied zwischen einer Tomatenstaude und einer Marihuanapflanze erkennen würde. Solange sie aber keine Plantage anlegte, ignorierte er diesen Umstand. Der Konsum war schließlich nicht verboten.

Toni trank einen Schluck aus seiner dritten Tasse Kaffee und überlegte, welche Ansätze er im Vermisstenfall Sara López finden könnte. Sie galt immer noch als vermisst. Saras Schwester Agata glaubte die offizielle Version nicht. Nach der sei Sara López an einem Freitag vor fünfundzwanzig Jahren, an dem sie das letzte Mal gesehen worden war, in ihre Heimat nach Saragossa aufgebrochen und auf ihrem Weg nach Hause spurlos verschwunden. Agata glaubte, Saras Liebhaber, von dem sie jedoch keinen Namen wusste, stünde hinter dem Verschwinden. Die Ermittlungen im Hotel hatten zu nichts geführt. Saras Sachen waren aus dem Diensttrakt verschwunden, was die offizielle Theorie einer überstürzten Abreise in die Heimat stützte. Sara hatte laut Aussagen ihrer Kollegen öfter davon gesprochen, zurückzugehen. Natürlich konnte das zutreffen. Sara hatte sich außerdem vor dem Zahltag ihren Lohn aushändigen lassen, was die These untermauerte. Auch konnte der mysteriöse Liebhaber nicht ausfindig gemacht werden. Zumindest auf Mallorca hatte niemand Sara vermisst. Selbst der angebliche Liebhaber nicht. Sara López galt als strebsam und zurückhaltend. Sie hatte keine Freundschaften geschlossen. Niemand wusste mehr über sie zu sagen. Und das, obwohl sie über drei Jahre in dem Hotel tätig gewesen war.

Agata zufolge sei Sara aber mit ihrem Leben und ihrer Arbeit auf Mallorca zufrieden gewesen. Wieso hätte sie die Insel verlassen sollen, ohne ihre Familie zu informieren?

Diese beiden Aussagen passten nicht zusammen. Toni suchte in den Ermittlungsprotokollen nach Unstimmigkeiten, und es gab nur eine Aussage, die einen Anhaltspunkt bot. Ein Kellner hatte angegeben, er würde den Geschäftsführer des Hotels als Saras Liebhaber vermuten. Er hätte einige Wochen vor Saras Verschwinden entsprechende Blicke zwischen den beiden beobachtet.

Doch der Hotelchef Iker Ribot bestritt die Vorwürfe. Er sei glücklich verheiratet, habe eine wundervolle Ehefrau, die ihn in allen Belangen unterstützte. Außerdem würde er Sara López kaum kennen. Ob sich ein weiteres Gespräch mit ihm nach all den Jahren lohnte? Diesen Punkt würde er am Montag mit Bruno besprechen. Vielleicht erinnerte der sich noch an die Aussage des Hotelmanagers.

»Wie immer grübelst du über irgendwelchen Akten. Wolltest du dir heute nicht freinehmen?« Mels Stimme riss ihn aus seinen Überlegungen.

»Stimmt. Und ich wollte mit meiner Frau einen Segelausflug machen.« Toni schloss die Akte. »Von mir aus können wir los und feiern. Deine Arbeit hat sich ausgezahlt, und bald wirst du auf Mallorca deinen ersten Prozess führen.«

»Dann hat die Hilfsarbeit ein Ende.« Mel seufzte, nahm Tonis Kaffeetasse und nippte daran. »Ich bin es leid, immer nur die Arbeit zu machen, während die anderen vor Gericht die Lorbeeren einsammeln. Mein Chef, zum Beispiel.«

»Aber er kann das nur, weil du hervorragende Arbeit leistest.« Toni zog Mel zu sich auf den Schoß. »Und jetzt klaust du mir meinen Kaffee.«

»Ich würde sagen, du hast genug davon gehabt.« Mel küsste ihn, und Toni schmeckte den leicht bitteren Kaffeegeschmack. Mel fürchtete, der viele Kaffee würde ihm irgendwann den Magen ruinieren. »Und ja, ich würde sehr gerne mit dir segeln gehen. Du versprichst es mir schon so lange.«

»Ich weiß. Also lass uns aufbrechen. Du hast dir die Belohnung verdient.«

Mel hatte hart für die Prüfungen gearbeitet, um in Spanien als Prozessanwältin zugelassen zu werden. Sie hatte sich einen faulen Tag beim Segeln verdient.

»Noch bin ich nicht zugelassen.«

»Was soll denn passieren? Die Prüfungen auf Spanisch hast du bestanden. In Deutschland bist du eine renommierte Anwältin, also ist die Eintragung nur noch Formsache.« Toni schob seine Frau vom Schoß. »Und jetzt lass uns los, sonst will deine Mutter noch mit. Dabei soll es ein Ausflug sein, bei dem mir ganz andere Dinge einfallen, als mich mit deiner Mutter zu unterhalten.«

Mel lächelte ihn in einer Weise an, die ihm genau diese Dinge durch den Kopf schießen ließen. Sie hatte ihn verstanden. »So, so, bisher hast du nichts davon gesagt, dass wir auch vor Anker gehen. Dann packe ich ein paar Dinge zusammen. In dreißig Minuten Abfahrt?«

»Perfekt!«

Das Klingeln seines Handys wischte Mels Lächeln fort. »Sag nicht, es ist das Revier. Du hast frei!«

»Ich würge es ab, wenn ich kann, versprochen.« Toni nahm das Gespräch an.

»Wir haben einen Leichenfund.« Pedros Stimme erkannte er inzwischen, ohne dass er sich namentlich meldete.

»Wo?« Toni sah, wie Mel den Kopf in den Nacken legte und kapitulierte. Dabei hatte er nur ein einziges Wort gesagt.

»*Hotel Bellaverde* in Santa Ponsa. Die Leiche wurde eingemauert. Muss da also schon eine Weile liegen.«

Es ging nicht anders. Er musste sich den Tatort ansehen. »Ist die Spurensicherung schon vor Ort?«

»Sie ist auf dem Weg. Catarina ebenfalls.«

»Alles klar, danke, Pedro.«

»Ja, danke, Pedro, danke, dass du uns den Tag versaut hast«, murrte Mel.

Toni legte das Handy weg. »Es tut mir leid.«

»Und mir erst.«

Er ging auf seine Frau zu, nahm sie in die Arme und küsste ihr Haar. »Ich mache es wieder gut.«

»Das wirst du auch müssen.« Mel lächelte ihn jedoch dabei an. »Was gibt es?«

»Eine eingemauerte Leiche. Mehr weiß ich auch noch nicht.« Toni zwinkerte ihr zu. »Heute Abend feiern wir aber. Ich reserviere uns einen Tisch bei deinem Lieblingsitaliener.«

»Geh schon, sie warten auf dich«, sagte Mel, löste ihre Arme von ihm, und Toni bedauerte, dass er zu einem Leichenfundort musste, statt sich mit seiner Frau auf dem Segelausflug zu vergnügen.

»Dann werde ich eben auch arbeiten. Ich habe hier einen neuen Fall. Illegale Hausbesetzung. Die Okupas haben in Santa Ponsa die Villa eines Deutschen besetzt. Gutes Zureden hilft natürlich nichts. Die Polizei hat bisher auch keine Handhabe. Die Okupas haben einen gefälschten Mietvertrag vorgelegt.« Mel legte den Kopf schief. »Vielleicht könntest du deinen Kollegen mal in den Hintern treten.«

»Die Kollegen dürfen nichts tun, bis das Gericht den Räumungsbescheid bestätigt.« Toni wusste, wie schnell eine Besetzung hier gehen konnte. Da ging man in den Urlaub, und mit Pech kam man zurück und hatte fremde Menschen im Haus, die man in manchen Fällen so schnell nicht wieder loswurde. Ein altes Gesetz schützte früher die Besetzer, weil das Recht auf würdigen Wohnraum höher gewichtet wurde als das auf Eigentum. Wenn jemand sich zweiundsiebzig Stunden in einer Immobilie aufhielt, durfte er nicht vertrieben werden. Es wurde zwar ein Gesetz verabschiedet, das eine schnellere Räumung durch die Polizei ermöglichte, aber oftmals mussten die genauen Umstände vom Gericht geklärt werden, was durch die Überlastung häufig so lange dauerte, bis die Besetzer alles, was nicht mit dem Haus verbaut war, verkauft hatten. Der Schaden für den Eigentümer war oft immens. »Viel Glück, und wenn ich dir sage, ich würde jemanden engagieren, der sie etwas gröber zum Verlassen der Immobilie auffordert, dann willst du das vermutlich nicht hören, richtig?«

»Richtig. Ich kann meinen Mandanten schlecht zu illegalen Mitteln raten.« Mel küsste ihn auf die Wange. »Und nun geh schon, sonst platzt auch noch unser Abendessen, weil du nicht rechtzeitig nach Hause kommst.«

»Danke, Mel.«

Toni wusste sehr genau, was er seiner Frau durch seinen Job zumutete, deshalb waren sie nach Mallorca gezogen. Hier sollte es ruhiger laufen. Als Einsatzleiter bei Europol war er oft wochenlang weg gewesen. Toni liebte seinen Job, seine Frau liebte er jedoch noch mehr. Und um ihre Ehe zu retten, wollte er einen ruhigeren Posten und hatte um die Versetzung nach Palma gebeten. Deshalb – und weil er den Mord an seinem Halbbruder Lucas aufklären wollte. Aber in erster Linie wollte er mehr Zeit für seine Frau finden. Nirgendwo war die Scheidungsrate höher als bei Polizisten. Er würde zumindest dieses Abendessen nicht verpassen.

Kaum saß er in seinem Dienstwagen, rief er im *Casa di Roma* an und reservierte einen Tisch auf der hinteren Terrasse, die abgeschirmt vom Lärm der Hauptstraße ruhig gelegen war. Selbst im April befanden sich schon viele Touristen auf der Insel. Es füllte sich regelmäßig zu den Osterfeiertagen. Das Lokal lag zwar nicht idyllisch, der Pizzabäcker war aber der beste im Südwesten von Mallorca. Da waren sich Mel und er einig.

An diese Familienkutsche als Dienstwagen würde er sich nie gewöhnen. Toni liebte schnelle Autos und Motorräder, da passte dieser Mégane überhaupt nicht zu ihm und seinen Vorlieben.

Auf dem Weg ins *Hotel Bellaverde* schaltete er das Blaulicht ein, um schnellstmöglich über die Abkürzung am Sandstrand entlang in Richtung Norden zum Fundort zu kommen. Außen herum über die Umgehungsstraße würde es ihn zu viel Zeit kosten.

Toni schaffte es noch vor der Presse oder den Reportern des Lokalfernsehens zum Fundort, die dem *Bellaverde* schon vor der Wiedereröffnung die erste Schlagzeile bescheren würden, sobald sie vom Leichenfund erfuhren. Und es würde bekannt werden. Denn sobald in Santa Ponsa die Polizei ausrückte, bekam das der Lokalsender BI4 als unmittelbarer Nachbar mit. Ohne zu wissen, worum es ging, folgten die Reporter den Einsatzwagen, was oft zu chaotischen Zuständen am Tatort führte.

Die Lage des Hotels war kaum zu schlagen. Es saß mitten auf der Landspitze unterhalb von Costa de la Calma. Der zahlende Gast blickte über den hellen Sandstrand des Ortes hinaus auf das in der Sonne funkelnde Meer sowie auf die edlen Jachten des luxuriösen Club Náutico de Santa Ponsa, die träge im Hafenbecken schaukelten. Das Ambiente wirkte gediegen und entspannt. Eine perfekte Postkartenidylle – wären nicht in diesem Moment die Einsatzwagen hergefahren, um schräg und ungeordnet wie Autoscooter auf einem Rummelplatz zum Stehen zu kommen.

Toni stellte seinen Wagen dazu, stieg aus und machte sich auf die Suche nach seinem Team. Das Fahrzeug von Doktor Jaume Álvarez entdeckte er sofort. Es stand quer vor dem imposanten Hoteleingang.

Am Eingang stand ein Kollege der Policía Local. Toni zückte seine Marke. »Comandante Antonio Morales. Wo ist der Fund?«

»Buenos días, Comandante. Der Fund ist bei der ehemaligen Wäscherei, nach der Rezeption links, die Treppe nach unten. Der Fahrstuhl ist noch abgestellt.«

»Muchas gracias«, bedankte sich Toni und machte sich auf den Weg.

Einige Bauarbeiter lümmelten auf den Treppenstufen herum. Die Spurensicherung hatte sie offensichtlich vom Fundort verjagt, vielleicht waren sie auch freiwillig gegangen. Eine Leiche war nie ein schöner Anblick.

»Guten Morgen.« Catarina Pérez kauerte neben Jaume Álvarez, beide trugen die üblichen weißen Schutzanzüge, um nichts zu kontaminieren.

»Drüben liegt noch einer für dich. Und dann komm rüber. So was habe ich noch nie gesehen.« Catarina steckte ihren Kopf durch das Loch in der Wand.

Toni beeilte sich mit dem Überstreifen des Anzugs. Neugierig beugte er sich über die beiden und steckte den Kopf ebenfalls in die Öffnung der Wand. Überrascht stellte Toni nur einen abgestandenen Geruch fest. Es roch nicht nach Leiche, nur muffig. Jaumes Lampe leuchtete einen Zwischenraum aus. Diese Wand war offensichtlich nur dazu erbaut worden, um die Leiche dahinter verschwinden zu lassen. Blanke Knochen lehnten in einer unnatürlichen Stellung wie an die Wand drapiert. So etwas hatte Toni ebenfalls noch nie gesehen. »Wie lange liegt die Leiche schon an dieser Stelle?«

Jaume zog die Stirn kraus. »Mich wundert viel mehr, dass der Körper nicht mumifiziert ist. Dahinter ist eine Betonwand. Ich muss die Wand langsam abtragen. Das wird dauern. Riechst du etwas?«

Toni verneinte.

»Eben. Es muss eine Luftzufuhr gegeben haben, sonst wären die Knochen nicht blank. Mehr kann ich erst sagen, wenn ich sie auf dem Tisch habe. Aber gemessen am Beckenknochen, müsste es sich um eine weibliche Person handeln.«

»Alter?«

Jaume sah Toni an. »Jetzt übertreibst du aber.«

Catarina lachte. »Bei deinen Fähigkeiten weiß man immer nie, was dir so auffällt.«

»Sie war noch jung, das kann ich sagen.«

Catarina und Toni sahen sich überrascht an.

»Die Zähne. Da ist noch kein Zahnersatz. Aber jetzt verschwindet, und lasst mich meine Arbeit machen.«

Catarina trat zurück, zog sich den Anzug aus und ging auf die Treppe zu. »Und? Hast du so etwas schon mal gesehen? Wer auch immer das Opfer war, freiwillig hineingekrochen wird es nicht sein.«

Toni zog sich ebenfalls den Anzug aus.

»Und ihr Mörder läuft vermutlich immer noch frei herum. Wären die Handwerker nicht gewesen, wäre das weiterhin unbemerkt geblieben.«

»Wer hat die Wand eingeschlagen?« Toni sah sich nach den Bauarbeitern um, die unten vor der Treppe warteten.

»Das war ich«, meldete sich ein untersetzter Glatzkopf zu Wort. »Hier unten soll eine Wellnessoase entstehen, also sollten alle nicht tragenden Wände raus, um den Bereich neu zu gestalten.« Der Mann zeigte auf die nur zum Teil geöffnete Wand. »Es hat mich schon gewundert, warum die Wand dort war. Sie war in den alten Plänen nicht eingezeichnet, aber das bedeutet ja nichts. Als ich mit dem Vorschlaghammer dagegenschlug, ist mir die unmittelbar dahinterliegende Wand aufgefallen. Der Abstand zwischen den Wänden betrug nur etwa fünfzig Zentimeter. Das war schon sehr merkwürdig. Also habe ich den Vorarbeiter geholt, und der hat die Knochen entdeckt.«

Der genannte Mann trat vor. »Dann habe ich bei der

Polizei angerufen. Die Knochen müssen hier weg, damit wir weitermachen können.«

Toni schüttelte den Kopf. »Wenn das die einzige Baustelle ist, die ihr im Hotel habt, dann habt ihr Feierabend. Hier wird heute nicht mehr gebaut. So viel steht fest.«

»Gut, Abmarsch«, befahl der Vorarbeiter. »Ich kläre das weitere Vorgehen mit dem Chef. Seht zu, ob ihr bei der Poolebene helfen könnt.«

Damit verließen sie den Keller. Toni bat den Vorarbeiter um die Kontaktdaten der Arbeiter. Er würde einen Kollegen mit der schriftlichen Aussageabschrift vorbeischicken, um sie unterschreiben zu lassen. Der Fall war kalt. Und die Männer konnten nichts dazu sagen, außer wie sie die Leiche gefunden hatten.

Catarina steckte die Hände in die Hosentaschen. »Hattest du nicht frei?«

»Frag nicht, Mel geht irgendwann ohne mich segeln, wenn das so weitergeht. Und brennt mit dem Kapitän durch.« Toni sah sich im Keller um. Einen alten Zugang zu einem Raum neben der Wand gab es noch. »Ist da offen?«

Catarina bejahte. »Da ist aber nichts mehr. Der Raum ist leer.«

Toni öffnete die Tür. Sie quietschte grauenvoll. Der Raum maß vielleicht vier auf vier Meter. Vermutlich war es ein Stauraum gewesen, den man später nicht mehr benutzt hatte.

»Hier kommen wir nicht weiter.« Toni kratzte sich am Kinn. »Sag mal, weiß jemand, wie das Hotel vor dem Verkauf geheißen hat? Bruno und ich könnten das mit den alten Vermisstenfällen abklären.«

»Das lässt sich mit Sicherheit herausfinden. Vielleicht weiß das der neue Eigentümer sogar. Mit dem sollten wir reden.«

Fünfzehn Minuten später hatten sie den früheren Hotelnamen über den jetzigen Eigentümer erhalten. Es handelte sich um das frühere *Reina del Mar*. Der Name brachte etwas in Toni zum Klingen. Doch er konnte es nicht greifen. Noch nicht.

»Sagt dir der Hotelname etwas?«, wandte er sich an Catarina.

»Nie gehört.« Catarina zeigte nach draußen. »Ab ins Revier, wir haben Arbeit vor uns.«

Toni sah auf die Uhr. Wenn er jetzt noch aufs Revier fuhr, würde er es mit Sicherheit nicht rechtzeitig nach Hause schaffen. Besser, er ließ sich gar nicht darauf ein. »Bisher kannst du nur in den Dateien suchen, ob du zum Hotel etwas findest. Solange wir nicht wissen, wann die Leiche eingemauert worden ist, können wir nur raten. Und dazu brauchst du mich nicht.«

»Du fährst nach Hause?« Catarina sah ihn fassungslos an.

Toni zuckte die Schultern. Die Leiche lag seit vielen Jahren hinter der Mauer, die würde es ihm nicht verübeln, wenn er die Ermittlungen erst einige Stunden später aufnahm. »Ja, und ich werde mein Telefon abschalten.«

»Der Coronel wird toben.« Catarina blieb in der Hotellobby stehen. »Obwohl, im Grunde hast du einen freien Tag.«

»Eben.« Seine Mitarbeiterin lag richtig. »Der Coronel muss es ja nicht erfahren. Ich bin im Außendienst, und fertig. Heute geht einfach nicht.«

Mel sollte an diesem Tag noch die Bestätigung ihrer Eintragung erhalten. Das musste gefeiert werden. Er hatte es ihr versprochen, und Anabel würde das nicht verhindern können.

Catarina lächelte. »De acuerdo, du bist also noch vor Ort, wenn sie fragt.«

»Danke.« Er hob die Hand zum Abschied, ging in die

gleißende Sonne hinaus und stieg in den aufgeheizten Mégane. Es lohnte sich kaum, die Klimaanlage anzuschalten. Mit heruntergelassenen Fenstern fuhr er die paar Straßen durch Santa Ponsa nach Hause.

Als Toni in seine Einfahrt einbiegen wollte, verhinderte nur eine Vollbremsung den Zusammenstoß mit einigen Umzugskartons, die seine Auffahrt blockierten. »Was ist denn hier schon wieder los?«

Fluchend stellte er den Wagen auf der Straße ab. Er musste nicht lange nachsehen, wer für das Chaos verantwortlich war. Seine Schwiegermutter kam mit einem weiteren Karton aus ihrer Doppelhaushälfte, umrundete ihren Seat Ibiza und stellte die Kiste auf eine andere. »Adelheid, kannst du das nicht bei dir drüben machen?«

»Dann würdest du meckern, weil du die Umzugskisten so weit tragen musst.« Mit ihrem bunten Hippiekaftan hätte sie besser auf den Las-Dalias-Markt nach Ibiza gepasst als in seine Auffahrt.

»Was habe ich damit zu tun?«

Sie zeigte auf seinen Dienstwagen. »Dein Auto hat einen riesigen Kofferraum, und wenn man die Rücksitze umklappt, gibt es eine super Fläche, um alles in einer Fuhre wegzubringen.«

»Ich gehe mit Mel feiern.« Bevor er seiner Schwiegermutter helfen sollte, musste er klarstellen, dass das nicht funktionierte. Nicht an diesem Tag. »Oder hast du die Eintragung ins Anwaltsregister vergessen?«

Adelheid strich sich eine Haarsträhne zurück. »Mit dem Feiern wäre ich mir nicht so sicher.« Sie wies mit dem Kopf zu seiner Doppelhaushälfte.

Toni beschlich ein ungutes Gefühl. Er betrat sein Haus und fand Mel über eine Kiste gebeugt im Wohnzimmer vor. »Mel? Was ist hier los?«

»Was hier los ist?« Ihre Stimme klang stinkwütend.

Er sah sich um. Ohne groß nachzudenken, packte Mel Bücher in die Kiste, eine Dekovase folgte. Er war doch nur drei, maximal vier Stunden fort gewesen. »Ja, und sieh mich bitte an.«

Mel hielt in der Bewegung inne und sah auf. »Sie haben mich abgewiesen.«

»Wer?« Die Antwort las er in ihrem Gesicht. Die Anwaltskammer hatte Mels Eintragung zurückgewiesen. »Die Kammer? Dann gehen wir dagegen vor. Weißt du schon, weswegen?«

»Nein, so viel Ehre wurde mir nicht zuteil.« Sie pfefferte die Bücher in den Karton.

»Das kann nur ein Missverständnis sein.« Toni konnte sich keine andere Erklärung vorstellen. Mel besaß in Deutschland einen hervorragenden Ruf, sie hatte die Prüfung in spanischer Sprache mit Bravour bestanden, sie arbeitete in einer renommierten Kanzlei, es gab keinen Grund für eine Ablehnung.

»Weißt du, wie ich nun vor meinem Chef dastehe?« Mels Augen funkelten zornig. »Nur, weil irgendein Trottel glaubt, seine Macht ausüben zu müssen?«

»Mel, hier wird eben manchmal geschlampt, das weißt du doch, nun beruhige dich bitte.« So ungehalten kannte er seine Frau nicht. Sie behielt immer einen kühlen Kopf. Egal, wie die Dinge standen.

»Darum mache ich hier jetzt endlich Ordnung.« Und schon landete Tonis Lieblingsroman in dem Karton. Die großen Ziffern auf dem Cover erkannte er sofort. Es handelte sich um eine signierte Ausgabe von George Orwells *1984*. Der Roman spiegelte in vielerlei Hinsicht das totalitäre Machtgefüge während des Spanischen Bürgerkriegs wider, in dem Tonis Großvater im Krankenhaus George Orwell kennengelernt hatte und sie in Briefkontakt geblieben waren. Die signierte Ausgabe hatte Tonis Großvater gehört. Toni hatte den Roman schon in seiner Jugend mehrmals gelesen, vielleicht hatte er sogar unbewusst seine Berufswahl beeinflusst. Mel hatte er nie davon erzählt. Für sie war es nur ein abgegriffenes Buch.

Er ging zu Mel und nahm sie in den Arm. »Wir werden trotzdem nachher schön essen gehen, einverstanden? Und mein Lieblingsbuch kommt zurück ins Regal.« Er nahm das Buch aus dem Karton.

»Das alte Ding ist dein Lieblingsbuch?« Mel sah ihn überrascht an. »Ich wusste nicht mal, dass dir Lesen wichtig ist.«

Toni lachte und küsste sie. »Du weißt eben noch nicht alles von mir.«

»Sieht so aus.« Mel nahm das Buch zur Hand und öffnete es. »Oh, es ist sogar signiert. Es tut mir leid.«

»Schon gut. Du konntest es ja nicht wissen. Und morgen wirst du, besser gesagt, dein Chef, mehr erfahren. Und dann regelt sich das sehr schnell wieder.«

Mel lehnte sich an ihn. »Deine Zuversicht möchte ich haben.« Wenigstens hörte sie sich wieder ruhiger an.

Nachdem die größte Welle von Mels Wut abgeebbt war, wagte Toni erneut einen Vorstoß. »Und was wird das hier?« Er zeigte auf die herumstehenden Dekosachen und Kartons.

»Das sind Dinge, die wir nicht mehr brauchen.« Mel zog einige Bücher aus dem Karton. »Sonst noch ein Lieblingsbuch darunter?«

Toni sah sich die Titel an. »Nein, die können weg.«

»Beinahe hätte ich etwas weggegeben, das dir wichtig ist. Es tut mir leid. Ich war eben nur so wütend.«

»Und deine Wut lässt du an unserem Hausstand aus?«

»Besser als an dir, oder?« Da war es, das sexy Lächeln, das Toni so an seiner Frau liebte.

»Ja, allerdings. Und wohin darf ich die Sachen an meinem freien Tag, den ich mit meiner Frau verbringen wollte, fahren?« Toni klappte einen Karton zu.

»In die Altersresidenz. Adelheid veranstaltet übermorgen mit ein paar anderen einen Flohmarkt, um die Ausgaben für die Katzenkolonie zu decken. Futter und Tierarztkosten. Und für die Bewohner der Residenz ist es wieder ein spannender Tag, an dem sie gebraucht werden.« Mel gab Toni einen Kuss. »Dein Beitrag ist es, die Sachen hinzufahren.«

Adelheid hatte definitiv zu viel Freizeit. Die beiden Tage, die sie im Altersheim die betagten Herrschaften unterhielt, füllten ihre Freizeit nicht aus. Seit Neuestem kümmerte sie sich um eine Katzenkolonie, was mit Sicherheit nicht von allen Anwohnern gerne gesehen wurde. Adelheids Spanisch war schnell sehr gut geworden. Sie scherte sich nicht viel um die Grammatik, redete einfach los. Ihre offene Art kam hervorragend an, und innerhalb weniger Monate hatte sie sich einen spanischen Freundeskreis aufgebaut. Die neuesten Bekannten kümmerten sich um die wilden Katzen, eine Straße vom Altersheim entfernt. Und Adelheid stürzte sich mit Begeisterung in diese Aufgabe.

Und um die Kastrierungen zu finanzieren, musste nun sein Hausstand herhalten. »Wann muss das Zeug dort sein? Vor unserem Essen?«

Mel sah ihn flehend an. »Vorher gibt meine Mutter sowieso keine Ruhe.«

Das stimmte. Toni murrte, nahm den Karton und trug ihn in die Auffahrt. »Adelheid, du bist noch schuld an meinem Magengeschwür.«

»Blödsinn. Daran bist du schon selbst schuld.« Im Grunde bewunderte er den Freigeist seiner Schwiegermutter, er schlummerte auch in Mel. »Und die restlichen Sachen darf ich dann am Samstagabend wieder abholen?«

»Kluger Junge.« Sie zeigte auf ihre Garageneinfahrt. »Der noch, und wir können los.«

»Die Residenz weiß über die Ladung Bescheid?«

»Natürlich.«

Mel brachte den Rest. »Ich finde es gut, dass die Sachen so wieder irgendwo benutzt werden.«

»Ich soll euch von Emilia schön grüßen. Sie backt morgen Kekse, die wir verkaufen können.« Adelheid lehnte sich an das Garagentor. »Sie macht sich wirklich gut.«

Toni freute sich, das zu hören. Das arme Mädchen hatte genug durchgemacht. Die Familienzusammenführung war Mels erster Fall gewesen, wenn auch inoffiziell. In der Gerichtsverhandlung vor vier Monaten durfte Mel nicht als Anwältin auftreten, obwohl sie sich um die Vorbereitung der Verhandlung gekümmert hatte. Doch das würde sich nun ändern. Sie hatte die Prüfungen bestanden. Und die Eintragung stellte nur noch eine Formsache dar. Davon war er überzeugt.

»Sag ihr ebenfalls schöne Grüße, grüße auch ihre Schwester und ihre Mutter.« Mel ging auf Toni zu, küsste ihn. »Danke, dass du das für meine Mutter tust.«

Toni machte sich an die Arbeit.

2

Elias betrachtete seine Frau, wie sie mit gerunzelter Stirn an ihrem Laptop saß und immer wieder einen Text schrieb, den sie umgehend darauf wieder löschte. Der vorabendliche Streit hing ihm noch nach. Paula war seit Saisonbeginn völlig übernächtigt, und entsprechend schlecht war die Stimmung zu Hause. »Was hältst du davon, für eine Weile zu deiner Mutter zu ziehen?«

»Ich soll mich aus meinem eigenen Haus vertreiben lassen? So weit kommt es noch.« Sie stöhnte unwillig auf. »Wie wäre es denn, wenn du mal etwas unternehmen würdest?«

Nun fühlte sich Elias erneut angegriffen. Mehrfach hatte er die Hausverwaltung und auch den Eigentümer der Wohnung kontaktiert. Selbst die Lokalpolizei hatte er eingeschaltet. Was sollte er denn sonst noch tun?

Im Morgengrauen rückten die Beamten an, was dazu führte, dass die Mieter aus der Nachbarwohnung lautstark auszogen. »Vielleicht haben wir jetzt endlich etwas Ruhe.« Zumindest hoffte er es.

»Nur, weil die jetzt ausgezogen sind? Dann kommen die nächsten Touristen. Und du hast doch den ganzen Tag deine Ruhe«, hackte seine sonst so sanfte Frau auf ihm herum, als ob er die Schuld an den laut feiernden Feriengästen trüge.

Ja, er würde in einer Stunde ins Büro fahren und erst

gegen zwanzig Uhr wiederkommen. In der Zeit erholten sich seine Nerven, zudem schlief er trotz des nächtlichen Lärms, im Gegensatz zu seiner Frau. Sie hatte einen leichten Schlaf. Selbst die Ohropax-Stöpsel halfen ihr nicht gegen den Partylärm, den ihre Nachbarn allabendlich veranstalteten. Bei offenem Fenster zu schlafen war unmöglich. Selbst, wenn die Feriengäste am Abend ausgingen, so kamen sie lärmend in den frühen Morgenstunden nach Hause, setzten sich auf die Terrasse und lachten, als gäbe es keine Nachbarschaft, die es stören könnte. Beschwerden ignorierten sie.

An solchen Tagen überlegte Elias, die Wohnung, in der sie sich im Grunde wohlfühlten, wieder zu verkaufen. Noch lieber wäre es ihm jedoch, dieser Iker Ribot würde sich an die Statuten halten oder selbst verkaufen, an jemanden, der auch morgens zur Arbeit musste. »Ich schreibe noch mal der Hausverwaltung. Die müssen doch was unternehmen.«

Paula schnaubte. »Die machen nichts. Das wissen wir beide. Bei den Nächsten, die sich so aufführen, gehe ich morgens zur Haupttür und stecke einen abgebrochenen Zahnstocher in die Klingel. Mal sehen, wie es den Urlaubern gefällt, wenn sie morgens aus ihrem Partyrausch mal aufgeweckt werden. Wenn sie Krieg wollen, sollen sie Krieg haben.«

»Das bringt dich doch auch nicht weiter. Bis wann musst du abgeben?« Elias wusste um den Zeitdruck seiner Frau. Ihr Verlag hatte ihr schon eine Nachfrist gesetzt, um ihren neuen Roman abzuliefern. Paula war im Verzug. Wie sollte man auch kreativ sein, wenn man nie ausgeschlafen war und Aggressionen hegte, die besser zu einem Krimi als in einen heiteren Liebesroman passten? Mit einem Krimi wäre Paula vermutlich früher fertig geworden. Sie hätte auf dem Papier ihre Nachbarn getötet. Mordgedanken hegte ja sogar er selbst, und Elias bekam nur die Hälfte von dem ganzen Chaos mit.

»In zehn Tagen.« Paula schüttelte den Kopf. »Das schaffe ich nie. Wenn ich die Deadline verpasse, bin ich draußen.«

»Dann geh zu deiner Mutter. Da hast du Ruhe. Ich komme hier schon klar.« Das wäre ein Ausweg, wenn auch keine Dauerlösung. Elias verstand nicht, weshalb die Polizei nichts gegen diese illegale Ferienvermietung unternahm. In anderen Fällen wurde sie tätig und verhängte hohe Geldstrafen gegen die Eigentümer. Dieser Iker Ribot schien über dem Gesetz zu stehen.

»Du hast gewonnen.« Paula klappte ihren Laptop zu. »Ich packe ein paar Sachen und gehe zu meiner Mutter.«

Elias wusste, wie schwer Paula diese Entscheidung fiel. Ihre Mutter hielt nichts von ihrer Schreiberei. Das war kein Beruf. Davon konnte man ihrer Meinung nach nicht leben. Außerdem war das keine hohe Literatur, die ihre Tochter schrieb. Also konnte sie nicht darüber sprechen. Seine Schwiegermutter Carolina war ein Snob. Paula würde sich dort nicht wohlfühlen, aber immerhin wäre Carolina tagsüber unterwegs, was ein ungestörtes Arbeiten ermöglichte. Hätten sie nicht erst im Winter die Wohnung gekauft und renoviert, hätte Elias seiner Frau einen Kurztrip spendiert. Irgendwohin, wo sie in Ruhe schreiben konnte. Doch das gab das Budget im Moment nicht her. Im Nachhinein bedauerte er, den Kredit nicht höher aufgenommen zu haben. Damit hätten sie ein größeres Luftpolster gehabt. Doch das eingeplante Polster war wie eine Seifenblase verpufft, als ihr Wagen mit einem Motorschaden liegen geblieben war. Die Reserven waren fast aufgebraucht. »Ich fahre dich nach Alcúdia, einverstanden?«

Paula nickte. »Immerhin bin ich kurz vor dem Explodieren. Wenn ich das bündele, werde ich meiner Mutter endlich mal Paroli bieten. Vielleicht lässt sie mich dann in Ruhe.«

Elias war sich nicht sicher, ob seine Frau sich dieses Mal gegen ihre Mutter zur Wehr setzen würde, vielleicht würde sie ihn aber überraschen. Schließlich stritt sie die letzten Wochen auch immer mit ihm. Die Nerven lagen blank, und er sah ihr die bösen Worte nach. Paula liebte das Schreiben. Und wie sich die Situation im Moment darstellte, glich es einer Sisyphusarbeit. Kaum hatte sie eine Seite geschrieben, nahm ihr jemand das Heft aus der Hand und riss die Seite heraus. Seit Wochen arbeitete sie an der gleichen Szene ohne ein Fortkommen. Wie sollte sie da guter Laune sein? Und mit jedem Tag hasste Elias diesen rücksichtslosen Kerl mehr. Die rechtlichen Schritte hatte er ausgereizt. Und seine Hilflosigkeit machte ihn nicht weniger angriffslustig als einen gereizten Hund. Es würde ihnen beiden guttun, eine Weile getrennt zu sein. Er konnte sich einen Plan überlegen, die Ruhestörung zu beenden, und Paula konnte ihren Roman beenden, wenn auch unter den Spitzen ihrer Mutter. Das war das kleinere Übel.

Paula stand mit einer Reisetasche an der Wohnungstür. »Kommst du, oder schläfst du im Stehen?«

Gähnend rang er sich ein Lächeln ab. »Ich komme ja schon.« Elias nahm den Koffer, schloss die Wohnungstür hinter sich zu und rief den Fahrstuhl.

Der Wagen stand vor der Anlage. Am Vortag war die Tiefgarage gereinigt worden, weswegen er nicht hatte hineinfahren können. Das Rollen der Kofferräder nervte Elias. Es erinnerte an das Kofferziehen der Feriengäste, die ihre Koffer zu jeder Tages- und Nachtzeit über die Fliesen der Anlage rattern ließen. Er hob ihn hoch.

Paula bemerkte es und lachte los. »Vale, wir müssen etwas ändern.«

Elias stellte den Koffer ab, nahm seine Frau in den Arm

und drehte sie mit dem Blick in die Gartenanlage. Hoch aufragende Palmen, gepflegte Grünfläche, rot blühende Mastixsträucher, lila- und pinkfarbene Bougainvilleas und ein türkis schimmernder Pool. »Ich will das hier nicht aufgeben.«

»Ich auch nicht. Doch was sollen wir tun?« Paula lehnte sich an Elias' Brust.

Eine genaue Idee hatte Elias auch noch nicht, aber er hatte nun zehn Tage Zeit, sich etwas zu überlegen.

Zwei Männer kamen vom Eingang auf sie zu. Elias erkannte beide auf den ersten Blick. Es war sein Nachbar Iker Ribot zusammen mit dem Besitzer dieser Ferienvermietplattform, Tomeu Amer. Beide schienen schlechter Stimmung. Das war er auch. In Elias kochte es hoch wie in einem Schnellkochtopf. Er ließ Paula los, wartete, bis beide Männer auf seiner Höhe waren, und versperrte ihnen den Weg. Grußlos packte er Iker Ribot am Hemdkragen. »Wenn Sie nicht augenblicklich mit der Ferienvermietung aufhören, werden Sie es bereuen. Das verspreche ich Ihnen. Es ist verboten, das wissen Sie.« Er wandte den Blick zu Tomeu Amer. »Und Sie machen sich ebenfalls strafbar!«

Tomeu Amer wich einen Schritt zurück. »Ich vermittle nur Wohnungen, wie es mit der Lizenz aussieht, geht mich nichts an. Das ist Sache des Eigentümers.«

Iker Ribot funkelte Tomeu Amer böse an, bevor er sich losriss. »Hände weg, sonst rufe ich die Polizei. Tätlicher Angriff ist ein Straftatbestand.«

Elias spürte, wie sein Blick verschwamm. Er holte aus. Seine Faust krachte auf Ribots Kinn. Den Mann hob es fast aus den Schuhen. Er fiel zu Boden.

»Elias! Bist du wahnsinnig?« Paulas Stimme hörte er wie durch dicken Nebel.

Elias schüttelte die Faust aus. Seine Finger schmerzten, und sein Blick klärte sich. Der Schlag hatte ein wenig

Druck abgebaut. Verwundert über sich selbst starrte er auf den vor ihm liegenden Mann. Noch nie hatte er jemanden geschlagen. Noch nie! Das Gefühl war jedoch berauschend.

»Das werden Sie bereuen! Ich zeige Sie an!« Iker Ribot rieb sich das Kinn. Unsicher rappelte er sich auf, blieb aber in sicherer Entfernung zu Elias stehen. »Das werden Sie bereuen!«

»Das werde ich nicht.« Elias zeigte auf ihn. »Denn dann müssen Sie den Grund angeben. Und ich schwöre Ihnen, wenn Sie weiter an Feriengäste vermieten, waren das nicht die letzten Prügel, die Sie bezogen haben!«

Elias griff nach dem Koffer und drehte sich um. Er hatte alles gesagt.

Paula folgte ihm. Erst, als sie am Auto standen und Elias den Koffer einlud, fand seine Frau ihre Sprache wieder. »Du hast ihn tatsächlich geschlagen.« Eine gewisse Bewunderung lag in ihrer Stimme. Endlich hatte er etwas gegen die Lärmbelästigung getan. Und wenn Iker Ribot ihn anzeigte, so war es Elias die Wertschätzung seiner Frau wert. Es war der erste bewundernde Blick seit vielen Wochen, den sie ihm in diesem Moment geschenkt hatte. Und Elias wusste, er musste diese Angelegenheit regeln, sonst würde er die Bewunderung seiner Frau wieder verlieren. Das konnte er nicht zulassen.

3

Clara Munar sah ihrer Tochter Valentina dabei zu, wie sie sich an der blühenden Bougainvillea hochzog und mit ihren kleinen Patschhändchen versuchte, an eine Blüte zu gelangen.

Vergeblich.

Ihre Arme waren ebenso kurz wie ihre Beinchen. Und dennoch gab die Kleine nicht auf. Sie streckte sich, bis sie auf den gewindelten Hosenboden plumpste und lachte. Diese Momente erfüllten Claras Herz mit einer unendlichen Liebe. Einer Liebe, die sie noch niemals für einen Menschen empfunden hatte. Weder für Luis, der sie noch vor der Geburt der gemeinsamen Tochter hatte sitzen lassen, noch für ihre Mutter, die sie in der schweren Zeit aufgefangen und unterstützt hatte. Vermutlich ließ sich nichts mit der Liebe für ein Kind vergleichen. Für ihre Tochter würde sie in die Hölle gehen und wieder zurück. Und im Moment war sie auf dem Weg nach unten. Luis zahlte keinen Cent für seine Tochter. Ihr Chef im Callcenter behielt ihren Lohn ein, klagen konnte sie wegen der Anwaltskosten nicht, da ihr das Geld dazu fehlte, und so stand sie nun ohne Job da. Und wenn sie nicht bald einen fand, in Kürze auch ohne Wohnung, weil sie die ausstehende Miete nicht begleichen konnte. Und in ihrem Alter wieder bei ihrer Mutter einzuziehen – nein, das wäre ein weiterer Punkt auf ihrer Liste des Versagens. Ihre Mutter nannte sie eine Kämpferin, mutig, aber das war sie nicht. Sie duckte sich weg, wenn es brenzlig wurde. Vermied Konflikte. Ging den leichtesten Weg. Sie konnte sich an keine Situation erinnern, in der sie sich zur Wehr gesetzt hatte. Als Kind hatte sie sich schon die Orangen wegnehmen lassen, und als Erwachsene ließ sie sich ebenso ausnutzen. An manchen Tagen verachtete sie ihr Spiegelbild. Nur Valentina ließ sie jeden Morgen aufstehen, hoffen, bangen, kämpfen. Und für ihre Tochter wollte sie sich ändern. Mutig werden, für ihre Rechte einstehen, sich vom Leben nehmen, was ihr zustand.

Und sie würde diesen Job bekommen, für den sie am kommenden Nachmittag ein Vorstellungsgespräch hatte. Ihre Mutter würde sich sicherlich gerne um Valentina kümmern. Die Stelle passte gut zu ihr. Sie arbeitete gerne im Büro, und sie liebte es zu schwimmen. Das Vorstellungsgespräch für diesen Sekretariatsjob im öffentlichen Schwimmbad in Son Hugo stimmte Clara an diesem Tag positiv. So könnte Clara regelmäßig schwimmen gehen, und auch Valentina würde ihren Spaß daran haben, davon war sie überzeugt. Und ihre Qualifikation sollte ausreichen, immerhin hatte sie Büroerfahrung und sprach Englisch, was die Anforderungen waren.

Valentina krabbelte auf sie zu. Clara beugte sich hinab und öffnete ihre Arme. Ihre Tochter stemmte sich auf die Beine und ging mit wackeligen Schritten auf sie zu. Sie schloss sie in die Arme, hob sie hoch und wirbelte sie um die eigene Achse, bis Valentina glückselig gluckste.

Aggressive Stimmen ließen Clara innehalten. In einiger Entfernung sah sie eine kleine Gruppe stehen. Claras Mutter stand in der Gartenpforte und beobachtete ebenfalls die hitzige Diskussion. Offenbar war sie von dem Lärm angelockt worden.

Unvermittelt holte einer der Männer aus, boxte einem

älteren kraftvoll ins Gesicht. Der ältere Herr im Anzug kippte wie ein gefällter Baumstamm um, blieb einen Moment irritiert auf dem Hintern sitzen und rieb sich das Kinn.

»Elias! Bist du wahnsinnig?« Die junge Frau zerrte am Arm des Mannes, der sich die Hand ausschüttelte.

»Das werden Sie bereuen! Ich zeige Sie an!« Das wütende Gebrüll des immer noch am Boden liegenden Herrn drang bis zu ihr herüber. Interessiert verfolgte sie die weitere Diskussion.

In diesem Moment wusste Clara, wer dort am Boden lag. Es handelte sich um Iker Ribot, Eigentümer einiger Wohnungen, die über der ihrer Mutter lagen. Ribot scherte sich nicht um die Ruhestörung seiner Mieter. Auch Claras Mutter litt unter den anhaltenden Störungen. Ihr Blick ging zu ihrer Mutter, die begeistert in die Hände klatschte.

Zweifelsohne freute sich ihre Mutter, Ribot hilflos am Boden zu sehen. Ob das jedoch etwas änderte? Clara glaubte es nicht. Menschen wie dieser Ribot änderten sich nicht. Nie. Sie hatten gelernt, mit ihren Schlechtigkeiten durchzukommen, weil sich Menschen wie sie solchen Fieslingen nicht in den Weg stellten. Aber es gab auch Menschen, die anders handelten. Wie dieser junge Mann, der mit seiner Frau davonging und einen Rollkoffer hinter sich herzog. Clara war sich nicht sicher, glaubte aber, das Paar schon einmal gesehen zu haben.

Clara ging auf ihre Mutter zu, Valentina hielt sie immer noch auf dem Arm. Irene strahlte mit geröteten Wangen über das ganze Gesicht.

»Hast du das gesehen?«, rief sie ihr entgegen, ohne darauf zu achten, ob sie jemand hörte. »Endlich hat dieser Mistkerl eine Abreibung bekommen! Elias werde ich nachher auf alle Fälle eine Flasche Rotwein vorbeibringen. Das muss gefeiert werden!«

Donnerstag

4

»Die ist ja schon wieder schwanger.« Adelheid beugte sich über die getigerte Katze und kraulte ihr den Nacken. »Wir müssen hier endlich mal alle kastrieren lassen. Durch die Bank. Sonst werden sich noch mehr beschweren.«

Irene stimmte zu. »Hoffentlich kommt morgen durch den Flohmarkt genug herein.«

Adelheid schüttete das Trockenfutter unter die Platane am Zaun, der das Gelände vom öffentlichen Spielplatz abtrennte. »Gehst du heute?« Morgens gingen sie immer auf den Spielplatz, um den Sandkasten zu säubern. Es gab nur wenige der jungen Katzen, die dort hineinmachten, aber es kam dennoch vor. Bis sie verstanden, dass sie dort nicht erwünscht waren, verjagten Adelheid und die anderen Helfer den Katzennachwuchs regelmäßig von dort.

Irene gähnte. »Ja, mach ich.«

»Du hast wieder nicht geschlafen?« Adelheid wusste um die Probleme, die Irene in ihrer Wohnanlage hatte, die sich dem Spielplatz anschloss.

»Nein, und dieses Aas unternimmt einfach nichts. Jede Woche dasselbe Theater. Die Feriengäste kommen an, feiern auf dem Balkon bis in die Morgenstunden und die, die morgens rausmüssen, um zu arbeiten, haben das Nachsehen.«

»Und die Polizei unternimmt nichts?« Adelheid wusste um die Problematik. Dieser Kerl machte, was er wollte. Er besaß in der Anlage drei Wohnungen und vermietete an jeden, der bereit war, seinen Übernachtungspreis zu bezahlen. Seitdem der Kerl wegen der Vermietung ab und zu in Irenes Wohnanlage unterwegs war, kannte sie sein Gesicht. Und sie hatte dieses Subjekt schon dabei erwischt, wie er nach den Katzen trat, wenn sie vertrauensselig in der Sonne liegen blieben, obwohl ein Mensch an ihnen vorbeiging. Adelheid hatte ihn wüst beschimpft, doch dieses Aas hatte nur gelacht.

»Doch, bei einigen schon, aber nicht bei ihm. Diese Mistkröte kennt im Ort doch jeden. Dem pinkelt niemand ans Bein. Hat auch in der Vergangenheit keiner. Dazu war seine Frau viel zu einflussreich. Hier eine Spende für den Kindergarten, da eine Spende für die örtliche Feuerwehr oder für das Polizeifest. Immer schön öffentlich, damit jeder sieht, wie sozial die Familie doch ist.«

»Hast du nicht erwähnt, er sei Witwer?« Adelheid wunderte sich schon nach wenigen Monaten nicht mehr über das spanische System. Es folgte anderen Regeln. Natürlich gab es Vetternwirtschaft auch in Deutschland. Aber auf Mallorca schien es durch die Insellage einen noch größeren Zusammenhalt unter den alteingesessenen Inselbewohnern zu geben.

»Ist er, aber nun gehört ja alles ihm. Und er weiß schon, wie er das regeln muss.« Irene gähnte erneut. »Weißt du, viele wissen sich ja auch zu benehmen, gegen die habe ich nichts. Aber es gibt eben auch die rücksichtslosen Feriengäste.«

Adelheid prustete. »Ja, es ist weithin bekannt, dass ein Teil der Touristen ihr Hirn am Kofferband abgeben, sobald sie ihr Gepäckstück herunterziehen.«

»Man könnte es fast glauben.« Irene stimmte in ihr

Lachen mit ein und ging den Zaun entlang. »Ich bin dann mal … por Dios!«

»Was ist?« Adelheid eilte zu ihrer Freundin und blieb vor einer toten Katze stehen. Es war der rot getigerte Kater. Eines der kastrierten Tiere. »Barbarossa!« Sie entdeckte den Schaum am Schnäuzchen. Hatte jemand den Kater vergiftet? Es sah ganz danach aus. »Wenn ich den in die Finger bekomme!«

Irene strich dem Tier über das Fell. »Der arme Kerl. Er war so zutraulich.«

»Und das hat ihn das Leben gekostet.« Adelheid stemmte die Hände in die Hüften, sah sich um. »Oder jemand hat Giftköder ausgelegt. Lass uns das Gelände absuchen.«

»Wer macht nur so was?«

Adelheid blieb ihr die Antwort schuldig. Es gab zu viele Tierhasser auf dieser Insel. Als ob die Katzen irgendjemandem schadeten. Gut, ein paar wenige machten ihr Geschäft in den Sandkasten, aber mehr, als den Kasten regelmäßig zu säubern, konnten sie nun wirklich nicht tun.

Systematisch gingen sie das Grundstück ab. Hinter mehreren Büschen fanden sie die Köder. Adelheid nahm einen auf, zerkleinerte die rohe Hackfleischkugel. Die weißen Pulverkrümel klebten wie dicke weiße Larven an den pappigen Fleischklümpchen. »Was für Schweine, und das ist eine Beleidigung für die Schweine.« Fluchend steckte sie die Köder in die Tüte, die sie für die Katzenhäufchen des Sandkastens bei sich trug. Das würde sie Toni zeigen. Er musste etwas dagegen unternehmen!

Irene zuckte zusammen. »Halt das Kind fern!«

Adelheid sah hoch. Irenes Tochter samt Enkeltochter waren auf dem Weg zu ihnen. »Barbarossa ist gestorben. Er liegt dort hinten.« Sie zeigte unter den Busch, wo sie ihn gefunden hatten. Die kleine Valentina sollte ihn nicht sehen. Eineinhalb Jahre alte Kinder und tote Katzen ergaben ein sicheres Rezept für Albträume. Für so einen Anblick war das Mädchen zu klein.

Clara hob ihre Tochter auf die Arme, damit sie nicht zu ihrer Oma laufen konnte. »Gut, wir gehen dann besser auf den Spielplatz.«

»Der Sandkasten ist noch nicht sauber«, rief Irene Clara zu. »Geht doch ein Puzzle machen, ich komme dann zu euch rüber, ja?«

Adelheid ging auf Clara und Valentina zu. Die Tüte schob sie in ihren Shopper, den sie immer bei sich trug, wenn sie zur Katzenkolonie ging. In die große Tasche passte Wasser für die Schalen, das Futter und alle Dinge, die weggeräumt werden mussten. Seit sie ihren Kleinwagen hatte, war der Shopper immer in ihrem Kofferraum zu finden.

»Hola, guapas«, begrüßte sie die beiden. »Na, wie geht es euch Hübschen?«

»Valentina ist abenteuerlustig wie immer. Ich komme bald nicht mehr hinter ihr her.« Clara küsste ihre Tochter auf die feinen Haare. Das absichtliche Schmatzgeräusch ließ die Kleine glucksen. »Gestern hat sie ihren Sandkuchen essen wollen, ich konnte sie gerade noch mit einem echten Keks davon abhalten.«

Adelheid erinnerte sich gut, wie schwer es gewesen war, Mel in diesem Alter im Zaum zu halten. Auch sie war ein Wildfang gewesen. Überall musste sie hochsteigen, auch wenn sie beim Hinunterklettern hinfiel. Nicht immer hatte Adelheid ihre Tochter vor aufgeschürften Knien beschützen können. Die kleine Valentina zauberte Adelheid stets ein Lächeln auf die Lippen. »Ja, Sandkuchen ist auch was Leckeres.« Sie tippte der Kleinen auf den Bauch, und die kicherte. »Werdet ihr morgen Vormittag auch zum Flohmarkt kommen?«

»Natürlich.« Clara sah zu ihrer Tochter. »Wir müssen der Oma doch helfen, richtig?«

Das Mädchen lachte, als sie das Wort Oma hörte. »Und jetzt gehen wir nach Hause und puzzeln, bis Oma zum Essen kommt, ja, mein Sonnenschein?«

»Und ich kümmere mich um Barbarossa. Hier kann er nicht bleiben.« Sie würde ihn beim Tierarzt abgeben und fragen, wie sie gegen den Schuldigen vorgehen konnte. »Bis morgen.«

Adelheid ging zurück zu Irene, winkte zum Abschied und holte einen Karton aus ihrem Wagen, in den sie Barbarossa legte. »Machst du noch den Sandkasten sauber?«

Irene hob zustimmend die Hand.

Adelheid stieg ein. Auf dem Weg zum Tierarzt überlegte sie, wie man die Polizei dazu brachte, etwas gegen den Tierquäler zu unternehmen. Die Köder stellten für alle Tiere eine Gefahr dar. So etwas durfte nicht ungestraft bleiben.

Der Veterinär César Fuster seufzte und schüttelte den Kopf. Vor acht Wochen war Barbarossa von ihm kastriert worden. Und nun sollte er in die Tierkadaverentsorgung. »Die Polizei wird sich nicht darum kümmern. Es sind für sie nur Streuner. Selbst, wenn es einen Hund erwischt, wird nicht viel unternommen.«

Adelheid legte die Köder auf den Behandlungstisch. »Spuren auf den Hersteller wirst du keine finden, oder?«

»Ich fürchte, nein. Aber ich werde sie hier unter Verschluss bringen, sollte sich doch etwas tun. In sechs Wochen werde ich sie vernichten.« César zeigte auf Barbarossa. »Ich hoffe, er bleibt die Ausnahme.«

»Wir werden jeden Abend und jeden Morgen das Grundstück absuchen.« Adelheid hoffte, durch häufige Anwesenheit die Gefahr zu minimieren. »Wenn wir im Wechsel immer wieder das Gelände absuchen, sollte die Person aufgeben.«

»Morgen ist der Markt?« César begleitete Adelheid nach draußen.

»Ja, ich melde mich bei dir wegen der Katzenfallen.« Sobald sie das Geld zusammenhatten, konnten die nicht kastrierten Katzen eingefangen werden. César war in dem Bereich sehr hilfsbereit. Adelheid kannte da auch andere Ärzte. Deren Tierliebe verhielt sich proportional zur Bezahlung. Alle anderen Tiere blieben unbehandelt, was für Adelheid eine Sauerei darstellte. Aber es gab ja auch in der Humanmedizin Ärzte, denen es nur ums Geld ging.

Adelheid verabschiedete sich von César und fuhr ins Altersheim. Der Flohmarkt musste vorbereitet werden.

Freitag

5

»Gibt es schon was Neues aus der Rechtsmedizin?« Toni blieb vor Catarinas Schreibtisch stehen. Seine junge Kollegin sah müde aus. Und nicht zum ersten Mal. In einer ruhigen Minute würde er mit ihr sprechen. Irgendetwas stimmte nicht mit ihr.

»Doktor Álvarez hat sich noch nicht gemeldet.« Sie griff zum Telefon. »Aber ich frage besser mal nach.«

»Danke.« Toni ging zu Bruno. »Könnten wir uns kurz in meinem Büro besprechen?«

»Klar, Jefe, bin gleich da.« Bruno folgte ihm in seinen vom Großraumbüro abgetrennten Bereich. »Also mein Blutdruck ist im Normalbereich. Der letzte Check gab auch keinen Grund zur Sorge. Ich bin voll dienstfähig.«

»Das ist gut. Ich brauche dich im Team. Aber darum geht es nicht. Setz dich.«

Bruno nahm auf dem Stuhl vor dem Schreibtisch Platz. Toni schob ihm die Akte zu Sara López hinüber. »Erinnerst du dich an den Fall?«

Bruno griff danach, schlug den Aktendeckel zurück und sah sich das Foto an. »Ah ja«, murmelte er, blätterte weiter und runzelte die Stirn. »Ich erinnere mich. Eine tragische Sache. Die Frau ist nie wieder aufgetaucht, und ihre

Schwester glaubt heute noch, dass Sara López die Insel nicht lebend verlassen hat.«

»Gab es einen konkreten Verdacht gegen jemanden?« Toni hatte die Akte noch nicht zu Ende gelesen. Bevor er sie ausführlich hatte prüfen können, war der Leichenfund dazwischengekommen. Und genau dieser Punkt hatte ihn stutzig gemacht. Eine verschwundene Frau, die im Hotel *Reina del Mar* gearbeitet hatte, das Hotel, das seit zwei Jahren *Bellaverde* hieß. Solche Zufälle gab es nicht. Doch bevor er Bruno seine Gedanken mitteilte, wollte er von ihm unbeeinflusst wissen, wie die Ermittlung damals gelaufen war.

Er ließ seinem Mitarbeiter Zeit, sich in den Fall einzufühlen. Der Vermisstenfall lag siebenundzwanzig Jahre zurück. Eine lange Zeit, in der man viel vergaß. Aber auch eine gute Zeit, um den Fall mithilfe von Menschen aufzuklären, die zum jetzigen Zeitpunkt mit ihrem Gewissen kämpften, da auch deren Zeit auf Erden endlich war.

»Es gab einen Geliebten. Es wurde gemunkelt, Sara hätte ein Verhältnis mit dem Hotelinhaber gehabt. Der hat das bestritten. Als verheirateter Mann war das mehr als nachvollziehbar, es führte uns jedoch in eine Sackgasse, weil wir ihm nichts nachweisen konnten. Der Mann verbat sich die Anschuldigungen.« Bruno sah auf und hob die Arme. »Er hatte Angst vor seiner Frau. Ihr gehörte alles, er wäre also ohne eine Pesete vor die Tür gesetzt worden. María-José Ribot hätte ihm das nicht durchgehen lassen. Die Frau ist in Santa Ponsa als harte Geschäftsfrau bekannt. Sie verkehrt in den politischen Kreisen, spendet, wo es ihr von Nutzen sein kann, und hält auch so im Ort alle Strippen in den Händen.«

»Immer noch?« Toni sah Bruno verwundert an. »Sie muss inzwischen eine alte Frau sein.«

»Ach so, das weiß ich natürlich nicht. Ich spreche von damals. Wobei ich behaupten würde, die Zügel gibt eine solche Frau nicht freiwillig aus der Hand. Ich kann aber überprüfen, ob sie noch lebt, wenn du das wissen möchtest.«

»Ja, mach das.«

Bruno sah Toni fragend an. »Was interessiert dich das? Gibt es Neuigkeiten zu dem Fall?«

»Im Hotel von damals, jetzt trägt es den Namen *Bellaverde,* wurde eine Leiche gefunden. Jaume hat sie auf dem Tisch. Vermutlich eine Frau. Ob es sich dabei um Sara López handelt, wird sich zeigen. Ich vermute es jedoch.« Toni zog die Akte zu sich. »Ich habe in der Datenbank nachgesehen, es gab keinen weiteren Vermisstenfall in diesem Hotel. Da liegt der Verdacht nahe.«

»Das wäre tragisch.« Bruno stand auf und ging im Raum auf und ab. »Dann hätte die Schwester recht behalten. Wir konnten den Fall damals nicht lösen. Es gab schlicht keine Spur. Keine Anhaltspunkte. Laut dem Hotelmanager hat Sara López ihren Lohn abgeholt, ihr Zimmer war geräumt, sie verschwunden. Bis auf das Gerücht, sie hätte eine Affäre mit dem Chef, hatten wir nichts in der Hand.«

»Und auch das ist etwas dünn, um dort zum Erfolg zu kommen. Oder hat jemand von den Angestellten das Verhältnis bestätigt?«

»Nein, aber sicherlich wollte auch niemand seine Arbeit verlieren, indem er den Chef anschwärzt. Der Arbeitsmarkt war damals schon hart. Da hätte niemand seinen Job riskiert.« Bruno setzte sich wieder hin. »Bis wann haben wir Informationen von Jaume?«

»Den Zeitraum des Todes wird er noch heute bestimmen können, aber für einen DNS-Abgleich müssen erst noch die Spuren aus dem Archiv und der Leichen-DNS geprüft werden.« Toni sah auf die Uhr. Er musste los, er hatte Mel versprochen, ihr wegen der Eintragung ins Register behilflich zu sein. »Gib die Akte an Manuel weiter. Er soll sehen, was er über die früheren Hoteleigentümer und deren Mitarbeiter herausbekommt.«

»Gut.« Bruno nahm die Akte und verließ Tonis Büro. Toni sah ihm nach. Bruno Martín und Manuel Sastre bildeten ein gutes Team. Bruno durch seine jahrelange Erfahrung, und Manuel brachte sein Recherchewissen mit. Toni hatte bisher noch keinen so fähigen Mitarbeiter gehabt, wenn es um Personenhintergründe ging. Manuel zapfte Quellen an, an die andere überhaupt nicht dachten. Er selbst eingeschlossen. Mal sehen, was sein jüngster Mitarbeiter zutage förderte.

Toni verließ sein Büro. »Wenn es brennt, bin ich da, aber nur, wenn ihr alleine nicht löschen könnt, verstanden?«

»Klar, Jefe«, kommentierte Pedro, ohne von seiner Akte aufzusehen.

Toni wusste um die Einbrüche, die Pedro Sánchez zusammen mit David Zapatero aufzuklären versuchte. Pünktlich zum Beginn der Urlaubssaison startete eine Einbruchsserie in Ferienimmobilien. Durch das stete Kommen und Gehen in diesen Anlagen fielen ein paar Einbrecher kaum auf. Zumindest hatte niemand bisher etwas bemerkt, bis auf die Ausflügler, die abends zurück in ihre Ferienwohnung kamen.

Obwohl natürlich die Vermietung in vielen Fällen illegal war, mussten sie den Diebstählen nachgehen. Toni beneidete die zwei nicht. Beide sprachen nur leidlich Englisch, und bei den Bestohlenen handelte es sich in den meisten Fällen um ausländische Touristen.

»Irgendwas Neues?«

Pedro zeigte auf den leeren Schreibtisch von David.

»Außer dass David unten einen neuen Fall dazu aufnimmt, gibt es nichts. Leider.«

»Irgendwann schnappen wir sie. Es gibt immer einen neugierigen Nachbarn, der im richtigen Moment beobachtet, was in seinem Umfeld los ist.«

Bisher lagen acht Anzeigen vor. Alle aus Santa Ponsa. Fünf Häuser und drei Wohnungen. Bei den Häusern hatte eine Vermietlizenz vorgelegen, bei den Wohnungen nicht. Doch bei einer fehlenden Lizenz handelte es sich nur um ein Delikt, keine Straftat, also kümmerten sie sich nicht weiter darum. Das war Sache der Mitarbeiter des Ayuntamientos. Nur ob und wann die Zuständigen im Rathaus etwas dagegen unternahmen?

Toni ging die Treppe hinunter ins Erdgeschoss.

»Zu dir wollte ich.« David stand vor ihm. Sein sonst so sorgsam gegeltes Haar stand ihm ein wenig vom Kopf ab. »Neuer Fall, wir haben keinen Übersetzer hier.«

Toni ahnte, was nun kommen würde.

»Wenn wir auf den warten, sitze ich in drei Stunden noch hier. Kannst du das übernehmen? Ausnahmsweise?« David sah ihn flehend an.

»Es muss aber schnell gehen.«

»Daran soll es nicht liegen.« David eilte voraus. »Ich brauche nur ein paar Fragen beantwortet.«

Toni musste zu Mel, in dreißig Minuten wollte er sie treffen. Mehr als fünfzehn konnte er hier nicht aufwenden, um rechtzeitig am Treffpunkt anzukommen.

An einem Tresen stand ein aufgebracht wirkendes Paar. »Was für ein beschissener Urlaub!« Der fluchende Mann kam also aus Deutschland.

Toni trat auf ihn zu und stellte sich vor. »Mein Kollege wird Ihnen ein paar Fragen stellen, ich übersetze Ihnen. Ich kann Ihren Ärger verstehen, lassen Sie es uns kurz und zügig regeln. Sie bekommen ein Schreiben für die Versicherung, und dann können Sie weiter Ihren Urlaub genießen.«

»Genießen? Mein Tablet ist weg, ein Teil des Schmucks und auch Bargeld.« Der Mann schnaubte auf.

»Wenigstens sind die Pässe noch da.« Die blonde Frau sah es offenbar von der positiven Seite und lag damit richtig, denn sonst wäre noch ein Besuch im Konsulat fällig.

»Wo hat der Einbruch stattgefunden?« Toni begann mit der Befragung, während er das Paar in einen kleinen Raum neben dem Tresen führte. Auf die Befindlichkeiten des Paares konnte er keine Rücksicht nehmen.

»In der Anlage Los Pinos in Santa Ponsa«, antwortete der Mittvierziger. »Haus 3, Apartment 2B.«

Schon wieder in der gleichen Anlage.

»Unsere Kollegen in Calviá haben sie wegen der Zuständigkeit zu uns geschickt.« David schrieb auf einem Block mit und fragte, über wen sie die Wohnung angemietet hatten.

Toni übersetzte.

»Als ob ein Bericht nicht ausgereicht hätte.«

Den letzten Satz ließ Toni unübersetzt.

Der Mann blickte zu seiner Frau. »Über das Portal Home Rentals Mallorca«, antwortete sie. Offenbar hatte sie sich um die Unterkunft gekümmert.

»Haben Sie dort einen Ansprechpartner?« Toni hakte nach, ohne sich mit David zu besprechen.

Die Frau schüttelte den Kopf. »Nein, das lief alles reibungslos über die Plattform.«

Toni gab seine Informationen an David weiter.

David überlegte kurz. »Der vierte Einbruch in der Anlage Los Pinos, bei knapp hundert Parteien wird es nicht leicht werden, eine Verbindung herzustellen. Ich vermute, der Einbrecher sitzt in der Anlage. Danke, Toni, nun brauche ich nur noch Angaben zu den gestohlenen Sachen, dann wären wir hier fertig.«

Toni ließ sich eine Liste geben, übersetzte sie und verabschiedete sich. Wenn er sich beeilte, würde er es noch pünktlich schaffen.

6

»Hast du Erfahrung mit Flohmärkten?« Irene sah Adelheid neugierig an, bevor sie die Kaffeemaschine in Gang setzte.

»Nein, das wird auch meine Premiere. Wird aber schon klappen. Die Sachen präsentieren wir auf den Tischen, die sonst im Speisesaal stehen, und mit ausreichend Wechselgeld habe ich uns auch schon versorgt.« Adelheid sah sich in der Erdgeschosswohnung um. »Schön hast du es hier.« Sie war zum ersten Mal in Irenes Wohnung. Es lag zwar überall Spielzeug von Valentina herum, aber genau das fand Adelheid so gemütlich. Sie hoffte, selbst bald Oma zu werden, obwohl sie Mel und Toni mit Anspielungen verschonte. Es war deren Entscheidung, wann sie Kinder bekommen wollten.

Die Tür zum Gemeinschaftsgarten schwang auf. Clara kam mit Valentina in den kleinen Privatgarten, der von einer Hecke vor den neugierigen Blicken der Nachbarn verborgen war. Adelheid beneidete ihre Freundin um den großen Gemeinschaftspool. Sie selbst ging oft im Meer schwimmen, sich aber im eigenen Pool abkühlen zu können, musste herrlich sein. Sie würde diesen Punkt mit ihrer Tochter besprechen, vielleicht wäre es gut, den Zaun zwischen ihren beiden Grundstücken abzubauen und in die Mitte einen Pool zu setzen, von dem sie alle etwas hatten.

»Abu«, kreischte Valentina nach ihrer Großmutter. Das Wort *Abuela* brachte sie noch nicht über die Lippen.

Irene ging in die Hocke und breitete die Arme aus. Das Mädchen wackelte, so schnell es ihm auf den krummen Beinchen möglich war, auf Irene zu. Als Irene sie hochhob, strahlte Valentina glücklich. Adelheid ging das Herz auf. Vielleicht sollte sie das Thema doch bald mal bei ihrer Tochter ansprechen. Schließlich waren die beiden für ein vernünftiges Familienleben nach Mallorca gezogen. Und für Adelheid gehörten da auch Kinder dazu.

Valentina gluckste und steckte sich die Finger in den Mund. »Möchtest du auch eine Tasse Kaffee?« Irene sah ihre Tochter bittend an. »So viel Zeit hast du doch mitgebracht, oder?«

»Dann wird der Besuch auf dem Spielplatz kürzer ausfallen.« Clara lächelte. »Aber das wird sie nicht stören, wenn sie dafür jetzt bei ihrer Oma sein darf.«

Adelheid stand aus dem Korbsessel der Terrasse auf. »Ich bringe ihn, wenn ich darf.«

»Danke. Clara, hilfst du ihr?« Sie kitzelte ihre Enkelin, die vergnügt lachte.

Clara holte die Tassen, Milch und Zucker. Adelheid goss den Kaffee ein, und zusammen brachten sie alles auf die Terrasse.

Lautes Geschimpfe ließ Adelheid zusammenzucken. Mehrere Stimmen diskutierten in immenser Lautstärke.

Irene verzog das Gesicht. »Wenn sie sich wenigstens benehmen würden …«

Clara reckte den Hals, als könne sie dann besser über die Hecke sehen. »Dann hätte niemand etwas gegen die Feriengäste.«

»Da geht es um etwas anderes. Moment.« Adelheid stellte die beiden Tassen ab, ging zur Hecke und lauschte. Auch wenn sich das nicht gehörte. Ihre Landsmänner schimpften dermaßen laut, Adelheid konnte jedes Wort klar verstehen. Jemand war offenbar in die Wohnung eingebrochen. Das zeternde Paar kam direkt von der Polizei. »Das hat Stunden gedauert«, echauffierte sich eine männliche Stimme. »Erst haben sie uns in Santa Ponsa auf dem Revier ewig sitzen lassen, nur um uns dann zu sagen, dass wir zur Hauptstelle in Palma müssen.«

Adelheid hatte genug gehört. »Hier in der Anlage wurde in eine Wohnung eingebrochen.« Sie erzählte, was sie verstanden hatte.

»Nicht das erste Mal.« Irene setzte sich. Valentina nahm sie auf ihren Schoß. »Wenn sie nur endlich mal in Ikers Wohnungen einbrechen würden, dann wäre vielleicht der Spuk bald vorbei.«

»Und so lange macht er euch allen weiterhin Probleme.« Clara schüttelte den Kopf.

Irene stimmte ihr zu. »Er schert sich nicht darum, ob seine Mieter bis spät in die Nacht feiern. Dort sollten sie mal einbrechen. Vorgestern war sogar die Polizei hier.«

Adelheid wusste von den Wohnungen im ersten Geschoss. Beide gehörten einem rücksichtslosen Kerl, dem das Gemeinwohl gleichgültig war.

»Elias hat sich gestern mit ihm geprügelt.« Auf Irenes Gesicht tauchte ein Lächeln auf. »Der hatte genug von den Frechheiten, wenn es ihm auch nicht viel außer ein wenig Erleichterung gebracht hat. Ikers Gesicht hättest du sehen sollen, als Elias ihm einen Kinnhaken verpasst hat! Es hat den Mistkerl aus den Schuhen gehoben.«

Elias wohnte schräg über Irene im Obergeschoss und litt unter den Feriengästen ebenso sehr wie Irene. Seine Frau Paula litt noch mehr, sie wollte ihren Roman in Ruhe fertig schreiben und konnte sich wegen der Feriengäste kaum konzentrieren, da tagsüber ebenso viel Krach war wie nachts. Seit einigen Wochen hing deshalb sogar der Haussegen schief.

Irene trank ihren Kaffee leer. »Erst hat er rumgebrüllt, er würde Elias anzeigen, aber bisher hat er es nicht getan.«

»Wird er auch nicht«, mutmaßte Clara. »Dann müsste er ja den Grund für die Prügelei angeben, und dann wäre es nicht mehr so leicht für ihn, seine illegalen Geschäfte weiterzubetreiben.«

Irene sah zu ihrer Tochter. »Du meinst, ich sollte Iker ordentlich eine verpassen, damit er mich anzeigt, und dann wäre Ruhe?«

Adelheid lachte. »Es wäre wohl einen Versuch wert!« Die Vorstellung, wie Irene dem Mann einen Kinnhaken verpasste, amüsierte Adelheid.

Clara stimmte in ihr Lachen ein. »Meine Mutter mutiert zu Mike Tyson! Das möchte ich sehen.«

»In uns steckt weit mehr, als die Männer glauben, das kann ich dir sagen.« Irene sah zu ihrer Tochter. »Auch in dir, du hast dich bisher nur noch nie ernsthaft zur Wehr gesetzt, weil du zu gutmütig bist.«

Clara runzelte die Stirn. »Ich? Jemand Harmloseren als mich wirst du auf der Insel nicht finden«, widersprach sie, nahm die leeren Tassen und brachte sie in die Küche.

Irene kitzelte ihre Enkelin. »In deiner Mama steckt weit mehr, als sie glaubt. Immerhin ist sie meine Tochter. Und jetzt gehen wir spielen, ja?«

Gemeinsam spazierten sie auf den benachbarten Spielplatz. Schon früh am Morgen hatten Irene und Adelheid die Katzenhäufchen entfernt und das Grundstück nebenan nach Giftködern abgesucht. Adelheid hatte keine weiteren Köder mehr gefunden und war mehr als erleichtert. Niemals würde sie nachvollziehen können, wie ein Mensch zu so etwas fähig war. Kaum hatten sie den Spielplatz betreten, strampelte sich Valentina vom Arm ihrer Großmutter los. Sie wollte zum Klettergerüst. Adelheid beobachtete, wie sich das Mädchen immer wieder hochzog. Ab und an fiel sie auf ihren gewindelten Hintern, doch das störte sie nicht. Mit einem zauberhaften Lächeln im Gesichtchen tapste sie zum Sandkasten. Dort musste sie unter strenger Beobachtung bleiben, weil sie sich alles in den Mund steckte.

Adelheids Meinung nach würde ein wenig Sand sicherlich nicht schaden. Sie hatte Mel auf dem Land aufgezogen, da waren auch Katzen in ihrem Sandkasten im Garten gewesen. Das waren andere Zeiten gewesen. Heute jedoch beschlich sie ein ungutes Wissen, dass nachts die Katzen in die Sandkiste machten und das Kind die sandige Hand in den Mund nahm.

Glücklicherweise wurde der Kleinen im Sandkasten schnell langweilig, und sie stapfte zurück zum Klettergerüst.

Clara blickte zu Irene. »Kannst du heute Nachmittag Valentina nehmen? Ich habe ein Vorstellungsgespräch in Palma.«

Irene lächelte. »Gerne. Wann holst du sie wieder ab?«

»Gegen sechs? Ist das okay?« Clara sah ebenfalls zu ihrer Tochter, die noch immer versuchte, sich an einer Stange hochzuziehen. Die Ärmchen waren jedoch zu schwach, und sie plumpste rückwärts auf den Hintern. Lachend blieb sie sitzen und spielte mit etwas. Adelheid beobachtete das Mädchen und sehnte sich an dieser Stelle nach einem Enkelkind. Mel und Toni wären wundervolle Eltern.

Da tat sich Clara etwas schwerer. Als alleinerziehende Mutter war es für sie nicht leicht, eine passende Stelle zu bekommen. Die zwei Putzstellen, die sie hatte, reichten kaum für das Nötigste, seit sie nicht mehr im Callcenter arbeitete. Ab und zu half sie einer Freundin, die Jachten säuberte, aber das war sehr unregelmäßig. Das wusste

Adelheid inzwischen. Ohne die finanzielle Unterstützung ihrer Mutter wäre Clara nicht zurechtgekommen. Wie der Vater von Valentina sich dazu verhielt? Davon hatte Adelheid keine Ahnung, sie wollte auch nicht neugierig nachfragen.

Adelheid sah es im gleichen Moment wie Clara. Valentina kippte plötzlich auf die Seite, und ihr kleiner Körper blieb reglos liegen. Konnten Kleinkinder so schnell im Sitzen einschlafen?

Zeitgleich liefen sie zu dem Mädchen.

Es bewegte sich nicht mehr.

»Valentina!«, heulte Clara auf, hob das Mädchen hoch und versuchte, es aufzuwecken.

Keine Reaktion.

Irgendetwas stimmte nicht mit der Kleinen.

Irene telefonierte bereits nach Hilfe.

Adelheid stand hilflos daneben. »Atmet sie?«

Clara überprüfte es. »Ja, Gott sei Dank! Sie atmet.«

»Die Rettung ist alarmiert. Sie wird bald da sein.« Irene bemühte sich, einen kühlen Kopf zu bewahren. Aber auf ihrem Gesicht befanden sich rote Flecken, die ihre wahren Empfindungen aufzeigten.

Noch niemals hatte sich Adelheid so hilflos gefühlt. Dieses kleine Mädchen lag wie eine Puppe in den Armen seiner Mutter.

Reglos.

Clara strich mit Tränen in den Augen über die Wange des Mädchens. »Tina, Süße, wach auf.«

Irene schob Clara zum Ausgang des Spielplatzes. Auf den Fußgängerweg. Adelheid hielt Ausschau nach dem Rettungswagen. Eine leise Stimme in ihr sagte ihr, dass jede verstreichende Minute wertvolle Zeit bedeutete. Und sie durften keine Zeit verlieren.

Die laute Sirene schnitt durch die unerträgliche Stille.

Der Schnitt fuhr Adelheid in die Seele. Es schien, als würde ihr jemand die Eingeweide aus dem Körper reißen. Adelheid stellte sich auf die Straße, signalisierte dem Rettungswagen ihren Standort. Er hielt mit quietschenden Reifen.

Ein Mann und eine Frau sprangen aus dem Wagen, eilten auf Clara zu. »Was ist mit ihr?«

»Sie ist umgefallen«, erklärte Irene, nachdem Clara offenbar keine Worte fand. »Einfach so.«

Der Notarzt nahm Clara das Mädchen ab. Die ihn begleitende Frau hatte bereits den hinteren Wagenteil geöffnet. Er legte Valentina auf die Liege. »Hat sie sich etwas in den Mund gesteckt?«

In diesem Moment erfasste eine kalte Faust Adelheids Magen. »Auf dem Nachbargrundstück lagen gestern Giftköder. Den Spielplatz haben wir nicht abgesucht.« Ihre Stimme war kaum hörbar. Die Worte drangen auch zu Clara durch, die heulend auf die Knie fiel und in sich zusammensackte. Wie hypnotisiert starrte sie auf die Liege.

Irene nahm ihre Tochter in die Arme, stützte sie und strich ihr über den Rücken. »Es wird alles gut werden.«

Adelheid wiederholte, was sie gesagt hatte, nannte dem Notarzt den Namen von César Fuster. »Er weiß, was das für Köder sind, ich habe sie ihm gestern gebracht.« Das Zittern in ihren Händen ließ sie nur schwer die Nummer des Tierarztes heraussuchen. Sie drückte auf die Rufwahltaste und gab ihr Handy weiter. Sie fühlte sich für dieses Gespräch nicht in der Lage.

Der Notarzt beatmete Valentina mit einem Ambu-Beutel und mühte sich mit einer Herzdruckmassage, das Mädchen am Leben zu erhalten.

Adelheid verstand nur die Hälfte, was vor ihren Augen ablief, obwohl sie die Sanitäterin sprechen hörte.

In dem Moment, als der Arzt aufhörte, das Mädchen zu beatmen, kreischte Clara auf. Der Mann schüttelte den

Kopf und sah entsetzt von Clara zu Irene. Dann stieg er aus dem Wagen, zog Clara auf die Beine und führte sie in den Wagen. Seine Kollegin beendete das Telefonat. Ihr Gesicht hatte jegliche Farbe verloren. Routiniert nahm sie aus einem Seitenschrank eine Spritze und reichte sie ihrem Kollegen.

Carla wehrte sich gegen die Spritze, doch die Ärzte ließen erst von ihr ab, als sie das Beruhigungsmittel gespritzt hatten.

»Wir fahren ab«, sagte die Frau. »Eine von Ihnen kann mitfahren.«

Wortlos stieg Irene ein.

Die Sanitäterin reichte Adelheid ihr Telefon, schloss die Tür, und nur wenige Sekunden später entfernte sich der Wagen mit zuckendem Blaulicht.

Adelheid blieb reglos stehen, bis sie den Wagen nicht mehr sehen konnte.

7

Mel ging ungeduldig die La Rambla auf und ab. Die kleinen Blumenstände mit den ausladenden Sträußen beachtete sie kaum. Normalerweise bewunderte sie die kunstvollen Blütengebinde, die unter den Schatten spendenden Platanen Käufer anlockten und eine Touristenattraktion darstellten. Sie selbst kaufte dort Blumen, wenn sie welche verschenkte. An diesem Tag hielt sie jedoch Ausschau nach ihrem Mann, der sich offenbar wieder verspätete. Mit jeder vorrückenden Minute stieg ihre Enttäuschung. Er wusste, wie wichtig ihr dieser Termin war, und dennoch kam er nicht rechtzeitig.

Mel machte sich auf den Weg zum Büro von ICAIB. Sie wollte unbedingt erfahren, warum man sie nicht aufgenommen hatte. Um vierzehn Uhr dreißig würde das Büro schließen, und nun war es bereits fünfzehn Minuten vor Büroschluss. Sie konnte nicht länger warten.

Vor dem Eingang stand Toni. Erleichterung durchflutete sie. Er hatte den Termin doch nicht vergessen, wohl aber den Treffpunkt. Denn der war eine bestimmte Parkbank gewesen, auf der sie vor drei Jahren zugestimmt hatte, nach Mallorca zu ziehen.

»Es tut mir leid. Ich musste noch für einen Kollegen übersetzen.« Toni schloss sie in die Arme und küsste sie zur Begrüßung. »Lass uns hineingehen.«

Mel griff bereits nach der Eingangstür, als Tonis Telefon klingelte. Sie verdrehte die Augen. »Geh bitte nicht dran.«

Toni sah auf das Display. »Es ist deine Mutter.«

Mel seufzte. Dann hob sie die Hand und signalisierte, er solle das Gespräch doch annehmen.

»Hola, Adelheid.« Toni schenkte ihr ein Lächeln, das ein lauter Redeschwall aus seinem Gesicht wischte.

»Nun mal ganz langsam«, bat er.

Die Stimme ihrer Mutter überschlug sich, das hörte Mel trotz der vorbeifahrenden Autos. Irgendetwas stimmte nicht. Ihre Mutter verlor selten die Fassung. »Was ist los?«, flüsterte sie Toni zu.

»Beruhige dich. Und bleib dort, ich schicke dir die Kollegen aus Calviá vorbei.« Toni nickte mehrfach. »Und fass auf keinen Fall etwas an.«

Mel wünschte, sie wüsste, worum es ging. Am liebsten hätte sie ihrem Mann das Telefon aus der Hand gerissen.

»Und lass niemanden auf das Gelände.« Grußlos legte Toni auf, suchte in seinem Handy nach einer Nummer und wartete, bis abgenommen wurde.

»Was ist denn los?«

Toni ignorierte ihre Frage, bis am anderen Ende des Telefons jemand abnahm. »Comandante Antonio Morales, Leiter der UCO in Palma«, stellte er sich offiziell vor. »Auf dem Spielplatz in der Carrer Huguet des Far befinden sich Giftköder. Ein kleines Mädchen ist daran gestorben. Sichert umgehend alles ab. Meine Schwiegermutter, Adelheid Gerber, wartet dort auf euch.«

Fassungslos schlug sich Mel die Hand vor den Mund. Hatte sie das richtig verstanden? Ihre Mutter hatte ein totes Mädchen auf einem Spielplatz gefunden?

»So, das wäre geklärt«, sagte Toni nüchtern, stieß die Tür auf und betrat das Gebäude. »Kommst du?«

Mel war außer sich über die Abgebrühtheit ihres Mannes. »Bist du verrückt? Ich soll mich hier um meine Eintragung kümmern, während meine Mutter auf irgendeinem Spielplatz auf deine Kollegen wartet? Sie hat ein totes Mädchen gefunden!«

»Eben. Das Mädchen ist bereits tot. Im Moment gibt es dort nichts zu tun. Also können wir das erledigen, wofür wir hergekommen sind.« Toni hielt ihr immer noch die Tür auf.

»Ich fahre jetzt zu meiner Mutter.« Mel schüttelte den Kopf. »Ich kann sie dort doch nicht allein lassen.«

»Mel, hat deine Mutter dich angerufen?«

Mel zog ihr Smartphone aus ihrer Handtasche.

Kein Anruf.

»Siehst du, sie kommt zurecht. Es nützt nichts, wenn wir hier jetzt abbrechen. Komm schon.«

Widerwillig folgte Mel ihrem Mann in das Büro. Am Empfang übernahm Toni das Kommando. Er nannte seinen Rang, erklärte, worum es ging, und wurde ohne Termin vorgelassen. Als Mel telefonisch um einen Termin gebeten hatte, wurde ihr einer in acht Wochen genannt. Nachdem sie Toni davon erzählt hatte, wollte er das persönlich regeln. Mel hatte nicht geglaubt, er könnte etwas erreichen. Doch sie hatte sich gründlich geirrt.

»Zweiter Stock, Zimmer drei«, sagte der Mann hinter dem Tresen.

»Muchas gracias«, bedankte sich Toni und ging zur Treppe.

»Funktioniert das immer so?« Kaum stellte sich ein Einheimischer vor, der dazu noch als Polizist arbeitete, und schon öffneten sich die Türen wie von selbst.

»Meistens.« Ihr Mann grinste breit. »Du hast dir also den richtigen Mann geangelt.«

Mel boxte ihm in die Seite. »Für irgendwas musst du ja gut sein.«

Toni lachte.

Wenig später standen sie in einem Büro. Auch hier übernahm Toni die Führung und schloss seine Erklärung mit den Worten: »Und um den Grund zu erfahren, sind wir hier.«

»Moment«, bat die zierliche Spanierin. Ihre Finger flogen über die Tastatur. »Melanie Gruber Morales, richtig?«

»Korrekt«, bestätigte Mel. Ihr Herz klopfte vor Nervosität, obwohl es sich nur um ein Versehen handeln konnte. Sie hatte die Prüfungen mit Bravour geschafft und besaß einen ausgezeichneten Leumund.

»Gegen Sie wird in Deutschland wegen Untreue ermittelt.«

»Bitte was?« Mel spürte, wie ihr die Gesichtszüge entglitten. »Das kann nicht sein.«

»Das steht hier«, wiederholte die Frau.

Toni sah von Mel zu seiner Landsmännin. »Es muss doch mehr dort stehen.«

Die Frau schüttelte den Kopf. »Jemand aus der Kammer hat sich gegen eine Eintragung ausgesprochen, und wer das war, darf ich nicht sagen.«

»Es steht aber dort, richtig?« Toni beugte sich über den Schreibtisch.

Die Frau klickte auf den Bildschirm, die geöffnete Akte verschwand in der unteren Bildschirmleiste. Verärgert funkelte sie Toni an. »Was fällt Ihnen ein? Schon mal was von Datenschutz gehört?«

»Schon mal was von Verleumdung gehört?« Mel konnte sich kaum noch zurückhalten. »Ich will augenblicklich erfahren, wer so etwas behauptet!«

»Ich dachte, Sie sind Anwältin?«

Jetzt provozierte die Frau sie auch noch.

»Dann sollten Sie wissen, wie Sie zu dieser Auskunft kommen.« Die Frau erhob sich und stützte sich auf ihrem

Schreibtisch ab. Obwohl sie mindestens einen Kopf kleiner als Mel war, beugte sie sich hinüber und sah mit einer Arroganz zu ihr hoch, als wäre Mel ein Niemand. Mel konnte kaum noch an sich halten. »Sie werden wohl Anzeige gegen Unbekannt erstatten müssen.«

Toni lachte. »Können wir das nicht auf dem kleinen Dienstweg regeln?« Er nannte seine Position, flirtete mit ihr, doch auch sein Charme versagte bei ihr.

»Tut mir leid.« Ihre Stimme klang nun ehrlich bedauernd. »Mir sind die Hände gebunden.«

Mel atmete schwer aus. Sie wollte Tonis Bemühungen nicht zunichtemachen, also schwieg sie, obwohl sie vor Wut beinahe platzte.

»Alina«, nannte er nun ihren Vornamen, den er von dem Schild auf ihrem Schreibtisch erfahren hatte. »Bis da etwas passiert, vergehen zwei Jahre«, versuchte Toni erneut sein Glück.

»Ich darf es nicht.« Alina zuckte die Schultern.

Mel vermutete, dass die Kleine es sehr genoss, sie auflaufen zu lassen. Demonstrativ zog Mel ihr Handy aus der Tasche und fotografierte das Namensschild. »Ihren Namen werde ich mit zu Protokoll geben. Sie hören von mir.« Damit rauschte Mel aus dem Büro. Sie hörte, wie sich Toni freundlich verabschiedete. Erst, als er die Tür hinter sich geschlossen hatte, machte sie sich Luft. »Diese kleine arrogante Mistkröte! Was glaubt sie eigentlich, wer sie ist? Sitzt den ganzen Tag auf ihrem knochigen Hintern und fühlt sich auf meine Kosten ein einziges Mal in ihrem lausigen Job mächtig.«

Toni wollte Mel in den Arm nehmen, doch sie wand sich heraus, stürmte die Treppenstufen hinab und wartete erst auf ihn, als sie auf der Straße stand. Mit verschränkten Armen blickte sie ihren Mann an. Er überraschte sie immer wieder. Erst, wie kühl er am ursprünglichen Plan festhielt, dann seine Charmeoffensive, die zwar verpufft war, aber dennoch so gewirkt hatte, dass die Kleine ihn mit leuchtenden Augen angestrahlt hatte. »Manchmal habe ich Angst vor dir.«

Toni lächelte. »Brauchst du nicht.« Er bot ihr seinen Arm an, und sie hakte sich unter. »Dein Chef soll sich mit der Kammer hier in Verbindung setzen. Er wird wissen, was zu tun ist, damit er die Information schnell bekommt.« Er zog sie mit sich. »Und jetzt fahre ich zu deiner Mutter. Du kannst in die Kanzlei fahren und mit deinem Chef sprechen.«

Mel sah ihn ungläubig an. »Bist du verrückt? Ich fahre mit zu meiner Mutter. Wo ist dieser Spielplatz genau?«

»Das ist der um die Ecke der Altersresidenz. Und ich fahre allein.« Toni küsste sie zum Abschied und eilte davon.

Dieser Tag entwickelte sich nicht so, wie Mel es sich erhofft hatte. Im Gegenteil.

8

Toni kämpfte sich durch den dichten Verkehr in der Innenstadt. Erleichtert fuhr er auf die Ringautobahn, die ihn stadtauswärts in Richtung Westen nach Santa Ponsa führte. Auch hier stockte der Verkehr immer wieder. Am liebsten hätte er das Blaulicht angemacht, um schneller voranzukommen, doch außer seiner Ungeduld gab es keinen plausiblen Grund dafür. Anabel wollte er keinen Anlass geben, ihn wegen einer solchen Kleinigkeit zu rügen. Und das tat sie, wann immer sie die Möglichkeit fand. An manchen Tagen kam es ihm so vor, als würde sie ihm immer noch nachtragen, ihr Verhältnis von einem Tag auf den anderen beendet zu haben, als er Mel kennengelernt hatte. Dann verwarf er den Gedanken. Immerhin hatte sie selbst wieder einen Partner, wenn er dem Flurfunk Glauben schenken durfte. Außerdem lag das alles schon viele Jahre zurück.

Das Telefon klingelte. Toni nahm den Anruf Catarinas per Freisprecheinrichtung entgegen. »Hola, Catarina, was gibt es?«

»Die erste DNS-Auswertung liegt vor. Die große Analyse dauert noch, aber der Haarabgleich ist schon recht eindeutig. Die Tote ist Sara López. Sobald wir alle Daten vorliegen haben, werden wir die Kollegen in Saragossa zur Schwester schicken, um sie zu informieren.«

Toni überraschte das Ergebnis nicht. Er hatte fest damit gerechnet, den Leichnam von Sara López vor sich zu haben. Die wenigen Haare, die noch auf dem Schädel der Toten zu finden gewesen waren, hatten sich rasch mit dem vorliegenden Material abgleichen lassen. Saras Eltern hatten eine Haarsträhne ihrer Tochter in ein Fotoalbum geklebt. Agata hatte die Strähne damals für die weiteren Ermittlungen zur Verfügung gestellt. »Danke. Gibt es sonst schon Informationen zur Todesart?«

»Ein Schlag auf den Kopf. Es sind auch zwei Rippen angebrochen.« Catarina seufzte. »Sie muss sich gewehrt haben. Auch am Arm gibt es einen Haarriss in der Elle. Doktor Álvarez lässt den Bericht morgen Mittag hochbringen.«

»Vale, schick mir die Akte aufs Handy, ich werde mit ein paar Leuten sprechen. Die Adresse und den Familienstand des ehemaligen Hotelbesitzers möchte ich auch wissen. Ich fahre jetzt nach Santa Ponsa.« Toni berichtete Catarina von dem Vorfall auf dem Spielplatz. »Und finde heraus, wohin man das Kind gebracht hat.«

»Alles klar.«

»Sonst noch was?«

Er hörte seine Kollegin brummen. »Nur das Übliche. An der Playa de Palma gab es wieder zwei Einbrüche in Ferienwohnungen. David und Pedro kümmern sich darum.«

Toni verabschiedete sich und nahm die Ausfahrt nach Santa Ponsa. Sollte der ehemalige Besitzer Iker Ribot im Ort wohnen, würde er ihn im Anschluss besuchen. Er war neugierig, was der Mann zu sagen hatte.

Die Straße zum Spielplatz glich einem Filmset. Mehrere Streifenwagen, aber auch die Fahrzeuge der lokalen Fernsehsender behinderten die Zufahrt. Der mallorquinische Sender IB4 hatte seinen Hauptsitz neben der Guardia Civil, und sobald dort Einsatzfahrzeuge ausrückten, setzten sich die Reporter ebenfalls in Bewegung.

Toni parkte seinen Mégane zwischen zwei Polizeifahrzeugen und begab sich auf die Suche nach seiner Schwiegermutter. Die Kollegen aus Calviá durchsuchten den Spielplatz. Sie trugen die weißen Plastikoveralls der Spurensicherung. Adelheid stand am Rand des Platzes und sprach mit einem Kollegen der Guardia Civil. Toni ging auf die beiden zu. »Buenas tardes«, grüßte er. »Antonio Morales, Leiter der UCO Palma, ich habe euch gerufen.«

»Na endlich!« Adelheid wirkte durcheinander und völlig außer sich. »Warum hat das so lange gedauert?«

»Vicente Torres«, stellte sich der Kollege vor.

Toni sparte sich eine Erklärung. Er hätte an dieser Stelle nichts tun können. »Was habt ihr inzwischen?«

»Zwei Köder.« Der Kollege zeigte zum Zaun, der den Spielplatz von einem unbebauten Grundstück trennte. »Das Klettergerüst steht daneben. Das Mädchen muss den Köder angefasst oder mit ihm gespielt haben.«

Kleine Kinder steckten sich häufig die Finger in den Mund, aber auch Sand, Kieselsteine und andere Gegenstände. Toni fragte sich, wer so verantwortungslos handelte und Giftköder in der Nähe eines Spielplatzes auslegte. »Oder das Mädchen hat sich etwas davon in den Mund gesteckt.«

Adelheid brach augenblicklich in Tränen aus. »Wir haben das Nachbargrundstück abgesucht. Gestern haben wir unseren Barbarossa tot aufgefunden. Auf die absurde Idee, noch auf dem Spielplatz zu suchen, sind wir nicht gekommen. Wer macht so etwas?« Sie zog ein Papiertaschentuch aus ihrer Handtasche und putzte sich die laufende Nase. »Das sollte selbst für Iker Ribot zu viel sein. Katzen vergiften, das traue ich ihm durchaus zu. Aber das Zeug auf dem Spielplatz verteilen?«

Toni traute seinen Ohren kaum. »Du kennst Iker Ribot?«

»Nicht persönlich. Gut, ich habe ihn einmal gesehen. Da hat er nach einer Katze getreten. Ein Widerling.« Hellhörig geworden, hob Adelheid das Kinn. »Aber du kennst ihn!«

»Ich wollte heute noch zu ihm«, gab Toni zu. Er wandte sich an seinen Kollegen aus Calviá. »Er ist hier sehr bekannt, wenn ich das richtig verstanden habe.«

Vicente Torres zuckte mit den Schultern. Toni schätzte ihn auf Ende zwanzig. Vermutlich war er zu jung, um den Mann zu kennen.

»Was weißt du über ihn?«, wandte er sich an seine Schwiegermutter.

»Ich kenne nur seinen Namen und seine Schweinereien, die ihm alle durchgehen lassen. Er misshandelt sogar Tiere!« Adelheid strich sich ihr Haar zurück. Der geflochtene Zopf sah ein wenig zerzaust aus, und sie wirkte mit den losen Haarsträhnen noch aufgelöster, als sie es tatsächlich war.

Bevor sich Adelheid weiter echauffierte, nahm er sie beiseite. »Jetzt beruhige dich mal und versuche, sachlich zu bleiben. Das hier ist ernst.«

»Meinst du, das weiß ich nicht?« Nun überzog Röte ihr Gesicht. »Valentina ist tot! Glaubst du, ich weiß nicht, wie ernst es ist?«

»So habe ich es nicht gemeint, und das weißt du«, versuchte er, sie zu beruhigen. »Warum glaubst du, Iker Ribot hätte die Köder ausgelegt?«

»Weil er jedes Lebewesen hasst. Er ist einfach ein Scheusal!« Seine Schwiegermutter zog die Nase hoch. »Er hat dort in der Anlage zwei Wohnungen, die er illegal an Urlauber vermietet.« Sie zeigte auf eine mediterrane Wohnanlage. »Und die führen sich auf wie die Vandalen! Doch ihn stört es nicht. Der Mistkerl wohnt ja auch nicht dort.«

Hohe Palmen ragten in den stahlblauen Himmel. Soweit

Toni aus seiner Position urteilen konnte, handelte es sich um eine gepflegte Anlage. Vermutlich lebten oder urlaubten dort auch viele Ausländer. Doch nur, weil Iker Ribot ohne Genehmigung an Touristen vermietete, machte ihn das noch nicht zu einem Menschen, der Giftköder auslegte. »Adelheid, wir leben auf einer Urlaubsinsel, da wird eben auch mal an Touristen vermietet.«

»Aber er kümmert sich nicht. Er holt Sauftouristen in die Anlage, Hauptsache, er vermietet gut. Ob die bis in die Morgenstunden grölend feiern, während die Residenten am nächsten Morgen rausmüssen, interessiert ihn nicht.« Adelheid ballte eine Faust. »Er hat deshalb sogar schon Prügel bezogen.«

»Das habe ich nicht gehört.« Toni wollte solche Dinge nicht hören, denn wenn jemand eine Körperverletzung beging, wog das schwerer als eine illegal vermietete Wohnung. »Was tut er sonst noch?«

»Er belästigt Frauen«, behauptete Adelheid.

»Wurde Anzeige gegen ihn erstattet?«

Adelheid sah zu Boden.

Also nicht. Es handelte sich also um Gerüchte. Was sollte er in dem Fall unternehmen? »Was weißt du noch über ihn?«

»Alle in der Wohnanlage sind genervt von ihm. Und wenn jemand die Polizei ruft, kommt die einfach nicht. Die lassen sich schmieren.« Adelheid sah ihm jetzt fest in die Augen. »Das geht jedenfalls nicht mit rechten Dingen zu.«

Nur, weil seine Kollegen nicht hart gegen die Vermietungssache vorgingen, bedeutete das nicht, sie wären bestechlich, aber er kannte seine Schwiegermutter und widersprach ihr nicht. Es hätte in dieser tragischen Situation sowieso nichts gebracht. »Ich werde ihn dazu befragen.«

»Mach das.«

»Und du, geh bitte nach Hause. Du kannst hier nichts tun«, bat Toni. »Die Kollegen haben deine Aussage?«

Adelheid bejahte. »Bis später. Ich komme heute Abend rüber.« Mit hängenden Schultern ging Adelheid davon. Seine sonst so energiegeladene Schwiegermutter schien jeglicher Kraft beraubt. Es war immer schwer, wenn ein Kind Opfer eines Unglücks wurde. Doppelt, wenn dessen Tod mutwillig in Kauf genommen wurde. Und anders konnte man die Auslegung von Giftködern auf einem Kinderspielplatz nicht nennen.

Toni blieb auf dem Gelände, bis die Spurensicherung den Ort wieder freigab. Die Auswertung würde einige Zeit dauern, und er bat seine Kollegen aus Santa Ponsa, ihn auf dem Laufenden zu halten. Der Fall fiel zwar nicht in seinen Zuständigkeitsbereich, da aber seine Schwiegermutter eine wichtige Zeugin war und sie ihm ordentlich einheizen würde, war es besser, einen prüfenden Blick auf die Ermittlungen zu behalten.

Catarina hatte Toni zwischenzeitlich die Adresse von Iker Ribot auf sein Handy geschickt. Der Mann war seit fünf Jahren Witwer und wohnte nur zwei Querstraßen weiter. Vielleicht würde er nun ein Verhältnis mit Sara López zugeben, da seine Frau inzwischen gestorben war.

Toni nahm dennoch den Wagen. Er parkte ihn vor einer stattlichen zweigeschossigen Villa. Die leichte Hanglage ermöglichte vermutlich schon vom Erdgeschoss aus einen herrlichen Meerblick über die Bucht von Santa Ponsa. Wuchtige Säulen flankierten den Eingang und teilten das Anwesen in zwei Flügel mit vorgelagerten, überdachten Terrassen. Der Garten wurde offensichtlich von einem Gärtner gepflegt. Selbst die in den Himmel ragenden Palmen wiesen keine trockenen Wedel auf. Eine Seltenheit bei den hiesigen Temperaturen.

Schloss man von der Immobilie auf das Bankkonto, schien Iker Ribot seit dem Tod seiner Frau finanziell keine Probleme zu haben. Ein Check seiner Finanzen konnte dennoch nicht stören. Ein Porsche Cayenne sowie ein Porsche Carrera standen in der Einfahrt. Der Cayenne war seiner Ansicht nach ein Frauenauto. Nach fünf Jahren als Witwer hatte der Mann sicherlich wieder eine Freundin.

Toni würde es herausfinden. Er notierte sich die Nummernschilder, bevor er die Klingel am Tor betätigte.

Niemand öffnete.

Toni klingelte erneut.

Ein Fenster ging auf. »Ja?«, brüllte eine unfreundliche Stimme.

»Polizei, bitte öffnen Sie.«

Das Fenster wurde zugeknallt, und Toni rechnete damit, mit einer Vorladung wiederkommen zu müssen. Er schickte die Nummern der Kennzeichen an Catarina mit der Bitte um Feststellung der Halterdaten.

Toni drehte sich gerade auf dem Absatz um, als die Haustür geöffnet wurde. »Polizei?« Ein etwa fünfundsechzigjähriger Mann stand an der Haustür. Er war schlank, besaß immer noch markante Gesichtszüge und graues, volles Haar. Allem Anschein nach hatte er Iker Ribot vor sich.

»Comandante Antonio Morales, Leiter der UCO Palma, ich hätte ein paar Fragen an Sie.« Toni kramte nach seinem Ausweis, zog ihn aus der Geldbörse und hielt ihn über das Metallgitter des Tors.

Der Türsummer gewährte ihm Einlass. »Danke.«

Iker Ribot verharrte an der Tür, bis Toni ihn erreichte. Er streckte die Hand aus, nahm den Ausweis und überprüfte die Daten. »Was kann ich für Sie tun?«

»Iker Ribot?«

Der Mann nickte.

»Es geht um mehrere Punkte. Kennen Sie eine Sara López?« Toni ließ den attraktiven Mann nicht aus den Augen. Für einen Moment flackerte sein Blick, er blinzelte mehrfach, bevor er antwortete. »Das ist die Angestellte, die vor vielen Jahren spurlos verschwand.«

»Korrekt.« Toni nahm den Ausweis und steckte ihn in sein Portemonnaie zurück. »Wir haben sie gefunden.«

Iker Ribot suchte nach Worten. Seine Reaktion dauerte einige Sekunden zu lange. »Wo?«

»Ich denke, das wissen Sie.« Toni provozierte den Mann bewusst.

»Stimmt, es war nur eine Frage der Zeit.« Iker trat ins Innere des Hauses. »Und jetzt wollen Sie wissen, was damals geschehen ist, richtig?«

Toni folgte ihm ins Haus. »Sie geben also zu, am Tod von Sara López schuld zu sein?« Toni glaubte, nicht richtig zu hören. Dieser Kerl war kälter als Stahl und genauso hart.

Iker Ribot ging ins Wohnzimmer. Feudale Kristallleuchter schmückten die Decke, und die schweren dunklen Holzmöbel ließen den Raum düster wirken. Selbst die Sitzgruppe thronte in dunkelbraunem Leder vor dem offenen Kamin. Mel würde vermutlich in diesem Raum keine Luft mehr bekommen, so gedrungen wirkte die Einrichtung. Iker hob eine Karaffe in die Luft. »Whisky. Ein guter Tropfen aus Schottland. Möchten Sie?«

Toni lehnte ab.

Der Mann goss sich zwei Fingerbreit ein, nippte und bot Toni Platz an.

Auch wenn Toni lieber stand, setzte er sich, um sein Gegenüber nicht gegen sich aufzubringen. Wenn dieser Mann reden wollte, dann wäre es klug, ihm zu seinen Bedingungen zuzuhören.

Iker Ribot setzte sich ihm gegenüber. »Es war ein Totschlag im Affekt.«

Toni wartete schweigend, bis Iker Ribot weitersprach. Egal, was er zu hören bekam, er würde diesen Mistkerl nicht mehr zur Rechenschaft ziehen können. Die Tat lag mehr als fünfundzwanzig Jahre zurück. Selbst Mord wäre nach zwanzig Jahren verjährt. Ein Umstand, der Toni augenblicklich die Magensäure die Speiseröhre hochtrieb.

»Ich wollte sie nicht töten. Es gab Streit. Ich hätte alles verloren, wenn unsere Affäre aufgeflogen wäre. Sara ließ sich nicht beruhigen, und ich bin durchgedreht.«

»Geht es genauer?«

Iker Ribot berichtete in knappen Sätzen, was vor siebenundzwanzig Jahren geschehen war. »Ich musste ihre Leiche verschwinden lassen. Also habe ich eine Zwischenwand hochgezogen. Die ganze Nacht habe ich gearbeitet, anschließend habe ich ihr Zimmer ausgeräumt und die Sachen verbrannt.«

»Wer wusste von Ihrem Verhältnis?«

»Niemand. Es gab zwar Gerede, aber offen etwas zu sagen, hat damals niemand gewagt. Meine Frau hat nie etwas davon erfahren. Nachweisen konnte man mir nichts, also wurden die Ermittlungen gegen mich eingestellt.« Iker trank von seinem schottischen Whisky.

Toni wusste sehr gut, wie wenig ihm das späte Geständnis brachte. Jaume, der Rechtsmediziner, würde die Aussage vermutlich nach der Obduktion bestätigen. Ein Mordmotiv nachzuweisen, das wäre nach all den Jahren aussichtslos. Mord bedingte kalte Berechnung, Arglist, Planung und niedere Beweggründe. In dieser Situation würde jeder Richter Totschlag im Affekt urteilen.

»Erzählen Sie mir die Details.« Toni nahm sein Handy. »Ich denke, Sie haben nichts gegen eine Aufnahme?«

Iker zuckte die Schultern. »Von mir aus.«

»Comandante Antonio Morales, im Hause von Iker

Ribot.« Er nannte noch Datum und Uhrzeit, bevor er sein Handy für die Aussage von Iker Ribot auf den Tisch zwischen ihnen legte. »Wie kam es dazu?«

»Am 7. Mai 1994 habe ich Sara in der Wäscherei getroffen. Es war unser üblicher Treffpunkt. In unregelmäßigen Abständen drängte Sara darauf, mit ihr wegzugehen. Romantisches Gewäsch. Als ob ich jemals meine Frau verlassen hätte. Im Grunde wusste Sara das, ich habe ihr nie etwas versprochen.«

Die übliche Geschichte. Zwei Menschen. Zwei Sichtweisen. Sara hatte das mit Sicherheit anders gesehen, und Iker Ribot hatte vermieden, klar Stellung zu beziehen, sonst wäre die Liaison beendet gewesen.

»An dem Tag waren in der Nähe der Wäscherei Bauarbeiter.« Er schien nicht überlegen zu müssen. »Wir haben das Hotel modernisiert. Und Sara glaubte, mich unter Druck setzen zu können. Sie wollte mit mir in Saragossa neu anfangen.« Er schnaubte kopfschüttelnd auf. »Es kam zum Streit. Ich bat sie, wegen der anwesenden Bauleute leise zu sein, sie wurde noch lauter, und ... ich weiß gar nicht mehr, wie die Holzlatte in meine Hand kam. Ich habe zugeschlagen, bis sie ruhig war.«

Solche Aussagen hörte Toni nicht zum ersten Mal. Neu war nur, einen Täter nicht mehr belangen zu können. »Und dann haben Sie Sara López eingemauert?«

»Ja, genau.« Iker wirkte völlig ruhig. Den Tathergang zu erzählen, schien keine Reaktion in ihm hervorzurufen. »Anschließend habe ich ihr Zimmer ausgeräumt, ihre Sachen verbrannt, und der Rest steht in Ihren Ermittlungsakten.« Iker Ribot stand auf. »Sonst noch etwas?«

Die Abgebrühtheit dieses Mannes arbeitete in Toni. Dieser Mann wäre durchaus in der Lage, auf einem Kinderspielplatz Giftköder auszulegen. »Haben Sie Haustiere?«

»Haustiere?« Der Mann verzog angewidert den Mund. »Auf gar keinen Fall. Ich hasse Tiere. Sie machen nur Dreck und Krach.«

»Haben Sie aus diesem Grund zwei Straßen weiter bei der Katzenkolonie Giftköder ausgelegt?« Toni fixierte ihn, er wollte dessen Reaktion nicht verpassen. Sein Gegenüber zeigte keine Regung. Nicht mal die Augen flackerten.

»Nein, das habe ich nicht.« Iker stand auf. »Ich denke, wir sind hier fertig.«

Toni erhob sich ebenfalls. Zeitgleich griff er nach seinem Handy und schaltete die Aufnahmefunktion ab. »Da wäre ich mir noch nicht so sicher. Sie haben die Köder ausgelegt, und ich werde alles daransetzen, Sie wenigstens für dieses Verbrechen dranzukriegen.«

»Welches Verbrechen? Sie sollten die Tierschutzgesetze kennen. Nur, weil ein paar Katzen und Hunde sterben, wird hier niemand angeklagt.«

»Anders sieht es aber aus, wenn ein kleines Mädchen stirbt.« Auch diese Aussage bewirkte keine Reaktion bei dem Mann. Er hatte sich völlig unter Kontrolle. Ein Umstand, der es Toni schwer machen würde, ihn dafür belangen zu können. An den Ködern würde er voraussichtlich keine Spuren finden. Dafür war der Mann zu clever.

»Es ist nun Zeit für Sie zu gehen.« Iker ging voraus und öffnete die Haustür.

Toni wusste, er würde nichts mehr von diesem Mann erfahren. Aber er wollte ihn kriegen, sein Gefühl sagte ihm, Iker Ribot trug die Schuld am Tod des Mädchens. Dafür sollte er bezahlen, dafür und für die illegale Ferienvermietung. »Wir sehen uns wieder.«

»Drohen Sie mir ruhig, es wird Ihnen nichts nützen.« Er schob Toni zur Tür hinaus, die mit einem Knall ins Schloss fiel.

Unschlüssig blieb Toni stehen. Der Blick vom Eingang

ging über die Bucht von Santa Ponsa hinaus. Das Meer glitzerte in der Sonne. Ein friedlicher Anblick. Fast unwirklich, wenn er darüber nachdachte, wer hinter diesen Mauern wohnte. Er ging die Treppenstufen hinab und trat durch das Tor.

Bevor er in seinen Wagen stieg, sah er zur Villa hoch. »Wir sehen uns wieder. Das ist ein Versprechen.«

9

Nachdenklich lehnte sich Iker in seinem Sessel zurück. Sara war nun nicht mehr nur sein kleines Geheimnis. Die ersten Jahre hatte er befürchtet, die Wahrheit würde ihn irgendwann einholen, doch solange er das Hotel nicht verkaufte, konnte ihm niemand etwas nachweisen. Die gezogene Mauer war dicht, nichts wies auf eine doppelte Wand hin, und nur er konnte irgendwelche Bauarbeiten beauftragen. Nach dem Tod seiner Frau hatte er kurz überlegt, das Hotel zu verkaufen, doch irgendwie hatte er es nicht über sich gebracht. Das Geheimnis hatte ihn mit einem unsichtbaren Band an das Hotel gefesselt.

Vor zwei Jahren war er des Hotelbetriebs überdrüssig geworden. Es standen dringende Erneuerungen an, und die Modernisierungsarbeiten würden ihn zu viel Geld kosten. Er konnte sich den Ruhestand leisten. Nach dem Verkauf des Hotels konnte er sich sogar weit mehr leisten. Er vertrieb sich die Zeit mit jungen Frauen, die gegen ein wenig Luxus ihm gerne zu Diensten waren. Sein Geld steckte in verschiedenen Immobilien, was ihn entspannt in die Zukunft blicken ließ. Kinder hatte er keine. Seine Frau hatte das zutiefst bedauert, aber Iker war sich schon in jungen Jahren bewusst geworden, wie wenig er mit Kindern oder Tieren anfangen konnte. Im Hotelbetrieb hatte es ihn große Überwindung gekostet, gegenüber der Brut der Hotelgäste freundlich zu bleiben, wenn sie schreiend durch die Flure tobten, wegen aufgeschrammter Knie weinten oder freudig quietschend in den Pool hüpften, obwohl es verboten war. In der Hauptsaison hatte er sich oft im Büro verschanzt, bevor er dem einen oder anderen Kind eine saftige Ohrfeige verpasste und damit eine Anzeige wegen Körperverletzung riskierte.

Schon mit Mitte zwanzig hatte er gewusst, was er wollte. Finanzielle Unabhängigkeit. Auf dieser Grundlage hatte er sich auf Brautschau begeben. Und nebenbei seine Affären gepflegt. Eine Vasektomie schützte ihn vor ungewollten Schwangerschaften und entsprechenden Ansprüchen. Der frühe Tod seiner Frau und die Kinderlosigkeit machten ihn zu einem reichen, unabhängigen Mann.

Sein Ruf würde nun etwas leiden, sollte die Presse über den Fall von Sara López berichten, und das würde sie. Dafür würde dieser Ermittler sorgen. Iker hatte dem Comandante angesehen, wie zuwider es ihm war, ihn nicht für den Totschlag wegsperren zu können. Tja, er machte nicht das Gesetz, das taten andere. Er nutzte nur die Vorteile, die es ihm bot.

Iker stand auf. Zeit, sich einen weiteren Whisky zu gönnen. Antonio Morales wollte ihm etwas anhängen. Aber auch wegen der Giftköder würde er ihn nicht belangen können. Er trug bei solchen Aktionen immer Handschuhe, außerdem war er in einem Hoodie mit großer Kapuze in den frühen Morgenstunden unterwegs gewesen. Ein paar der Köder hatte er auch über den Zaun des besetzten Hauses geworfen. Er würde sich diese Frechheiten dieses Schmarotzerpacks nicht weiter gefallen lassen. Die Besetzer wollten mit guten Worten nicht ausziehen, also ging es nur auf die harte Tour. Iker wollte sich von dem Gesindel nicht seine ertragreiche Ferienvermietung versauen lassen. Und die ersten negativen Rückmeldungen standen bereits in den Portalen. Die Wohnung sei sauber, aber der

Blick vom Balkon auf den zugemüllten Nachbargarten, die vielen streunenden Katzen mit ihrem nächtlichen Schreien sowie die krähenden Hähne in den frühen Morgenstunden verhießen keine Urlaubsentspannung. Die Buchungen gingen bereits zurück. Also musste er handeln, wenn es sonst keiner tat.

Er goss zwei Fingerbreit Whisky in das Kristallglas und trat ans Fenster. Der freie Blick über die Bucht von Santa Ponsa beruhigte ihn. Leider konnte er aus der Entfernung seine Jacht nicht im Hafen liegen sehen. Am Glas nippend beschloss er, am kommenden Sonntag einen Törn zu unternehmen. Das hatte er sich nach der anstrengenden Woche verdient. Vielleicht sollte er Olga mitnehmen, damit sie ihm Gesellschaft leistete, da seine Lebensgefährtin sonntags meist andere Pläne hatte. Das konnte er immer noch am kommenden Morgen entscheiden.

Das melodische Klingeln der Türglocke riss ihn aus seinen Gedanken. Ob das die Männer vom beauftragten Inkassobüro waren? Die hätten bereits gestern Abend den Bericht abliefern sollen. Bei seinem Anruf war er auf den heutigen Tag vertröstet worden.

Iker stellte sein Whiskyglas ab, ging zur Tür und sah zum Gartentor. Drei kräftige Männer standen davor. Zwei davon sahen deutlich mitgenommen aus. Selbst aus dieser Entfernung erkannte er die aufgeschwollene Lippe samt blutiger Kruste. Iker drückte den Türöffner. »Und? Fall erledigt?«

»Lassen Sie uns das im Haus besprechen.«

Iker betrachtete die drei Männer, während sie die Treppenstufen zum Haus hochkamen. Einer trug ein prächtiges Veilchen zur Schau. Wortlos trat Iker beiseite, um die Männer eintreten zu lassen. Er schloss die Tür. »Und?«

Der mit dem Veilchen schüttelte den Kopf. »Sie hätten

uns sagen müssen, wie viele Männer sich dort aufhalten.«

»Woher soll ich das wissen?« Iker fühlte sich zu Unrecht gemaßregelt. »Das ist doch Ihr Job. Dafür bezahle ich gutes Geld. Und wenn dieser feige Deutsche nichts unternimmt, dann muss ich eben Nachbarschaftshilfe betreiben. Der versaut mir mein Geschäft!«

»Das sind keine einfachen Okupas, da haust ein Clan mit dreißig Mann.« Der mit der aufgeplatzten Lippe trat einen Schritt auf Iker zu. Mit dem Finger tippte er ihm an die Schulter. »Die haben uns eine Abreibung verpasst, so schnell konnten wir gar nicht reagieren.«

Iker sah zwischen den Männern hin und her. Vielleicht hätte er welche beauftragen sollen, die nicht aussahen wie aufgeblasene Muskelmänner. Jemand, der wusste, was er tat, und sich auch wehren konnte. Muskeln allein nutzten ohne Hirn eben auch nicht viel. Den Spruch verkniff er sich allerdings. »Sie haben also nichts erreicht?«

»Nein.« Der unverletzte Mann verschränkte abwehrend die Hände vor der Brust. »Wenn wir nochmals tätig werden sollen, müssen Sie das Fünffache zahlen. Der Personalaufwand ist dort viel höher.«

Das wären fünfzehntausend Euro. Iker musste nicht lange überlegen. »Dann sind wir an dieser Stelle fertig.« Er würde sich etwas anderes einfallen lassen, um diese Hausbesetzer zu vertreiben. »Sie sagten, Sie lösen mein Problem, und haben es nicht geschafft. Ich kann Ihren Worten also nicht trauen. Verlassen Sie nun mein Haus.« Er streckte den Rücken durch, um den Männern zu zeigen, wie wenig sie ihn beeindruckten.

»Ihre Angaben waren falsch. Sie redeten von einer Familie, dabei handelt es sich um einen organisierten Clan.« Der Kerl ohne Verletzung gab seinen beiden Handlagern ein Zeichen. »Wir verschwinden.« Er öffnete die Haustür und trat in die wärmende Frühlingssonne. »Viel Vergnügen bei der Lösung Ihres Problems.«

Das süffisante Grinsen des Kerls versaute Iker nun doch noch den Tag.

Samstag

10

»Wo ist Toni?« Adelheid betrat die Küche ihrer Tochter und sah sich um. Eigentlich müsste ihr Schwiegersohn um diese Uhrzeit beim Frühstück sitzen.

»Er ist auf dem Revier.« Mel zeigte auf die Kaffeemaschine. »Willst du?«

»Ich hatte genug, danke. Und gut, dann wird sich Toni hoffentlich um diesen Drecksack kümmern, der Valentina auf dem Gewissen hat.«

»Es fällt nicht in seine Zuständigkeit.« Mel trank einen Schluck ihres Kaffees und trat ans Fenster. »Und das weißt du auch.«

Adelheid betrachtete ihre Tochter. In ihrem dunkelgrauen Hosenanzug sah sie fabelhaft aus. Adelheid platzte an manchen Tagen fast vor Stolz. Ihre Tochter kämpfte für ihre Mandanten, und sie verteidigte nie jemanden, der es verdiente, ins Gefängnis zu kommen. Jemanden wie diesen Iker Ribot würde sie als Klienten nicht annehmen. Niemals.

Schweigend ging sie zu ihr hinüber, stellte sich neben sie und sah in den Garten hinaus. Die pinkfarbene Bougainvillea stand in voller Blüte, der Zitronenbaum hing voller Früchte, und der Macchie-Strauch glich einer eineinhalb Meter hohen gelben Riesenblüte. Der Garten hatte Pflege nötig. Und dennoch fand Adelheid das leicht verwilderte Grundstück hinreißend. Es wirkte romantisch.

Für einen Moment genossen sie schweigend den Blick in den frühsommerlich blühenden Garten. »Mel?«

»Hm?«

»Hilf Clara in dieser Sache.«

»Was kann ich denn tun?«

»Akteneinsicht nehmen und ihnen Feuer unter dem Hintern machen.« Adelheid blickte weiterhin in den Garten. »Versprich es mir.«

»Dann muss sie in die Kanzlei kommen, um eine Vertretungsvollmacht zu unterschreiben. Außerdem müssen wir damit zum Notar.«

»Zum Notar?« Clara war immer noch in der Klinik. Man hatte sie über Nacht zur Beobachtung dortbehalten. Wie schnell sie sich von ihrem Nervenzusammenbruch erholen würde, war unklar. Irene war die Nacht über bei ihrer Tochter geblieben.

»Ja, das läuft hier anders als in Deutschland. Und ich bin nicht als Prozessanwältin zugelassen, schon vergessen?« Mel zog verärgert die Augenbrauen zusammen. »Sie muss also ins Büro kommen. Dann klären wir das und holen uns die notarielle Beglaubigung, sonst bekommt niemand aus unserer Kanzlei Akteneinsicht.«

»Was für ein bürokratischer Schwachsinn!« Adelheid ärgerte sich öfter über die Bürokratie auf der Insel. »Warum musst du am Samstag eigentlich in die Kanzlei?«

»In Palma wurde ein Wohnkomplex illegal besetzt. Er gehört einer Bank und steht vor der Zwangsversteigerung. Doch mit illegalen Bewohnern lässt sich das Objekt nicht versteigern.« Mel trank ihre Tasse leer. »Der Bankdirektor kommt, um die Details zu besprechen.«

»Warum schreitet die Polizei nicht ein?«

Mel seufzte. »Es ist kompliziert. Die Bewohner sind nun

schon mehrere Monate im Objekt. Da greift das Gewohnheitsrecht. Und deshalb wird es vor Gericht gehen, wenn wir keinen anderen Weg finden, die Bewohner zum Auszug zu bewegen.«

»Ich muss los.« Adelheid küsste ihre Tochter auf die Wange. »Wegen der Vollmacht rede ich mit Clara. Ich sage dir dann Bescheid, wann wir kommen.«

Ihre Tochter winkte ihr zum Abschied.

Adelheid tat sich an diesem Morgen sehr schwer. Die halbe Nacht hatte sie schlaflos verbracht und sich von einer Seite auf die andere gewälzt. Sie wusste nicht, wie sie Irene gegenübertreten sollte, ihr helfen konnte.

Ob ihre Freundin überhaupt zum Flohmarkt käme? Es würde sie ablenken, das schon, doch wie sollte man eine so gewöhnliche Tätigkeit in einer solch tragischen Situation bewältigen, ohne zusammenzubrechen?

Überhaupt widerstrebte es Adelheid, an diesem Tag den Flohmarkt abzuhalten. Aber es blieb ihr keine andere Wahl. Alles war vorbereitet, und die Katzenkolonie konnte nichts für das geschehene Unglück. Die Tiere brauchten Futter und ärztliche Betreuung, im Moment mehr denn je.

Gedankenverloren fuhr sie die wenigen Straßen zur Altersresidenz. Selbst an diesem Tag entlockte ihr der Anblick auf das offene Meer ein kleines Lächeln. Zu dieser Jahreszeit tummelten sich am Strand noch keine badenden Touristen. Der Strand gehörte den Einheimischen und ihren Hunden, die übermütig im Sand tollten, die geworfenen Stöcke oder Bälle apportierten und zurück zu ihren Besitzern brachten. Ein Golden Retriever stürzte sich in eine ausrollende Welle, um einen zuvor geworfenen Stock zu holen. Am stahlblauen Himmel kreischten ein paar aufgescheuchte Möwen. Adelheid sog tief die salzige Meeresluft ein, fuhr in Schrittgeschwindigkeit weiter, um diese friedliche Atmosphäre noch ein paar Sekunden länger zu genießen.

Der Seat Ibiza schnaufte ein wenig, als sie die steile Straße an der Punta d'es Castellot hochfuhr. Vor der Altersresidenz fand sie keinen Parkplatz mehr. Kurzerhand stellte sie ihr Fahrzeug auf dem Hotelparkplatz des *Bellaverde* ab. Bis auf einige Fahrzeuge einer Baufirma war der Parkplatz wenig belegt, was vermutlich an dem Parkverbotsschild lag, das Adelheid ignorierte. Niemand würde an einem Samstag hier hochkommen, um auf einem Privatgrundstück Knöllchen zu verteilen.

Schon beim Betreten der Residenz tummelten sich die betagten Bewohner um die bereitstehenden Tische. Es summte wie in einem Bienenstock. Die Senioren, überwiegend Deutsche, aber auch Spanier und Engländer, wirkten geradezu aufgekratzt. Eifrig sortierten sie die zu verkaufenden Artikel auf die Tische. Adelheid musste überhaupt nichts anweisen. Alles lief wie am Schnürchen.

Emilia kam ihr zwischen zwei Tischreihen entgegen. »Hola, Adelheid, das reicht sicherlich für noch einen Flohmarkt.« Sie zeigte auf die übervollen Tische.

»Ich wundere mich selbst, wie viel hier zusammengekommen ist.« Adelheid sah sich um. »Nun müssen nur noch genug kaufwillige Besucher kommen.«

»Das wird schon. Die Heimleitung hat die Presse informiert, der Flohmarkt stand als Ankündigung in der deutschen Wochenzeitung und in der spanischen Tageszeitung. Das Wetter könnte besser nicht sein, also werden auch genügend Leute kommen.«

»Das hoffe ich.« Und für die Residenz war die Aktion eine gute Werbung. Nicht, dass sie es nötig gehabt hätte. Die Lage auf dem Hügel war einmalig. Die Anlage war barrierefrei angelegt. Es gab zwei Pools, eingebettet im mediterranen Garten. Und fast jeder Standort bot einen atemberaubenden Meerblick. Wenn man schon in eine Altersresidenz ziehen musste, dann in so eine. Es glich einem noblen Hotel. Nur eben mit ärztlicher Überwachung und Shuttleservice ins Dorf. Adelheid genoss es, an diesem Ort Bingoabende zu veranstalten oder den Leuten vorzulesen, die selbst kaum noch lesen konnten.

Und wenn sie sah, wie lebhaft es an diesem Morgen auf dem Gelände zuging, erinnerte nichts an die Gebrechen, von denen Adelheid sonst bei einer Tasse Kaffee erfuhr. Die Menschen um sie herum wirkten agil, lebendig und voller Kraft. Selbst der ältere Grantler schob sich mithilfe seines Rollators in einem noch nie gesehenen Tempo durch die Anlage, besah sich die Kuchen, scherzte mit einer Seniorin, die daraufhin sogar errötete, bevor er weiter die Stände betrachtete.

Je nachdem, wie viele Flohmarktartikel nicht verkauft wurden, könnte sie vielleicht in vier Wochen einen weiteren Flohmarkt planen, wenn die Heimleitung damit einverstanden war.

»Für die Backwaren haben wir einen eigenen Tisch aufgebaut. Thermoskannen mit Kaffee stehen auch bereit.« Emilia hakte sie unter und führte sie auf die Südseite. Im Schatten von drei Palmen stand ein Tisch mit abgedeckten Platten und Tellern, die Emilia wohl aus dem Speiserestaurant angeschleppt hatte.

»Danke für deine Unterstützung.« Adelheid fühlte eine tiefe Dankbarkeit. Aus den zuvor geplanten selbst gebackenen Keksen waren nun mehrere Kuchen und Ensaimadas geworden. »Habt ihr die Nacht durchgebacken?«

Emilia lachte. »Fast. Wir haben bei meinen Eltern zu viert vorgebacken. Wir haben dir und deiner Familie viel zu verdanken, da wollten alle mithelfen.«

»Dann sag zu Hause schöne Grüße und vielen Dank!«

Sie zeigte auf den Tisch. »Kümmerst du dich hier um den Verkauf?«

»Kann ich gerne machen.«

»Dann bringe ich dir eine Kasse mit Wechselgeld.« Adelheid ging in den Geräteschuppen, wo sie vorgestern mithilfe ihres Schwiegersohns ihre Kisten und mehrere Kassen mit Wechselgeld deponiert hatte.

Beim Verlassen des Schuppens entdeckte sie Irene. Augenblicklich legte sich ein Schatten über ihre zuvor heitere Stimmung.

Mit eiligen Schritten ging sie auf ihre Freundin zu, zog sie in ihre Arme und betrachtete ihr blasses Gesicht. »Du hättest nicht kommen müssen.«

»Ich weiß, doch ich muss etwas tun, sonst drehe ich durch.«

Für einen Moment sahen sie sich schweigend an. Sie konnte ihre Freundin verstehen. »Wie geht es Clara?«

»Sie spricht nicht. Aber sie isst und trinkt. Irgendwann wird sie auch wieder sprechen.« Irenes Stimme klang beherrscht, auch wenn Adelheid ihre Not am verzweifelten Ausdruck ihrer Augen erkannte.

»Sie braucht Zeit.« Adelheid schluckte trocken. »Wann wird sie entlassen?«

»Morgen früh. Warum?«

»Ich habe mit Mel gesprochen. Um Akteneinsicht zu bekommen, muss Clara ihr eine notariell beglaubigte Vertretungsvollmacht geben.«

Gemeinsam gingen sie Arm in Arm zum Tisch mit den Backwaren.

Irenes Schritt verlangsamte sich. »Was soll das nützen?«

»Nur so bekommt Mel Einsicht in die Polizeiakte und kann den Ermittlern Feuer unter dem Hintern machen.« Adelheid überreichte Emilia die Pappschachtel, die als Kasse fungieren sollte.

»Am Montag. Gegen zehn Uhr?«

»Abgemacht.« Adelheid drückte ihre Freundin an sich. »Und jetzt lass uns den Flohmarkt hinter uns bringen. Welchen Stand möchtest du übernehmen?«

Irene zuckte die Schultern.

»Den mit den Vasen?« Adelheid führte sie zu dem entsprechenden Tisch. »Ich bringe dir gleich das Wechselgeld.«

»Ob sie den Mistkerl finden?« Irene sah sie verzweifelt an. »Vorher wird Clara keine Ruhe finden. Das spüre ich.«

»Sie werden ihn kriegen. Mein Schwiegersohn hat es mir versprochen. Hab Geduld.«

11

Mel stellte ihr Cabrio auf dem Privatparkplatz der Kanzlei ab. Jeden Tag aufs Neue dankte sie der Umsicht ihres Chefs José Ferrer, mehrere Parkplätze angemietet zu haben. Die Lage in der Altstadt bot viele Vorteile, doch auch den entscheidenden Nachteil der Parkplatzsuche in der völlig überfüllten Innenstadt.

Mels Kollege Fernando Matíz kam täglich mit einem Roller, sodass auch ihre Klienten meist noch einen der freien Parkplätze in Anspruch nehmen konnten. Ein fremdes Fahrzeug parkte bereits neben der Limousine ihres Chefs. Vermutlich der Direktor der Bank, den sie gleich treffen sollte.

Mel fuhr mit dem Fahrstuhl nach oben. Der Empfangstresen war verwaist. Beatrice, die Bürosekretärin, genoss ihr Wochenende, was bedeutete, Mel würde Kaffee für alle zubereiten müssen.

Nach einem kurzen Anklopfen öffnete sie die Tür zum Besprechungszimmer. »Buenos días, Señores«, begrüßte Mel ihren Chef und den Herrn von der Bank.

Fernando schien noch nicht im Büro zu sein, obwohl sein Roller auf dem Parkplatz gestanden hatte. Mel ging auf den Bankdirektor zu, der augenblicklich aufstand, um sie zu begrüßen. Sie reichten sich die Hand. »Melanie Gruber Morales, encantada.«

»Mucho gusto. Gaspar Pons.«

»Wir können gleich anfangen.« José wies auf den freien Platz.

Mel setzte sich.

»Danke, dass Sie sich an einem Samstag Zeit für mein Problem nehmen.« Gaspar Pons saß Mel gegenüber.

Fernando betrat den Raum. Getränke hatte er keine dabei. Doch nachdem niemand sich beklagte, würde Mel einen Teufel tun und sich anbieten, für eine Bewirtung zu sorgen. Es schien hier in den mallorquinischen Büros auch eher selten der Fall zu sein. Das war ihr schon öfter aufgefallen.

Sie selbst bot ihren Klienten immer etwas zu trinken an. Doch unter den Einheimischen schien das nicht zum Standard zu gehören.

»Es geht also um einen Wohnkomplex«, begann Mel geschäftsmäßig. »Können Sie dazu Genaueres sagen?«

»Unsere Bank hält ein Gebäude in Son Cotoner. Sechsundzwanzig Parteien, im Erdgeschoss einige freie Lokale. Es steht seit über einem Jahr leer. Der Eigentümer hatte bis Ende März Zeit, den Kredit zu bedienen oder unserer Bank eine angemessene Lösung zu präsentieren. Er schaffte es nicht. Nun haben wir die Hand auf dem Gebäude und wollen es zur Zwangsversteigerung bringen.« Gaspar Pons verschränkte die Arme vor der Brust. »Keiner wird einen angemessenen Preis zahlen, solange noch jemand in dem Gebäude wohnt.«

»Um wie viele Parteien handelt es sich?« Mel runzelte die Stirn. Hatte er nicht zu Beginn gesagt, das Gebäude stünde leer?

»Drei Wohnungen im dritten Stock sind bewohnt. Auf offiziellem Weg haben wir schon alles unternommen. Bis ein Gericht das entscheidet, kann noch ein Jahr vergehen. Und wer weiß, wie das Gebäude bis dahin aussieht.«

Fernando legte seine Hände auf den Tisch. »Und was erwarten Sie von uns?«

Mel fragte sich das auch. Wenn offiziell schon alles am Laufen war, wozu suchte er noch ihre Kanzlei auf?

José Ferrer hob die Hand. »Wir sind seit vielen Jahren eng befreundet, und wir sitzen nun hier zusammen, um gemeinsam nach einer verträglichen Lösung zu suchen.«

Mel fiel Tonis Vorschlag mit dem Schlägertrupp ein. Auf so etwas würde sie sich nicht einlassen, auch wenn die illegalen Hausbesetzer gegen das Gesetz verstießen. »Wie beziehen sie Strom und Wasser?«

»Das Wasser wurde nie abgestellt, auch der Strom nicht. Das Haus wurde weiterhin gepflegt, wenn auch nur sehr oberflächlich.« Gaspar knetete sich die Hände. »Wenn wir das abstellen, verstoßen wir gegen das Gesetz.«

Mel entwich ein fast amüsierter Seufzer. Konnte es wirklich sein, dass man in diesem Land eine Wohnung in Beschlag nehmen durfte, ohne Strom und Wasser zu begleichen? »Was würde geschehen, wenn Sie als neuer Eigentümer die Rechnungen nicht begleichen würden? Dann würden die Anbieter doch innerhalb kürzester Zeit den Strom und das Wasser abstellen.«

»Ja, natürlich. Aber auch das ist nicht legal. Als Eigentümer bin ich verpflichtet, den Menschen, die in meinem Haus wohnen, den Zugang zu Strom und Wasser zu gewährleisten. Sonst machen wir uns strafbar. Als Bank können wir uns solche Presse nicht erlauben. Auch dann nicht, wenn die Bewohner sich dort gar nicht aufhalten dürften.«

Ein merkwürdiges Gesetz. Sie verstand zwar das Recht auf angemessenen Wohnraum, das es schon seit jeher in Spanien gab, doch sollte man die einzelnen Fälle genauer betrachten. Die Polizei räumte nicht, weil es noch keine Feststellung vom Gericht gab und das auch viele Monate dauern konnte. Die Strom- und Wasserversorgung durfte nicht gekappt werden, weil man selbst gegen das Gesetz verstieß. Im Grunde blieb nicht viel, als einige Männer zu beauftragen, um die Eindringlinge auf die grobe Tour zu vertreiben. Das – oder viel Geduld.

Fernando kratzte sich am Kinn. »Viele Banken bezahlen den Okupas Geld, damit sie ausziehen. Haben Sie darüber schon nachgedacht?«

»Selbstverständlich«, gab Gaspar Pons zu. »Inzwischen ist das ein ganz neuer Geschäftszweig. Es gibt Familienclans, die sich darauf spezialisiert haben. Vor allem auf dem Festland ist das schon fast üblich. Sie dringen in Gebäude ein, die sich im Besitz der Banken befinden, klauen alles, was sich verkaufen lässt, und werden zum Dank noch fürstlich von den Banken bezahlt, damit sie endlich das Gebäude verlassen.«

José Ferrer schob seinen Stuhl zurück, stand auf und ging zum großen Panoramafenster. Von dort sah man zur Kathedrale und auf den Hafen. Ein Kreuzfahrtschiff zog in gemächlichem Tempo aufs offene Meer hinaus. Es wirkte, als habe jemand einen gigantischen Wolkenkratzer in die Bucht von Palma gelegt, der nun durch die in der Sonne glitzernde Wasseroberfläche pflügte. »Gaspar, da wirst du dich wohl entscheiden müssen. Abwarten, eine Zahlung anbieten oder …« Er machte eine kleine Pause. »Oder die Dienste eines der Räumungstrupps annehmen. Das ist zwar nicht legal, aber sehr effektiv.«

Mel presste die Lippen aufeinander. Sie konnte kaum glauben, was ihr Chef da vorschlug. Auch Toni hatte so etwas erwähnt. Aber vielleicht ging es tatsächlich nur noch über diesen Weg. Und vielleicht sollte sie ihrem anderen Mandanten, der sein Haus in Santa Ponsa besetzt vorgefunden hatte, nachdem er vier Monate in Deutschland gewesen war, diese Möglichkeit auch vorschlagen.

Gaspar erhob sich ebenfalls. Er stellte sich neben José ans Fenster. Mel und Fernando wechselten schweigend einen Blick. Sie sah ihrem Kollegen die Neugierde an. Wie würde sich der Bankdirektor entscheiden? Die Frage beschäftigte sie beide.

»Wenn es mein Privathaus wäre, würde ich ein solches … nennen wir es Inkassobüro beauftragen. Aber als Bankdirektor kann ich mir so etwas nicht erlauben. Die Versteigerung soll in zehn Tagen stattfinden. Bietet diesen Okupas Geld für einen Auszug. Das ist immer noch billiger, als das Gebäude ein weiteres Jahr zu halten.«

Fernando zwinkerte Mel zu. Er hatte wohl mit dieser Antwort gerechnet. »Wie hoch dürfen wir gehen?«

»Wir?« Sie hatte nicht die geringste Lust, sich mit diesen Hausbesetzern herumzuärgern. Wer konnte schon wissen, wie sie auf den Vorschlag reagierten? Und wenn es eine solche Bande war, die diesen Lebensstil organisiert pflegte, musste man mit allem rechnen.

José drehte sich zu den beiden um. »Ja, ihr.«

Mel schluckte. Es würde ihr wohl nichts anderes übrig bleiben. Außerdem musste sie ihrem Chef noch die Ablehnung im Anwaltsregister beibringen. Es war besser, für den Moment den Mund zu halten. Außerdem würde Fernando dabei sein. Und sie gingen ja schließlich nicht zu einem mexikanischen Drogenbaron. Dennoch wäre es ihr lieber, wenn Toni in der Nähe wäre. Ob sie ihn anrufen sollte?

Gaspar sah von ihnen zu seinem Freund José. »Die übliche Quote liegt zwischen fünf- und zehntausend Euro für einen sofortigen Auszug.«

»Pro Wohnung?« Mels Stimme überschlug sich beinahe. Das war ein lukratives Geschäft. Man wohnte gratis und bekam zum Abschluss noch eine schöne Provision. In solchen Momenten verstand sie Tonis manchmal radikale Denkweise.

»Leider«, gab Gaspar zu. »Würden Sie sich noch heute darum kümmern? Ich fahre zur Bank und hole das Bargeld.«

José nahm sein Handy in die Hand. »Und ich besorge noch ein paar kräftige Männer, die beim Auszug helfen und anschließend für den Objektschutz sorgen.«

Erleichterung durchflutete Mel. Sie würden nicht ohne tatkräftige Unterstützung dorthin gehen müssen. »In Ordnung.« Sie sah auf die Uhr. »Gegen sechzehn Uhr?«

»Für mich in Ordnung. Gaspar?«

»Perfekt. Ich danke euch.«

»José, ich müsste dich noch in einer anderen Angelegenheit sprechen.« Mel stand nun ebenfalls auf.

»In zehn Minuten in deinem Büro? Ich muss noch einen Anruf erledigen.«

Mel vereinbarte, Fernando abzuholen und gemeinsam zum Wohnkomplex zu fahren. Sie wollte in der verbleibenden Zeit noch etwas arbeiten.

Nachdem ihr Chef noch ein Telefonat führen wollte, rief sie ihren Klienten Schulze an. »Und? Gibt es Neuigkeiten?«

»Es wird noch einige Tage dauern, aber die Aussichten stehen gut. Ich hoffe, wir bekommen nächste Woche den richterlichen Räumungsbefehl. Halten Sie so lange noch durch?« Mel konnte die Sorgen von Herrn Schulze nachvollziehen. Es musste schrecklich sein, in sein Urlaubshaus zu kommen und das von fremden Leuten besetzt zu sehen, die sich noch erdreisteten, den Wagen zu benutzen, nur weil die Schlüssel im Haus lagen. Die Polizei hatte nichts tun können, außer auf den Rechtsweg zu verweisen, und der ging bei Privateigentum seit einer Gesetzesänderung viel schneller. Da hatte der Bankdirektor schlechtere Karten.

»Bleibt mir eine Wahl?« Die Stimme ihres Klienten hörte sich resigniert an.

Mel überlegte kurz. »Ja, es gibt ein paar schwere Jungs, die ihre Dienste anbieten. Doch kann ich Ihnen nicht sagen, ob das Konsequenzen für Sie haben wird. Je nachdem, wie kooperativ die Okupas sind, kann alles gut gehen, es kann aber auch sein, dass sie sich anschließend an Ihnen rächen wollen.«

»Die Anzeigen in der Zeitung sind mir bekannt, aber ich habe die gleichen Bedenken wie Sie. Und ich habe keine Lust, mir eines Nachts einen Knüppel überziehen zu lassen.«

Mel seufzte erleichtert auf. »Das ist vernünftig, ich wollte Ihnen nur alle Möglichkeiten aufzeigen.« Dann erzählte Mel ihm vom Bankobjekt, von den Schwierigkeiten, dort die illegalen Bewohner loszuwerden.

»Sie meinen, ich bin noch in einer glücklichen Lage?«

Mel lachte. »Sagen wir so, es könnte schlimmer sein.«

»Offensichtlich. Und Sie halten mich auf dem Laufenden?«

»Selbstverständlich«, versprach Mel, bevor sie sich verabschiedete.

Im selben Moment betrat ihr Chef ihr Büro. »Und? Was möchtest du besprechen?«

»Mir wurde trotz bestandener Prüfung die Einschreibung ins Register verweigert. Angeblich läuft in Deutschland ein Verfahren gegen mich wegen Untreue. Das ist aber unwahr. Ich bekomme keine Einsicht, wer so einen Unsinn behauptet. Was können wir tun?«

José hob beschwichtigend die Hand. »Ich kümmere mich darum. Wenn du dir nichts zuschulden hast kommen lassen, wird sich das schnell regeln. Mach dir keine Sorgen.«

Es waren fast die gleichen Worte wie die ihres Mannes. Diese Gelassenheit würde sie wohl nie erreichen. Warum regte sich niemand über diesen Umstand auf? Und warum nahm man eine solche Frechheit einfach hin?

»Danke, José. Vielen Dank. Es würde mich nämlich

brennend interessieren, wer so etwas über mich behauptet.« Mel hatte da schon ihren Verdacht. Da konnte Toni behaupten, was er wollte. In ihren Augen steckte seine Chefin dahinter, die nicht verwinden konnte, für Mel verlassen worden zu sein. Mel hielt Anabel García für eine stolze Frau. Und es kratzte an deren Ego, obwohl sie nun sogar Tonis Vorgesetzte war und das ihr genug Trost sein sollte, beruflich das Kommando über ihren Ex-Geliebten zu haben. Doch reichte Anabel das aus?

12

»Sag mal, wie kommst du dazu, dich in die Ermittlungen der Kollegen in Calviá einzumischen?« Anabel funkelte Toni wütend an.

»Ich mische mich nicht ein. Ich ermittle!«

»Weil du es besser als alle anderen kannst, oder warum ziehst du einen Fall in deinen Bereich, der dich überhaupt nicht betrifft?«

Toni blieb der süffisante Ton ihrer Stimme nicht verborgen.

Natürlich war er besser ausgebildet als viele seiner Inselkollegen, vor allem brachte er einen ganz anderen Erfahrungsschatz mit in diesem Job. Doch Anabel glaubte, ihn provozieren zu müssen, was ihr nicht gelingen würde. »Bist du fertig?«

»Hast du nichts zu deiner Rechtfertigung zu sagen?« Sie stieß sich vom Schreibtisch ab, und ihr Stuhl rollte vom Tisch zurück. »Du enttäuschst mich.«

»Ich kann dir den Bericht auch schriftlich zukommen lassen. Das ist eine Möglichkeit …« Toni sah, wie Anabel ihre Augenbrauen zusammenzog und eine steile Falte auf ihrer Stirn erschien. »Die andere ist, du lässt mich endlich etwas sagen.«

Anabel schnaubte aus und wedelte auffordernd mit der Hand.

»Hast du den Bericht zur Mauerleiche schon gelesen?«

»Was hat die denn mit dem toten Kind in Santa Ponsa zu tun?«

Nun war es an ihm, süffisant zu grinsen. »Eine ganze Menge, fürchte ich.«

Anabel stand auf und nahm einen Stapel Akten in die Hand, fand die richtige und schlug sie auf.

»Bei der Toten handelt es sich um die vor siebenundzwanzig Jahren spurlos verschwundene Sara López.«

Anabel sah ihn nun interessiert an.

»Ich habe den Täter bereits. Es handelt sich um Iker Ribot. Er hat gestanden. Der Fall ist jedoch verjährt. Und diesen Iker Ribot, der Sara López erschlagen und eingemauert hat, den verdächtige ich, die Giftköder ausgelegt zu haben, von denen einer das Mädchen vergiftet hat.« Wie seine Schwiegermutter in den Fall verstrickt war, verschwieg er.

»Hast du dafür Beweise?«

»Noch nicht.«

Anabel stieß verächtlich die Luft aus. »Dieser Iker Ribot kommt mit der Ermordung von Sara ...« Sie sah in die Akte. »... López ungeschoren davon. Das ist tragisch. Aber so ist das Gesetz. Und jetzt willst du ihm den Tod des Mädchens anhängen?«

»Es gibt Hinweise.« Toni wusste, wie dünn die Ausgangslage war, dennoch wollte er in dem Fall von seinen Kollegen aus Calviá auf dem Laufenden gehalten werden.

»Welche?«

»Lass mich dem nachgehen.« Toni zeigte auf die Akte. »Ich muss gleich mit der Schwester von Sara López sprechen. Das wird hart genug.«

Anabel klappte die Akte zu. »Meinetwegen. Im Moment ist nicht viel los, und ein alter Fall ist schon geklärt.«

Toni verließ grußlos Anabels Büro.

Auf dem Korridor zum Gemeinschaftsbüro kam ihm Catarina entgegen. »Und?«

»Sind alle da?« Er wollte nicht mit Catarina über das Gespräch mit Anabel reden. Catarina wusste ebenso wenig von ihrer ehemaligen Affäre wie das restliche Team. Und so sollte es auch bleiben.

»Ja.« Catarina machte auf dem Absatz kehrt und folgte ihm zurück ins Büro seiner Einheit. »Das Mädchen kam durch den Giftköder zu Tode. Kein Zweifel.«

Den hatte Toni nie gehegt. »Gibt es schon Informationen zum Köder?«

»Den hätte jeder zusammenbasteln können.« Catarina zuckte die Schultern. »Es handelt sich aber um die gleichen Köder aus Hackfleisch mit Giftbeimischung wie die, die deine Schwiegermutter bei César Fuster abgegeben hat.«

Auch das hatte Toni bereits vermutet. Die Art, wie Iker Ribot mit ihm gesprochen hatte, war kaltschnäuzig gewesen. Es hatte ihn schlicht nicht interessiert, was mit dem Mädchen geschehen war.

Sein Team saß an den Schreibtischen. »Schön, dass ihr alle hier versammelt seid. Ich möchte alles über Iker Ribot erfahren. Jedes noch so kleine Detail. Jede Anzeige, auch wenn nichts weiterverfolgt wurde. Ob hier in Palma oder in Calviá. Sammelt alles zusammen, was ihr finden könnt.«

Pedro Sánchez stöhnte auf. »Ich wollte eben Feierabend machen. Ich sehe meine Frau und mein Kind seit der Einbruchserie kaum noch.«

David blickte auf seine Uhr. Toni ging zwei Schritte auf ihn zu, bis ihm klar war, wie wenig ihn seine Augen trogen. David trug offenbar eine sauteure Rolex an seinem Handgelenk. Es handelte sich keinesfalls um ein billiges Produkt von einem der illegalen Straßenhändler. Selbst wenn es sich um eine Replik handelte, kostete eine solche Fälschung ein ordentliches Sümmchen. Toni wusste im ersten Moment nicht, welche Variante ihm lieber war.

»Von mir aus kannst du gehen. Ich habe erst in drei Stunden eine Verabredung.«

»Keiner geht hier. Ich kann im Moment auf niemanden verzichten. Tut mir leid.« Toni lehnte sich an den Aktenschrank neben der Eingangstür. »Ihr habt von dem Vorfall in Calviá gehört?«

Pedro schüttelte den Kopf. »Nein, was ist dort los gewesen?«

Toni brachte sie auf den neuesten Stand. Auch das Gespräch mit Iker Ribot ließ er nicht aus. »In wenigen Minuten wird die Schwester der toten Sara López hier auftauchen. Der Mistkerl kommt schon mit dem Totschlag davon, ein weiteres Mal werde ich ihn nicht entwischen lassen.«

»Das ist heftig«, sagte Pedro. »Davon habe ich nichts mitbekommen. Wir waren an der Playa unterwegs und hatten da gut zu tun wegen weiterer Einbrüche, nicht wahr, David?«

»Stimmt. Aber ein totes Kind?« David machte sich wie auch Pedro an die Arbeit.

Wieder bemerkte Toni, wie sehr er sich auf sein Team verlassen konnte, wenn es darauf ankam.

Nur eines beunruhigte ihn.

Wie kam David zu einer solch teuren Uhr? Von seinem Gehalt als Teniente konnte er sich solche Luxusobjekte nicht leisten.

Bevor er sich weiter Gedanken darum machen konnte, meldete der Empfang die Ankunft von Agata López. Toni atmete tief durch, bevor er das Großraumbüro verließ und nach unten ging, um ein Gespräch zu führen, vor dem ihm graute.

»Agata López?« Eine zierliche Frau mit einer grauen Bobfrisur stand vor ihm. Sie trug Jeans und einen knallroten Pullover und wirkte bedeutend jünger als eine Sechzigjährige. Aber sie musste es sein. Sonst wartete niemand am Empfang, um abgeholt zu werden.

»Dann sind Sie Antonio Morales. Mir wurde gesagt, ich solle mich bei Ihnen melden.«

Sie reichte ihm die Hand. Toni ergriff sie. »Kommen Sie bitte mit.«

»Man sagte mir am Telefon, Sie hätten endlich meine Schwester gefunden.«

Agata López ging neben Toni her. Sie wirkte gefasst, was ihn sehr erleichterte. »Es tut mir sehr leid.«

»Das muss es nicht. Es ist gut, damit hat die Ungewissheit ein Ende. Wobei ich es immer gewusst habe.«

Toni öffnete im ersten Stock einen Besprechungsraum und bat Agata López, Platz zu nehmen. »Möchten Sie ein Glas Wasser?«

»Nein danke.«

Toni setzte sich der Frau gegenüber. »Wir haben Ihre Schwester in dem Hotel gefunden, in dem sie früher gearbeitet hat. Sie hatten recht. Sie hat die Insel nie verlassen. Und auch Ihr Verdacht, Saras Geliebter habe etwas mit ihrem Verschwinden zu tun, war korrekt. Er hat die Tat inzwischen gestanden.«

»Dann soll er dafür in der Hölle schmoren. Wann wird die Verhandlung sein?« Sie holte aus ihrer Handtasche einen Taschenkalender und schlug ihn auf.

»Es wird keine Verhandlung geben. Die Tat ist verjährt.«

Die Frau wurde nun blass. »Verjährt?«

»Auch Mord verjährt nach zwanzig Jahren. Und es war kein Mord, sondern Totschlag. Die Fakten sprechen für sich.«

Für einen Moment war es totenstill im Raum.

»Der Mistkerl kommt straffrei davon?« Nun waren ihre Wangen gerötet. Die Wut hatte der Frau das Blut ins Gesicht getrieben. »Das darf nicht sein.«

Toni konnte die Reaktion gut nachvollziehen. Auch er hätte Iker Ribot gerne hinter Gittern gesehen, aber noch hatte er nichts in der Hand. »Es tut mir leid.«

»Wie heißt der Mann?«

Im ersten Moment hatte Toni überlegt, ihr von seinen Bemühungen zu erzählen, ihn für den Tod des Mädchens überführen zu können, doch das würde nur Hoffnungen schüren. »Das werde ich Ihnen nicht sagen.«

»Ich habe ein Recht darauf, zu erfahren, wer meine Schwester umgebracht hat.« Agata López klappte den Kalender wieder zu, schob ihn in ihre Tasche zurück und stand auf. »Wenigstens das steht mir zu nach all den Jahren.«

Toni stand ebenfalls auf. »Bedauere, die Ermittlungen sind noch nicht abgeschlossen.« Das war eine Notlüge. Aber er wollte nichts riskieren. Man konnte niemals die Reaktion eines Angehörigen einschätzen. Obwohl Iker Ribot für den Tod an seiner Geliebten büßen sollte, so sollte Agata López nicht für eine mögliche Rachetat ins Gefängnis gehen. Das konnte er nicht riskieren. »Sobald die Ermittlungen abgeschlossen sind, werde ich Ihnen alle Hintergründe mitteilen.«

»Ich kann also meine Schwester noch nicht überführen lassen?« Die Handtasche fest an den Körper gepresst, stand sie mitten im Raum. »Wozu sollte ich dann herkommen?«

»Doch. Sie können Ihre Schwester nach Hause bringen.« Toni reichte ihr die Hand zum Abschied. »Ein Kollege wird Ihnen bei den Formalitäten helfen.«

Sie wirkte nun doch traurig. »Können Sie mir sagen, ob sie hat leiden müssen?«

Toni konnte das nach der Faktenlage nicht einschätzen. »Nein, Ihre Schwester musste nicht leiden. Der Schlag auf den Kopf war sofort tödlich.«

Agata López presste die Lippen zusammen und schwieg einen Momant, als müsse sie die Worte erst verarbeiten. »Danke. Bedauert der ...« Sie räusperte sich. »... Täter, was er meiner Schwester angetan hat?«

Toni bejahte die Frage wider besseres Wissen. Ob sie ihm glaubte? Er hoffte es, das würde sie schneller abschließen lassen.

13

Wenn Catarina Pérez eines weniger vertrug als frittierte Chipirones, dann war es Ungerechtigkeit. Die panierten Tintenfische verursachten ihr im Vergleich dazu weniger Übelkeit. Der Gedanke, Iker Ribot ungestraft davonkommen zu lassen, nagte an ihr. Die weitere Recherche hatte bisher nicht viel ergeben. Er war zwar mehrfach angezeigt worden, aber laut Aktenlage verliefen die Ermittlungen, wenn es überhaupt welche gegeben hatte, im Sand. Er schien über dem Gesetz zu stehen. Selbst die Anzeige einer jungen Frau wegen sexueller Belästigung am Arbeitsplatz gammelte als Aktenleiche im Archiv vor sich hin. Nicht einmal die Frau schien weiteres Interesse an der Verfolgung dieser Straftat gehabt zu haben.

Vier Stunden später gab sie auf. Vielleicht stöberte ihr Kollege Manuel Sastre etwas auf. In ihrem Team konnte ihn in Sachen Recherche keiner schlagen. Seine Hirnwindungen schienen andere Abzweigungen zu nehmen, und er kam so auf Quellen, die sie selbst gar nicht in Betracht zog.

Catarinas Magen knurrte. Nachmittags fünf Uhr. Und bis auf einen trockenen Keks, den sie noch in ihrer Handtasche gefunden hatte, befand sich außer ihrer Wut nichts in ihrem Magen. Zeit, Feierabend zu machen. Sonst würde Mateo sich wieder beklagen, es würde Streit geben, und der Sonntag wäre auch gelaufen.

Da sie zu ihm nach Son Servera fahren wollte, ging sie noch zur Toilette. Die Wände zwischen den Toiletten waren dünn, und so hörte sie deutlich, wie sich zwei Streitende in der Herrenkabine gegenseitig anbrüllten. Waren das David und Pedro? Catarina lehnte sich an die Wand.

»Warum willst du schon wieder raus?« Das war Davids Stimme. »Wir waren doch erst dort.«

»Ich habe vergessen, etwas zu ermitteln. Das will ich nachholen.« Pedro klang verärgert. »Ich würde auch lieber zu meiner Frau und zu meinem Kind fahren.«

»Dann tu das doch und kümmere dich am Montag darum. In der Zweigstelle erreichst du um die Uhrzeit doch sowieso nur noch die Notbesetzung.«

Catarina hörte die Ungeduld in Davids Stimme. Er würde Pedro auf gar keinen Fall begleiten. Diesen Tonfall kannte sie an ihm.

»Nein, ich fahre hin. Komm mit oder lass es.«

Catarina hörte die Tür knallen. Pedro hatte die Toilette offenbar verlassen. Und das würde sie auch tun.

Leise öffnete sie die Tür zum Gang. David ging vor ihr. Mit knurriger Stimme murmelte er vor sich hin. Catarina hörte einige Schimpfworte. Gefolgt von einem Fluch: »Joder! Dann fahr eben allein.«

Das Klingeln ihres Handys verriet sie. Eilig zog sie es aus ihrer Hosentasche. »Mama, was gibt es denn?«

»Wolltest du nicht zum Essen kommen?« Der Vorwurf war unüberhörbar.

Catarina hatte es vergessen. »Ich bin schon auf dem Weg zu euch. Es dauerte hier etwas länger. Fünfzehn Minuten?« Länger würde sie nicht brauchen. Auch wenn sie keine Lust auf den Besuch hatte, so bekam sie wenigstens noch etwas zu essen, bevor sie zu Mateo fuhr.

David blieb stehen und runzelte die Stirn. »Du bist auch noch hier?«

»Bin schon weg.« Den belauschten Streit behielt sie für sich. Es ging sie nichts an. Die Männer bildeten ein Team, und in letzter Zeit kam es zwischen den beiden immer wieder mal zu Unstimmigkeiten. David konnte manchmal auch ziemlich stur sein. Das hatte auch dazu geführt, die kurze Beziehung zu ihm zu beenden. »Schönes Wochenende!«

Forschend sah er sie an.

Sie würde den Teufel tun und ihn auf das Streitgespräch mit Pedro ansprechen. Zum Abschied hob sie die Hand und eilte den Gang entlang, schnappte ihre Handtasche und verließ das Büro.

Catarinas Eltern lebten in der Urbanisation von Bahía Blava, wenige Kilometer südöstlich von Palma. Als ihre Eltern dort das Haus als Sommerresidenz gebaut hatten, war es eines der ersten an diesem Küstenabschnitt gewesen. Für sie war es normal gewesen, während der Ferien an der Küste und zur Schulzeit in Palma zu leben. Die Sommer am Meer bildeten einen festen Bestandteil ihrer unbeschwerten Kindheit. Als Catarina und ihr älterer Bruder ihre Ausbildung beendet hatten, gaben ihre Eltern das Haus in Palma auf und zogen ins Ferienhaus. Bahía Blava hatte zwischenzeitlich natürlich alles, was man zum Leben benötigte, ein kleines Zentrum, einen Supermarkt, einen Beachclub, eine Dorfbar und eine Apotheke, und was man nicht im Ort bekam, gab es im Nachbarort.

Für ihre Eltern war es der richtige Wohnort, sie selbst zog Palma vor. Niemals würde sie ihr Studio in der Innenstadt aufgeben. Der Lärm im Sommer störte sie nicht. Im Gegenteil. Sie genoss das pulsierende Leben in der Stadt.

Catarina stellte den Wagen ab, stieg aus und klingelte. Den Haustürschlüssel hatte sie in ihrer kleinen Wohnung vergessen, weil sie ebenso wenig an das Essen gedacht hatte.

Ihre Mutter öffnete. »Oh, du kommst ohne Mateo?«

Catarina küsste ihre Mutter auf die Wangen. »Ja, ich fahre nachher zu ihm.«

Der Blick ihrer Mutter war schnell zu deuten. »Dann kommt ihr morgen auch nicht?«

Die Sonntage waren in Spanien Familientage. Catarina wollte an den Sonntagen aber viel lieber einfach etwas draußen unternehmen, segeln gehen, laufen, von ihr aus auch spazieren, irgendetwas, was den Kopf frei machte. Und ihr Kopf wurde nicht bei Familienbesuchen frei. Ein Umstand, den ihr ihre Eltern, vor allem ihre Mutter, immer wieder vorhielt. Catarinas Bruder kam regelmäßig mit seiner Familie, immer abwechselnd zu den Schwiegereltern oder den Eltern. Jeden Sonntag das Gleiche. Catarina zweifelte manchmal daran, wirklich zu dieser Familie zu gehören. Sie war zu freiheitsliebend. Zu wenig familiär.

»Mama, fang bitte nicht wieder damit an.« Catarina sah die Welle der Enttäuschung schon auf sich zurollen.

»Ich wünsche dir doch nur eine eigene Familie.« Ihre Mutter ging in die Küche.

Catarina folgte ihr seufzend. »Ich habe doch schon eine Familie. Euch.«

»Ach, Kind, du weißt genau, was ich meine. Hat dir Mateo immer noch keinen Antrag gemacht?« Mit dem Kochlöffel in der Hand drehte sie sich vom Herd zu ihr. »Du bist dreißig Jahre alt. Wann willst du Kinder?«

Darüber dachte Catarina nicht nach. »Vielleicht gar nicht?«, provozierte sie ihre Mutter. »Es muss nicht jeder Kinder in die Welt setzen. Kinder zu bekommen, ist nicht der Wunsch jeder Frau.«

Entsetzt riss ihre Mutter die Augen auf. »Das meinst du nicht ernst. Du willst keine Kinder?«

»Im Moment nicht. Und ich will auch noch nicht heiraten.« Catarina wusste noch nicht mal, ob sie überhaupt mit Mateo zusammenbleiben wollte, denn der drängte sie ständig dazu, endlich zusammenzuziehen.

Der gekränkte Gesichtsausdruck ihrer Mutter zeigte die Enttäuschung über ihre ungeratene Tochter. Unverheiratet, dreißig Jahre alt und Ermittlerin bei der Kriminalpolizei. Hätte sie sich eine Glatze rasieren und sich den Schädel tätowieren lassen, wäre die Enttäuschung nicht größer gewesen.

»Consuela, lass Cati, du weißt doch, mit Druck erreichst du nur das Gegenteil.« Ihr Vater betrat unbemerkt die Küche.

»Danke, Papa.« Sie ging auf ihren Vater zu, küsste ihn ebenfalls zur Begrüßung. »Wenigstens einer, der mich nicht in eine Ehe drängelt.«

»Ich weiß doch, wie du auf Druck reagierst.«

Ihre Mutter rührte wieder in dem Topf mit dem Geschmorten. »Mit Davonlaufen. Das weiß ich auch. Aber man muss sich dem Leben auch stellen.«

Der Satz verärgerte Catarina. »Ich stelle mich dem Leben. Nur nicht so wie du. Weißt du, man könnte auch sagen, du versteckst dich hinter den Kochtöpfen.«

Schwungvoll drehte sich ihre Mutter zu ihr um. »Ich tue was?«

»Lass uns nicht streiten«, lenkte Catarina ein. »Der Tag war hart genug. Wir werden nie in diesen Punkten übereinstimmen.«

»Offensichtlich nicht.« Ihre Mutter schöpfte ihr eine Portion auf den bereitstehenden Teller. »Und nun setz dich, du bist viel zu dünn geworden.«

In dem Punkt musste sie ihrer Mutter recht geben. Das viele Training und die anstrengende Arbeit hatten sie einige Kilos gekostet, doch wirklich dünn war sie nicht. Schlank, drahtig, das ja, aber nicht untergewichtig. Trotzdem sollte sie regelmäßiger essen.

»Ich gelobe Besserung, de acuerdo?«

»De acuerdo. Dann frage ich jetzt nicht, was du heute gegessen hast.«

Dafür war sie ihrem Vater dankbar. Ohne den Anruf ihrer Mutter hätte sie auch die nächsten beiden Stunden nichts gegessen. Der würzige Soßenduft steigerte ihren Appetit. »Das riecht lecker. Danke, Mama.«

»Lecker war es vor zwei Stunden, als wir es gegessen haben.«

Um keinen weiteren Streit zu provozieren, nahm Catarina den Teller, setzte sich ins Esszimmer und aß schweigend. Ob sie jemals das Gefühl haben würde, ihre Mutter nicht zu enttäuschen?

Dreißig Minuten später verabschiedete sich Catarina von ihren Eltern. »Grüß Mateo von uns, ja?«

»Mach ich, Mama. Hasta luego.«

Ihre Mutter musste sehr verzweifelt sein. Zu Beginn ihrer Beziehung zu Mateo hatte sie ihn als Schreiner nicht gerade mit offenen Armen empfangen. Ein Handwerker war nicht gut genug für ihre Tochter. Doch im Laufe der Monate schien selbst ein Schreiner an ihrer Seite besser zu sein als gar kein Mann.

Während der Fahrt zu Mateo ordnete sie ihre Gedanken. Freute sie sich auf ihn? Oder fürchtete sie sich, auch von ihm über die Art, ihr Leben zu gestalten, wieder Kritik zu ernten?

Ihre Gedanken beruhigten sich während der Autofahrt. Sie ärgerte sich über einen Autofahrer, der mit sechzig auf der Landstraße vor ihr herzuckelte, während das Überholverbot sie daran hinderte, diesen vermutlich halb blinden und betagten Fahrer hinter sich zu lassen. Doch das kannte sie von sich. Ihre Ungeduld setzte ihrer Toleranz regelmäßig Grenzen.

Das Gespräch zwischen ihren Kollegen waberte wie eine

Nebelschwade durch ihre Gedanken. Pedro stand schon seit der Schwangerschaft seiner Frau unter Strom, seit der Geburt hatte sich das noch gesteigert. David wirkte ruhig, ein Umstand, der nicht mit der chronischen Pleite zu vereinen war, in der er sich seit seiner Degradierung befand. Es passte so wenig zu ihm wie diese teure Uhr. Catarina erinnerte sich, wie David ins Schwitzen geraten war, als er damals die teure Restaurantrechnung im Hafen von Portals bezahlt hatte. Er wollte sie mit dieser Einladung beeindrucken. Das wäre ihm geglückt, hätte er die Rechnung souverän beglichen. So war ihr schnell klar gewesen, wie gerne er über seine Verhältnisse lebte. Dazu passte die teure Uhr schon besser. Doch wie hatte er sich die leisten können? Ebenfalls hatte er an diesem Tag ein Markenshirt von Ralph Lauren getragen. Wäre David in Asien im Urlaub gewesen, hätte Catarina angenommen, er hätte Raubkopien getragen, was für das Büro natürlich denkbar dumm wäre. Und eines war David auf gar keinen Fall: dumm. Wohl aber ein aufbrausender Hitzkopf, was ihm auch zu seiner Degradierung zum Teniente verholfen hatte. Aber keinesfalls dumm. Auch nicht leichtsinnig, solange ihm sein hitziges Temperament nicht in die Quere kam. Dieser Charakterzug hatte auch zu einem schnellen Ende ihrer kurzen Beziehung geführt. Unzählige Streits in kurzen sechs Wochen. Doch das lag schon über ein Jahr zurück.

Catarina steuerte ihren Wagen von der Hauptstraße in den Ort Son Servera, bog dreimal links ab und parkte vor Mateo Serveras Schreinerei. Der halbe Ort schien diesen Nachnamen zu tragen.

In der Werkstatt Servera & Hijo stand die Tür auf. Mateo arbeitete also noch. Catarina trat ein. »Oh, buenas tardes, Mateo«, begrüßte sie Mateos Vater, der denselben Namen trug wie traditionsgemäß in Spanien auch der erstgeborene Sohn. Der betagte Mann drehte sich zu ihr herum und rieb sich den Rücken. Er konnte es trotz Übergabe der Werkstatt an seinen Sohn nicht lassen, selbst noch das eine oder andere Möbelstück zu schreinern.

»Der Junge ist oben.« Er drückte Catarina rechts und links ein Küsschen auf die Wange, schob sie von sich und sah sie missbilligend an. »Müde siehst du aus. Ich verstehe, warum Mateo sich um dich sorgt. Diese Arbeit ist nichts für eine Frau.«

Nun fing auch er noch damit an. Wenn er jetzt noch von seinem Wunsch nach Enkelkindern begänne, würde sie schreiend davonlaufen. »Ein kleines Kind kam ums Leben.«

»Wie schrecklich!«

Augenblicklich wurde sein Gesichtsausdruck milde, was Catarina beschämte. Auch wenn sie die Enkelsache hatte vermeiden wollen, war es nicht fair gewesen, den Mann mit dem Tod des kleinen Mädchens in seinem Redeschwall zu stoppen. »Ja, das ist es. Und ich hätte es für mich behalten sollen. Es tut mir leid.«

»Mir auch. Eine Frau sollte sich nicht mit solchen Angelegenheiten befassen müssen.« Er setzte den Hobel an ein breites Pinienbrett und zog ihn in einer geschmeidigen Bewegung über das Holz.

Catarina ging in den hinteren Teil der Werkstatt. Eine Treppe führte hoch in Mateos Wohnung im ersten Stock. Die Tür war angelehnt. »Cariño!«, rief sie nach ihm.

Sie fand ihn auf der Couch im Wohnzimmer liegend vor. Fast schon grimmig sah er sie an. »Du wolltest zum Mittagessen hier sein.«

»Ich hatte das Mittagessen bei meinen Eltern vergessen.« Sie zeigte auf das Smartphone, das auf dem kleinen Sofatischchen lag. »Das hatte ich dir mitgeteilt.«

»Deswegen kommst du trotzdem spät.« Mateo setzte sich auf.

Erwartungsvoll spitzte er die Lippen. Der Vorwurf nahm Catarina jedoch die Lust, ihn zur Begrüßung zu küssen. »Und du bist schlecht gelaunt.«

»Das ist deine Schuld.«

Catarina blieb stehen. »Meine Schuld? Ich fahre quer über die Insel, um dich zu sehen, und was erwartet mich? Ein übellauniger Mann, der abends um sechs auf dem Sofa liegt und fernsieht.«

»Ich musste ja auf dich warten.«

Diese Rechtfertigung brachte Catarina nur noch mehr auf. Schon aus dem Augenwinkel hatte sie in der Küche die herumstehenden Teller und Töpfe gesehen. Er hatte mit seinem Vater gekocht und gegessen, das Saubermachen sollte wohl sie erledigen.

»Du hättest aufräumen können.«

»Das kannst du ja machen, jetzt, da du hier bist, wenn es dich stört.«

Wie hatte sie früher dieses Machogehabe niedlich finden können? »Ja, es stört mich tatsächlich. Und ich werde nicht aufräumen.« Wut, Enttäuschung und Unverständnis krochen in ihr hoch, bis kein Gefühl von Zuneigung und Liebe mehr spürbar war. In diesem Moment sehnte sie sich nach ihrem kleinen Studio in der Stadt. Das war immer aufgeräumt. Selbst dann, wenn Mateo bei ihr übernachtete und jede Tasse stehen ließ, die er benutzte. Was hatte sein Vater gesagt? Sie sähe müde aus. Das war sie. Unendlich müde. Doch das lag nicht an der Arbeit, es lag an ihrer Beziehung, der mangelnden Unterstützung, dem mangelnden Zuspruch. Sie sollte aufräumen? Ja, das würde sie tun. Aber anders, als Mateo sich das vorstellte. Sie setzte sich in einen der Sessel, die dem Sofa gegenüberstanden. »Mateo, es geht einfach nicht mehr. Es tut mir leid.«

Seine Stirn legte sich in Falten. »Was meinst du?«

»Das mit uns.«

»Nur, weil die Küche nicht aufgeräumt ist?«

Catarina seufzte. Es ging nicht nur um die Küche. Es ging um das große Ganze. Mateo versuchte mit allen Mitteln, sie zu einer Frau umzuformen, die sie nicht war. Sie sollte Lust am Kochen und am Haushalt haben, dabei war das für sie nur ein notwendiges Übel, wenn man essen und wohnen wollte. Oftmals machte sie sich nur ein belegtes Bocadillo, oder sie vergaß das Essen schlichtweg, weil es wichtigere Dinge zu tun gab. Sie liebte ihren Beruf, und je mehr man versuchte, sie in die Rolle der häuslichen Frau zu drängen, desto geringer war ihre Bereitschaft, überhaupt etwas dafür zu tun. »Wir passen nicht zusammen, Mateo. Du willst eine Frau, die pünktlich von der Arbeit kommt, dir noch den Haushalt führt und irgendwann deine Kinder großzieht.«

»Was ist daran verkehrt?« Mateo schaltete den Fernseher ab. Offensichtlich war ihm bewusst, wie ernst es Catarina dieses Mal war.

»Nichts. Es ist dein Wunsch. Daran ist nichts verkehrt. Aber ich habe andere Wünsche, andere Ziele. Es tut mir leid.« Catarina stand auf. Sie hatte alles gesagt. Um sich ordentlich zu verabschieden, trat sie auf Mateo zu. Er kniff seine Augen zu schmalen Schlitzen zusammen, was sein Gesicht zu einer Fratze werden ließ. So hatte sie ihn noch nie gesehen. Instinktiv wich sie vor ihm zurück. »Ich gehe jetzt besser.«

Mateo sprang auf die Beine. »Nichts dergleichen wirst du tun!«

Er war ihr gegenüber noch nie aggressiv geworden.

Sie konnte seinen Ärger verstehen, doch er musste sie nun gehen lassen. »Doch, Mateo, ich wünsche dir alles Gute.«

Mateo packte sie hart am Arm und starrte sie an.

Catarina starrte zurück. »Lass mich auf der Stelle los.« Ihre Stimme war leise, aber bestimmt.

Er drückte noch fester zu, bevor er sich offenbar ihrer Ausbildung erinnerte und das einzig Vernünftige tat. Er ließ sie los.

Ohne ihn aus den Augen zu lassen, verließ sie seine Wohnung, zog die Wohnungstür hinter sich zu und eilte die Treppenstufen nach unten. Sie hob nur kurz die Hand, um sich von Señor Servera zu verabschieden. Was er sagte, rauschte wie ein Intercity an ihr vorbei. Zu sehr hämmerte in ihrem Kopf, wie aggressiv Mateo plötzlich geworden war. Es hatte nicht viel gefehlt, und sie hätte sich körperlich wehren müssen. Hätte er sie losgelassen, wenn sie keine Polizistin gewesen wäre? Oder hätte er sie weiterhin bedroht?

Catarina startete den Motor, sah nicht mehr in den Rückspiegel und gab Vollgas.

14

Schlecht gelaunt sperrte Toni seine Haustür auf. Aus der Küche vernahm er Stimmen.

Mel sprach mit seiner Schwiegermutter. Dabei hatte er sich auf einen gemütlichen Abend allein mit seiner Frau gefreut. Der Lichtblick verschwand wie die Sonne hinter dem Horizont. »Toni wird die Sachen abholen«, hörte er Mel sagen.

Es ging um den Flohmarkt. Darum würde er sich morgen kümmern. »Wie lief der Verkauf?« Toni betrat die Küche, schloss seine Frau in die Arme und küsste sie zur Begrüßung.

»Gut, würde ich sagen. Die genaue Abrechnung mache ich erst morgen, dazu hatte ich heute keine Lust mehr.« Einige Haarsträhnen hatten sich aus Adelheids Zopf gelöst. Sie wirkte müde.

Mel gähnte. »Ich ziehe mich mal um. Dann kümmere ich mich ums Essen, ja?«

»Bleib so, wir fahren zu *Mario*. Ich lade euch ein.« Er selbst fühlte sich ausgepowert, was vielmehr an diesem windigen Kerl lag, den er nicht zu fassen bekam. Sein Magen knurrte bei der Vorstellung auf eine knusprige Pizza. »Heute kocht er für uns, einverstanden?«

Mel zeigte auf den Kühlschrank. »Ich habe frisch eingekauft.«

»Dann wird es morgen auch noch frisch sein.«

Mels Widerstand fiel augenblicklich in sich zusammen. Kochen war für beide ein notwendiges Übel. Eines, das Mel noch weniger beherrschte als Toni selbst. Vermutlich saß auch aus diesem Grund Adelheid in der Küche. Der Plan war eine gemeinsame Zubereitung des Abendessens gewesen.

»Dann morgen«, bestätigte Adelheid seine Annahme.

Toni stimmte dankbar zu. An diesem Abend freute er sich auf eine Pizza mit Schinken und Salami. Was ihn hier erwartete, war ein Gemüseauflauf mit Käse überbacken, und im besten Fall würde Adelheid auf ihre Seite der Auflaufform etwas Speck und Schinken geben. Mit Pech würde Mel das verhindern.

»Worauf wartet ihr noch?« Toni hielt den Wagenschlüssel hoch.

Zehn Minuten später saßen sie an einem Tisch im Innenraum des gemütlichen Restaurants. Mario nahm die Getränkebestellung auf. Mel und Adelheid suchten noch nach dem passenden Gericht, Toni hatte sich längst entschieden.

»Gibt es schon was Neues zum Tod des kleinen Mädchens?« Mario sah Toni neugierig an.

»Du weißt doch, ich darf nichts sagen.«

Mario hob theatralisch die Hände. »Als ob ich jemandem davon erzählen würde. Ich hoffe nur, ihr bekommt das Schwein.«

Adelheid klappte die Karte zu. »Das hoffe ich auch!«

»Ich nehme eine Pizza Speciale.«

Mario notierte.

»Die Lasagne.« Adelheid wusste, wann ein Gesprächsthema für Toni erledigt war. Zumindest ging sie auf den Themenwechsel ein.

Mel bestellte Tagliatelle mit rotem Pesto.

Mario verließ den Tisch. Adelheid wartete nicht ab, bis

er sich hinter der Theke um die Getränke kümmerte. »Habt ihr endlich was Neues?«

Mel legte ihre Hand auf die ihrer Mutter. »Lass ihn, okay?«

»Wir arbeiten daran. Mehr kann ich dir nicht sagen. Wie geht es deiner Freundin Irene und ihrer Tochter? Ist Clara noch im Krankenhaus?«

»Sie wird vermutlich morgen entlassen.« Adelheid nagte auf ihrer Unterlippe. Das tat sie häufig, wenn sie etwas beschäftigte. »Ich war heute bei ihr. Sie spricht immer noch nicht. Das macht uns große Sorgen.«

Toni kannte das Verhalten. Wie oft war er mit den unterschiedlichsten Reaktionen von Angehörigen konfrontiert gewesen! Es gab Menschen, die schrien, fluchten, weinten, dann gab es die gefassten Hinterbliebenen, mit denen man reden konnte. Die brachen meist irgendwann ein paar Tage später zusammen. Am schlimmsten traf es diejenigen, die sich einfach von der Umwelt ausklinkten. Man konnte ihnen nicht helfen. Sie kapselten sich ab, waren unzugänglich, und nicht selten taten sie sich selbst etwas an. Clara gehörte zur letzten Personengruppe. Wenn sie nicht bald wieder sprach, war sie eine Gefahr für sich selbst. »Weint sie?«

Adelheid schüttelte den Kopf.

»Ihre Mutter soll sie nicht allein lassen, verstanden?«

»Wird sie nicht.«

Das beruhigte Toni ein wenig.

Mario brachte die Getränke.

Adelheid trank einen herzhaften Schluck Rotwein. »Denkst du, sie würde sich etwas antun?«

»Es ist nicht auszuschließen.«

Mel seufzte. »Hoffentlich spricht sie bald. Sie darf nicht alles in sich einschließen. Das wird sie zerstören.«

»Wir kümmern uns um sie.«

»So, und nun zum Flohmarkt.« Mel nippte an ihrem Weinglas. »Wie ist es gelaufen?«

»Die Kuchen und Kekse mit Kaffee gingen sehr gut bei dem sonnigen Wetter. Aber auch sonst haben die Besucher viel gekauft. Ich denke, wir sind mehr als die Hälfte losgeworden.«

Mel öffnete ihre Handtasche. Aus ihrer Brieftasche zog sie einen Hunderteuroschein. »Sieh das als Spende, ja?«

Adelheid strahlte. »Danke, was habe ich nur für eine wundervolle Tochter!« Sie sah zu Toni. »Im Gegensatz zu meinem Schwiegersohn.«

»Der für die böse Schwiegermutter die Flohmarktkisten hin- und herfährt und sie noch zum Essen einlädt.« Toni nahm einen großen Zug von seinem Bier. »Der grobe Undank. Muss ich schon so sagen.«

Adelheid lachte. »Denkt ihr nicht, es wäre mal an der Zeit, mich zur Großmutter zu machen?«

»Damit du deinem Enkelkind noch zeigen kannst, wie man einen ordentlichen Joint dreht?« Toni lachte ebenfalls. Um sich abzusichern, sah er zu seiner Frau. Über Kinder hatten sie zu Beginn ihrer Ehe gesprochen. Beide hatten entschieden, sich erst um ihren Beruf zu kümmern. Seither war Nachwuchs kein Thema mehr gewesen. Seit ihrem Umzug auf die Insel könnte es aber durchaus ein Thema für Mel sein. Er selbst hatte darüber noch gar nicht nachgedacht.

Mel lächelte. »Du wirst es schon noch erleben. Erst muss ich hier noch Fuß fassen.«

Erleichterung überkam Toni. Seine Frau sah sich also auch noch nicht beim Windelnwechseln. Alles hatte seine Zeit. Mel und er als Eltern? Ein Gedanke, den er gerne noch vor sich herschob. Erst wollte er hier ankommen. Und dazu gehörte auch, keine Altlasten mehr mit sich herumzutragen. Er griff nach der Hand seiner Frau. »Deine Eintragung ins Register wird bald kein Thema mehr sein. Mach dir darüber keine Gedanken.«

Mel sah ihn spöttisch an. »Ach so, und dann kann ich sofort schwanger werden, weil ich ja eingetragen bin?« Mel sah zu ihrer Mutter. »Da setzt du deinem Schwiegersohn ja schöne Flausen in den Kopf.«

Adelheid trank ihr Glas leer und gab Mario ein Zeichen, den Wein nachzufüllen. »Man wird ja mal fragen dürfen, oder?«

»Dann muss man auch die Antwort vertragen«, konterte Mel. »Leg dir doch einen Hund zu. Oder nimm ein paar der streunenden Katzen auf, wenn du noch Beschäftigung brauchst.«

Adelheid riss die Augen auf. »Das kann man ja nicht vergleichen!«

Toni und Mel prusteten los. »Mama, irgendwann machen wir dich schon zur Oma. Aber noch nicht jetzt, okay?«

Marios Kellner servierte das Essen. »Bon appetito.«

Während des Essens erzählte Adelheid noch vom Flohmarkt. »Die Einwohner dort hatten ihren Spaß. Endlich war mal ordentlich was los in diesem Luxusschuppen.«

Toni wusste, was Adelheid meinte. Die Altersresidenz glich vielmehr einem barrierefreien Luxushotel. Nur sehr gut situierte Rentner konnten sich die Unterbringung in einem der Zimmer oder Apartments leisten. Schatten spendende Kiefern und tropische Pflanzen flankierten die Fußwege durch den Garten. Er kannte natürlich nicht die Ausstattung der Zimmer. Adelheid schwärmte allerdings davon, wenn sie selbst mal nicht mehr selbstständig wohnen könnte, wäre für sie diese Altersresidenz eine Option. Toni fragte sich allerdings, was die Leitung sagen würde, wenn sie von Adelheids Cannabis-Konsum wüsste.

Obwohl Mel versuchte, locker zu plaudern, bemerkte Toni ihre Unruhe.

Irgendetwas bedrückte sie. Und es handelte sich sicherlich nicht nur um ihre Einschreibung in die Anwaltskammer.

Zu Hause würde er es herausfinden.

Adelheid ging glücklicherweise umgehend in ihre Doppelhaushälfte. Toni versprach ihr, die restlichen Sachen am frühen Morgen in der Residenz abzuholen.

Neben dem Kühlschrank stand eine geöffnete Flasche Rotwein. »Möchtest du noch ein Glas?«

»Gerne.«

Toni schenkte zwei Gläser ein, während sich seine Frau im Schlafzimmer umzog. Sie stand gerade in Unterwäsche vor ihm, und an jedem anderen Abend wäre er zu ihr gegangen, um sie zu verführen. Ein Glas stellte er auf dem Nachttisch ab, damit er Mel von hinten umarmen konnte. Mit der anderen Hand reichte er ihr das Weinglas. »Also, was bedrückt dich?«

»Dir kann ich nie etwas vormachen, was?«

»Willst du das denn?«

Mel drehte sich zu ihm um und lächelte. »Nein. Heute nicht.«

»Heute?« Amüsiert über ihre Provokation, küsste er ihren Hals. »Also, was ist los?«

Mel drückte ihm das Weinglas in die Hand und schlüpfte in ihren eng anliegenden Hausanzug. Sie setzte sich aufs Bett und lehnte sich am Kopfende an. »Setz dich zu mir.« Auffordernd klopfte sie mit der Hand neben sich. »Der Termin mit den Okupas vom Bankgebäude lief noch rund. Nicht schön, aber so weit okay. Der Bankier ist zufrieden.«

»Ihr habt also bezahlt?« Sonst wäre das Gebäude nicht frei für eine Versteigerung. »Wo liegt dann das Problem? Macht dein Chef wegen der Eintragung Stress?« Das konnte Toni sich bei einem waschechten Mallorquiner nicht vorstellen. Außerdem profitierte Mels Chef von ihrer Arbeit, ohne ihr das entsprechende Honorar zu zahlen, solange sie nicht als Prozessanwältin zugelassen war.

»Nein, es geht weniger um das Hochhaus. Da bin ich mit Fernando hin.«

»Wie? Du warst dabei?« Das gefiel Toni nicht. Man konnte nie wissen, wie Menschen reagierten. Und Mel in Gefahr zu wissen, war ein Umstand, den er mit Mels Chef besprechen würde, sollte das nochmals vorkommen.

»Ja. Im Hintergrund. Fernando und vier Gorillas haben das geregelt.«

Das zu hören, erleichterte Toni augenblicklich. »Gut. Ich dachte schon, ich müsste deinem Chef in den Hintern treten.«

»Misch du dich nicht in meinen Job ein.«

Toni schwieg.

»Es lief wie im Bilderbuch. Wir haben bezahlt, sie haben ihre Sachen gepackt und sind ausgezogen. Dann wurden die Schlösser ausgewechselt, und zwei Wachposten bleiben dort, bis die Versteigerung durch ist.« Mel setzte sich in den Schneidersitz und griff nach dem Weinglas. »Aber mit meinem Klienten Schulze gibt es ein Problem. Es ist Wochenende, also befasst sich auch kein Richter mit seinem Fall. Während seines Deutschlandaufenthalts hat sich eine Gruppe in seiner Villa breitgemacht. Das Haus steht neben der Wohnanlage, in der Mutters Freundin wohnt. Du weißt, welche ich meine?«

»Die, in der Iker Ribot mehrere Wohnungen illegal vermietet. Ja, ich weiß, von welcher Residenz du sprichst.«

»Mein Klient war für vier Monate in Deutschland. Seine kranke Mutter lag im Sterben. Vor Mitte nächster Woche wird es mit einem richterlichen Räumungsbefehl nichts werden.«

Der Zeitpunkt erschien Toni realistisch, wenn alles ideal ablief, und dafür würde Mel Sorge tragen.

»Ich hatte gehofft, es ohne Räumungsbefehl zu schaffen. Also bin ich mit Fernando dorthin gefahren, um mit den Leuten zu reden.«

»Du bist was?«

Mel verdrehte die Augen. »Ich war ja nicht allein. Willst du nun wissen, was ich herausgefunden habe?«

Wenn er seiner Frau auch liebend gerne einen Vortrag gehalten hätte, stimmte er ihr zu, weil Mel sonst aufstehen würde, um das Gespräch zu beenden.

»Das Grundstück gleicht einem Bauernhof. Zwei Ziegen, unzählige Hühner und Gänse, vier Schafe und sogar ein Esel laufen dort herum. Der Ziergarten ist nicht wiederzuerkennen. Der Pool auch nicht. Der gleicht einem Teich. Aber das meine ich nicht. Ich habe der Familie die Zwangsräumung angekündigt. Natürlich in der Hoffnung, sie gegen eine Zahlung von tausend Euro zum Auszug zu bewegen.«

»Was nicht geklappt hat.«

»Nein, sie kennen die Tarife und wollten mindestens fünf Riesen haben.« Mel schüttelte den Kopf. »Ich weiß gar nicht, wie ich Herrn Schulze beibringen soll, was ich dort gesehen habe.«

Das konnte Toni sich gut vorstellen. Er kannte entsprechende Bilder, wenn sich seine Abteilung auch nicht damit beschäftigte. Mit viel Pech wurden sogar die sanitären Anlagen ausgebaut und verkauft. Und diese Eindringlinge hatten mehrere Monate Zeit gehabt, alles zu Geld zu machen, was nicht fest verbaut war. »Das kann als Vandalismus an die Versicherung gehen, wenn er versichert ist.«

»Ist er. Aber darum geht es nicht. Dieser Trupp lässt sich auch nicht durch Schläger vertreiben. Denn rate mal, wer das schon versucht hat?« Mel sah ihn mit leuchtenden Augen an.

Toni hatte keinen Schimmer.

»Iker Ribot. Seine Feriengäste haben sich über den Blick auf das übel zugerichtete Grundstück beschwert, und er hat ein paar Jungs losgeschickt.«

»Iker Ribot? Das ist illegal. Kann man das beweisen?« Es war nur ein Strohhalm, nach dem Toni griff, aber es war ein Delikt. Und jedes Delikt spielte Toni in die Hände, um diesen Mistkerl dranzukriegen.

»Ob die bezahlten Schläger aussagen? Vermutlich nicht, denn die haben ordentlich etwas abbekommen. Die Familie ist sehr wehrhaft, und sie haben aus ihnen den Namen des Auftraggebers herausgeprügelt.« Mel trank einen Schluck Wein. »Weißt du, die Familie, die sich dort aufhält, ist sogar so dreist und wird Iker Ribot anzeigen.«

»Vermutlich, nachdem sie ihm eine Abreibung verpasst haben.« Bisher lag keine Anzeige vor. Und bei Tonis gestrigem Gespräch hatte nichts darauf hingewiesen, dass Iker Ribot in eine Schlägerei verwickelt gewesen wäre. »Wann war die versuchte Räumung?«

»Gestern. Da wird also noch etwas nachkommen. Davon bin ich überzeugt. Könntet ihr Ribot beschatten? Wenn jemand aus dieser rumänischen Familie ihn zusammenschlägt, könnte das ja eine richterliche Räumung des Hauses beschleunigen, oder nicht?«

»Möglich, wenn auch unwahrscheinlich.« Toni wusste, wie langsam hier die Abteilungen bei Bagatellfällen zusammenarbeiteten. Außerdem hatte Ribot eine kräftige Abreibung mehr als verdient. Trotzdem würde er seine Kollegen in Calviá informieren, damit sicherheitshalber ab und zu eine Streife an Ribots Haus vorbeifuhr.

15

»Hast du noch was herausgefunden?« Bruno sah seinen Kollegen Manuel auffordernd an. Er selbst war im Fall Iker Ribot nicht weitergekommen. Aber er war auch technisch nicht so begabt wie sein junger Kollege.

»Leider nicht. Und die Chefin hat deutliche Anweisung gegeben, nicht an dem alten Fall weiterzuarbeiten, nachdem er geklärt ist.« Auf seinem Gesicht spiegelte sich die Unzufriedenheit über diese Order.

Auch Bruno hätte diesen windigen Kerl für den jämmerlichen Rest seiner Tage am liebsten hinter Gitter gebracht, als sich schon wieder um einen der Cold Cases zu kümmern. Der Fall des toten Mädchens fiel jedoch in die Zuständigkeit der Kollegen in Calviá. Wenigstens war nun die Leiche von Sara López geborgen, die Umstände aufgeklärt, und die Familie konnte mit dem tragischen Verlust abschließen.

Es gab so viele Fälle, in denen es keine Aufklärung gab, weil die Puzzleteile nicht zueinanderpassen wollten. Unwillig schlug er die nächste Akte auf und warf einen Blick hinein.

Der Fall von Jan Burger. Bruno erinnerte sich noch gut an den Vermisstenfall. Sie hatten viele Wochen nach dem Mann gesucht. Der junge Deutsche verschwand spurlos von seiner Arbeitsstelle in Colónia de Sant Jordi. Nach einem Anruf verließ er seinen Posten als Rezeptionist eines Hotels. »Bis gleich«, waren seine letzten Worte an seine Kollegin, die annahm, er würde nur kurz in die Pause gehen. Anschließend stellte sie fest, er hatte weder seine Papiere noch seine Geldbörse oder sein Handy mitgenommen. Diese persönlichen Gegenstände lagen in dem kleinen Büro hinter dem Empfangstresen.

Marina Galmes sagte damals aus, er habe ruhig gewirkt, als er das Hotel verließ. Nichts wies auf Schwierigkeiten hin. Bruno hatte den Fall nicht weiterverfolgt. Er fiel in die Zuständigkeit der Kollegen in Manacor. Vier Monate später fand man seine Leiche in einem Kellerschacht eines renovierungsbedürftigen Reihenhauses drei Ortschaften weiter. Wie er dorthin gekommen war, blieb ebenso ungeklärt wie die letzten Stunden seines Lebens. Bruno blätterte in den Akten und schob sie zu Manuel hinüber. »Sieh dir den Fall mal an.«

Manuel Sastre zog die Akte zu sich. »Der Fall ist seit über drei Jahren kalt.«

Bruno bejahte. »Aber vielleicht findest du ja einen Punkt, an dem wir neu ansetzen können.« Er schlug die nächste Akte auf. Ein Fall, in dem es um die gewünschte Exhumierung einer toten Frau ging, deren Tochter anzweifelte, dass es sich beim Tod der Frau um einen Unfalltod oder gar Selbstmord handelte. Wenn sich das bewahrheitete, hätten die Kollegen bei der Ermittlung geschlampt. Immer eine delikate Angelegenheit.

»Wusste ich doch, dass ich dich noch hier finde.« Bruno sah von der Akte auf, in die haselnussbraunen Augen seiner Tochter.

Er sah auf die Uhr. »Tut mir leid. Ich habe gar nicht bemerkt, wie die Zeit verging.« Sein Wagen war in der Werkstatt, und seine Tochter hatte ihn abholen wollen. Nun hatte er mal wieder die Zeit vergessen.

Manuel stand auf und reichte Brunos Tochter die Hand. »Du musst Valeria sein.«

Valeria nahm Manuels Hand. Beide hielten sich für Brunos Geschmack zu lange an den Händen.

»Und du bist?«

»Manuel. Manuel Sastre. Encantado.«

Valerias Augen glitzerten, und sie schenkte Brunos Kollegen ein reizendes Lächeln. Flirtete seine Tochter mit Manuel? Es sah ganz so aus. »Ich bin hier fertig.« Er schlug die Akte zu, stand auf und ging zu seiner Tochter. Nach einem Kuss auf die Wange hakte er sie unter und zog sie mit sich. »Wir sehen uns am Montag!«

Valeria drehte sich zu Manuel um. Lächelnd hob sie die Hand. »Bis bald mal wieder.«

Bruno brummte.

»Es hat mich gefreut.« Manuel zwinkerte Valeria zu und hob die Hand. »Wir sehen uns.«

Nicht, wenn er es verhindern könnte. Seine Tochter mit einem Ermittler der Mordkommission? Für sein Goldstück stellte er sich einen anderen Schwiegersohn vor. Einen, der pünktlich zu seiner Familie kam, einer, der nicht mitten in der Nacht wegen eines Mordfalls das Ehebett verlassen musste. Bruno wusste genau, wie sehr seine Frau unter seinem Beruf gelitten hatte. Seiner Tochter würde er dieses Schicksal ersparen.

»Dein Kollege scheint nett zu sein.«

»Ja, ist er. Und er ist schwul.«

»Bist du sicher?«

»Natürlich. Und jetzt lass uns nach Hause gehen. Deine Mutter wartet sicherlich mit dem Abendessen auf uns.«

Valeria drehte sich erneut um, obwohl sie das Büro längst verlassen hatten. »Du irrst dich.«

Bruno sagte nichts dazu. Er wusste, wann er auf verlorenem Posten stand. Seine Tochter war eine zu gute Beobachterin, es brachte nichts, sie weiter zu belügen.

María saß am Küchentisch, als sie das Haus betraten.

»Ob ich es irgendwann erlebe, dass mein Essen nicht verkocht?«

Er küsste seine Frau. »Es tut mir leid. Ich habe die Zeit vergessen.«

María stand auf, ging zu den Töpfen und richtete die Teller an. Ein Fleischeintopf und Reis, dazu Gemüse. Bruno nahm ihr den Teller ab. »Das riecht lecker.«

»Das Gemüse ist verkocht.«

Das Klingeln des Telefons bewahrte ihn vor weiteren Klagen. »Ich gehe.« Er stellte seinen Teller ab und ging in den Flur, wo sein Festnetztelefon auf einem kleinen Tischchen stand. »¿Díga?«

»Bruno? Manuel hier. Hast du die Akten zur Exhumierung geprüft?«

»Noch nicht endgültig, warum?«

»Der Anwalt der Tochter ist hier.«

Zu dieser späten Uhrzeit? Der hatte es ja eilig.

»Ja. Er wartet im Besprechungszimmer. Ich bin die Akte durchgegangen, und auch mir erscheint die angegebene Todesursache wenig wahrscheinlich. Der Arzt hat zwar eine Vergiftung nicht ausgeschlossen, aber es wurde nicht weiterverfolgt. Ich beantrage beim Staatsanwalt die Exhumierung. Ist das in Ordnung?«

Bruno überlegte kurz. »Ja.« Der Landarzt hatte zwar den Tod der Frau festgestellt, aber keinen Verdacht gehegt, der auf einen Mord hinwies. Warum auch? Die Frau war Tierschützerin gewesen, hatte einen Gnadenhof betrieben und sollte, gemäß einigen Befragungen, keine Feinde gehabt haben. Nun kam nach acht Wochen die Tochter aus Kanada, obwohl die Frau längst beigesetzt war, und behauptete, ihre Mutter hätte Streit mit einem Nachbarn gehabt. Eine Untersuchung wäre angeraten. Er hätte das selbst am Montag in die Wege geleitet. Doch wenn nun der Anwalt der Tochter Druck machte, würde

Manuel eben den Staatsanwalt am Wochenende behelligen.

»Gut«, sagte Manuel knapp. »Dann würde ich nun noch gerne Valeria sprechen. Reichst du ihr das Telefon weiter? Sie hat hier etwas vergessen.«

Widerwillig rief Bruno nach seiner Tochter.

Sonntag

16

Bereits am frühen Morgen drehte Adelheid ihre Runde bei der Katzenkolonie. Aufgrund der Dunkelheit lag noch eine friedliche Stille über dem sonst so lebhaften Wohngebiet Ses Rotes Velles. Mit hochgezogenen Schultern schenkte sie Wasser in die Näpfe. Das Futter zog sie aus ihrem Hackenporsche. Leider hatte sie vergessen, die Strickjacke mitzunehmen. Nur in dem leichten Langarmshirt fröstelte sie. Sie füllte die Futternäpfe. El Cid hatte wieder sein Futter beim Fressen über den Rand des weißen Plastikschälchens verteilt, und eine Kolonie Ameisen krabbelte um die verstreuten Trockenfutterstücke. »Du lernst es auch nie, was?« El Cid saß in zwei Metern Sicherheitsabstand auf der Erde und lauerte auf sein Fressen. Adelheid schob die Reste beiseite, um die Ameisen etwas von den Fressnäpfen fernzuhalten.

Im Anschluss kontrollierte sie das komplette Gelände inklusive des Spielplatzes.

Nichts.

Sie fand keinen weiteren Köder. Es schien fast, als hätte es diese feigen Attentate nie gegeben. Immer noch verdächtigte sie Iker Ribot, diesen gierigen Widerling. Leider blockte Toni ab. Sobald sie nach den Ermittlungsergebnissen fragte, wich er aus. Allein der Gedanke an Clara und

Irene schmerzte, als würde ihr jemand die Eingeweide zusammenquetschen. Ihre Schuldgefühle taten ihr Übriges. Immer wieder fragte sie sich, warum sie nicht auch den Spielplatz nach den Giftködern abgesucht hatten. Die Antwort kannte sie, und dennoch spulte ihr Gehirn wiederholt die Frage ab – wie eine hängende Vinylschallplatte.

Die Sonne ging auf. Nun konnte sie in die Klinik fahren. Vielleicht würde Clara mit ihr sprechen, wenn Irene nicht dabei war. Manchmal war es einfacher, mit »Fremden« zu sprechen.

Im Anschluss würde sie ihre Freundin Margalida besuchen. Sie lag nach einer Kreislaufschwäche in der Klinik. Trotz Margalidas Widerstand hatte die Leitung der Altersresidenz auf eine Kliniküberwachung bestanden. Margalida würde sich mit Sicherheit über ein bekanntes Gesicht freuen. Auf Adelheids Beifahrerseite lag einer ihrer Lieblingsromane. Vier unterschiedliche Frauen auf einem Roadtrip durch die USA. Die Geschichte würde Margalida ablenken, bis sie wieder in ihre Wohnung konnte.

Zu dieser frühen Uhrzeit herrschte sehr wenig Verkehr. Kaum jemand war an einem Sonntagmorgen um acht Uhr unterwegs. Auch Adelheid neigte nicht zu so frühen Touren. Ihr Gedankenkarussell hatte sie nicht mehr schlafen lassen. Wozu sich also unnütz hin und her wälzen, wenn sie die Zeit für Besuche nutzen konnte?

Auf dem Klinikparkplatz herrschte an diesem Tag kein Mangel an freien Lücken. Adelheid stellte ihren Seat Ibiza ab, steckte den Roman in ihre Handtasche und verschloss den Wagen.

Rechts vom Eingang saß ein dunkelbraunes Hündchen. Adelheid sah sich um. Vom Besitzer schien jede Spur zu fehlen.

»Na, du? Lässt man dich hier ganz allein warten?«

Der Hund trug ein Halsband, aber keine Leine. Er saß

neben dem Eingang, reagierte augenblicklich auf Adelheids Worte und kam mit kleinen Schritten auf sie zu. »Hast du Hunger?«

Der zutrauliche kleine Kerl ließ sich das Fell kraulen. »Ja, sicherlich hast du Hunger.«

Adelheid ging zurück zu ihrem Wagen, schöpfte einen Becher aus dem Katzenfuttersack und kehrte zurück zu dem Kerlchen. »Du bist ja kleiner als so manche Katze, vielleicht schmeckt dir das ja auch. Ich komme nachher wieder, ja?« Sie tätschelte den Hund, der sich augenblicklich über das Trockenfutter hermachte und Adelheid nicht mehr beachtete.

Gedankenverloren schritt Adelheid durch die Flure zum Zimmer, in dem Clara untergebracht war. Sie klopfte leise an. Nachdem sie nichts hörte, drückte sie behutsam die Türklinke hinab. Im Raum herrschte Ruhe. Adelheid schlich hinein und starrte in ein fremdes Gesicht. Wo befand sich Clara?

Eilig verließ sie das Zimmer auf der Suche nach einer Krankenschwester. Sie fand eine im Schwesternzimmer. »Buenos días, wo ist Clara Munar? Sie liegt nicht in ihrem Zimmer.«

»Clara Munar?« Die Frau gähnte verhalten, blätterte, ohne in den PC zu sehen, in den vor ihr liegenden Unterlagen. »Die wurde meines Wissens gestern Abend entlassen.«

»Entlassen?« Warum hatte Irene ihr nicht Bescheid gesagt?

»Ja, hier steht es. Sie konnte die Klinik verlassen.«

»Danke.« Clara musste es wieder besser gehen, wenn sie entlassen worden war. Ein Umstand, der Adelheid freute. Die bevorstehende Beerdigung würde der jungen Frau noch mehr als genug zusetzen. Hoffentlich sorgte Irene für seelischen Beistand. Dieses Trauma musste professionell aufgearbeitet werden. Sonst würde Clara nur schwer über ihren Verlust hinwegkommen.

»Margalida Bonet ist aber noch hier?«

Die Schwester tippte den Namen in ihren Computer. »Ja, Zimmer 308.«

»Das ist den Gang runter auf der rechten Seite, richtig?«

»Richtig.«

Adelheid bedankte sich.

Auch hier klopfte sie leise an die Tür. Ein zaghafter Laut drang nach draußen. Adelheid öffnete die Tür, steckte den Kopf hindurch und blickte in das lächelnde Gesicht von Margalida. Sie trug ein rosafarbenes Strickbettjäckchen, das Adelheid nicht mal im Koma hätte tragen wollen. »Buenos días. Und? Wie geht es dir heute?«

»Wie gestern. Gut. Ich weiß gar nicht, warum ich überhaupt hier sein muss.«

»Weil dein Blutdruck auf fast zweihundert war?« Adelheid reichte ihr den Roman. »Hier, um dir die Zeit zu vertreiben.«

»Danke. Wie geht es meinem Schmuser?«

Adelheid hatte an diesem Morgen nicht nach Margalidas Kater gesehen, das wollte eine Apartmentnachbarin übernehmen. »Gut geht es ihm.« Davon ging Adelheid zumindest aus.

»Hast du unten einen Hund sitzen sehen?« Margalida zeigte zu ihrer Bettnachbarin, die offenbar gerade im angrenzenden Badezimmer die Toilettenspülung drückte.

»Ja, ein süßer kleiner Kerl.«

»Hoffentlich schafft er es, die nächsten Tage über die Runden zu kommen.« Sie zeigte zur Badezimmertür. »Das Frauchen hat sich mit akutem Blinddarm vorgestellt. Den Hund hatte sie vor der Tür abgesetzt, doch dann ist sie umgehend operiert worden. Sie wird noch ein paar Tage hierbleiben müssen. Ohne Angehörige, die sich um den

Hund kümmern können. Ihre Familie lebt auf dem Festland. Monica ist im Urlaub hier, mit ihrem Hund. Sie macht sich große Sorgen um ihn.«

Adelheid konnte das nachvollziehen. »Ich habe ihm Futter gegeben.«

»Das haben Sie getan?«, erklang eine dünne Stimme hinter ihr. Eine zierliche Frau mit dunkelbraunem Haar kam mit unsicheren Schritten auf sie zu. »Wie geht es Coco?«

»Gut, soweit ich das beurteilen kann.«

Augenblicklich schwammen in den Augen der jungen Frau Tränen. »Er wird davonlaufen, bis ich hier rauskomme. So lange wird er nicht auf mich warten.«

Da hatte die Frau vermutlich recht. Adelheid kam eine Idee. »Einen Moment! Ich bin gleich wieder hier.«

Adelheids Stimmung hellte sich auf. Sie hatte einen Plan. Unauffällig bewegte sie sich durch die Gänge bis zum Klinikeingang. Suchend blickte sie sich nach dem kleinen Hund um.

Das Futter war verschwunden. Der Hund ebenso. »Mist!«, fluchte Adelheid. »Coco?«, rief sie nach dem Tier.

Mit einem leisen Bellen machte sich der Hund bemerkbar. Er saß etwas abseits wie ein Stillleben unter einem mit roten Beeren beladenen Mastix-Strauch. Adelheid spazierte darauf zu. »Wirst du ruhig sein?« Sie beugte sich hinunter, nahm den Hund hoch, streichelte ihn und steckte ihn in ihre Handtasche. Probehalber ging sie ein paar Schritte auf und ab. Der Hund verhielt sich tatsächlich still. Sie wollte es zumindest versuchen.

So unauffällig wie möglich ging sie zurück ins Zimmer 308. Lautlos zog sie die Tür hinter sich zu. In diesem Moment drang ein leises Winseln aus ihrer Handtasche. Der Kopf des Hündchens schob sich zwischen den Henkeln ins Freie, und Margalidas Bettnachbarin quietschte vor Freude auf. »Coco? Süße?«

Coco bellte. »Pst, leise«, beschwor Adelheid den Hund und brachte ihn zu seinem Frauchen. »Aber nur einen Moment.«

Coco strampelte ungeduldig in Adelheids Handtasche. Sie befreite den Hund, der schwanzwedelnd und tobend vor dem Bett der jungen Frau umhertollte. »Und Sie haben hier niemanden, der sich um das Tier kümmern kann?«

»Nein, danke, dass Sie ihn zu mir gebracht haben.« Sie beugte sich mit schmerzverzerrtem Gesicht zu ihrem Hund und streichelte ihn.

Adelheid sah das Lächeln, das trotz ihrer Schmerzen ihre Lippen umspielte. »Ich habe Platz.«

Die Frau sah auf. Ihre Augen leuchteten. Sie hatte das Angebot verstanden. »Das würden Sie tun?«

»Für ein paar Tage ist das doch keine große Sache.« Adelheid würde sich gerne um das Tier kümmern.

»Keine große Sache? Für mich bedeutet das alles!« Mit großen Schritten kam sie auf Adelheid zu.

»Vorsicht, Sie müssen doch auf sich aufpassen!« Der Hund tollte zwischen den Beinen herum, was Adelheid noch mehr beunruhigte als der Überschwang der kürzlich operierten Frau. »Das mache ich gerne. Werden Sie schnell gesund, das ist viel wichtiger.«

»Vielen Dank!«

Adelheid fasste die Frau unter, führte sie zurück an ihr Bett. »Dann schreibe ich Ihnen meine Handynummer auf, so können Sie mich jederzeit erreichen, falls Sie etwas brauchen, ja?«

»Ich bin Valentina. Valentina Gil.«

Als Adelheid den Namen hörte, zuckte sie wie unter einem Peitschenhieb zusammen.

»Alles in Ordnung?«, fragte Valentina.

Adelheid fasste sich schnell wieder. »Ja. Alles in Ordnung. Besser, ich gehe mit dem Hund, bevor wir entdeckt werden.«

Valentina zog aus ihrem Nachtschrank einen Stift und eine alte Quittung hervor, notierte Adelheids Namen und Nummer.

Zehn Minuten später stand Adelheid mit Coco in ihrer Handtasche auf dem Klinikparkplatz und tätschelte ihre Tasche. »Na, Coco, ob wir uns wohl verstehen werden?«

Als ob das Hündchen sie verstanden hätte, bellte es fröhlich, bevor es Adelheid in die Handtasche pinkelte.

17

Clara lief. Wie lange schon, konnte sie nicht einschätzen. Es hatte den Anschein, als wolle sie vor ihrem Schmerz davonlaufen. In der Klinik war ihr schnell bewusst geworden, was die Mitmenschen von ihr erwarteten. Schweigend vor sich hin starren und die hasserfüllten Gedanken pflegen, gehörte nicht dazu. Doch wie hätte sie ihre Empfindungen in Worte fassen sollen? Es gab keine passenden Worte für das, was sie empfand. Seit Valentinas Tod wusste sie, was es bedeutete, innerlich abzusterben. Sich langsam aufzulösen.

Die Blicke ihrer Mutter ertrug sie nicht. Sie sollte sich nicht um sie sorgen, ebenso wenig wie Adelheid, die sich einmischte, auch wenn sie es nur gut meinte. Trotzdem musste Clara allein und ohne fremde Hilfe mit der aktuellen Situation zurechtkommen. Ihr kleines Mädchen war tot. Und die Schuld trug ein Mann, der bereits mit dem von ihm verschuldeten Tod eines anderen Menschen davongekommen war. Davon waren ihre Mutter und auch Adelheid überzeugt. Die Polizei machte nichts. Zumindest erweckte es den Anschein.

Adelheid hatte für sie einen Termin bei deren Schwiegertochter für den kommenden Tag vereinbart. Nur, ob die Einsicht in die Ermittlungsakten etwas brachte? Der Mann war zu schlau. Zu schlau für die Polizei, zu schlau für sie alle.

Das Laufen sortierte ihre Gedanken. Sie ließ die Ortschaft Calviá hinter sich. Bei jedem Schritt sagte sie vor sich hin: »Jeder erntet, was er sät.« Immer wieder murmelte sie diese Worte wie ein Mantra vor sich hin, um nicht verrückt zu werden. Vielleicht war sie aber auch schon verrückt und hatte die zarte Linie überschritten, die diese Seite der Vernunft von ihrer dunklen Schwester trennte. Es machte keinen Unterschied. Der Glaube an die Gerechtigkeit hielt sie aufrecht. Ließ sie weiterlaufen.

Schritt für Schritt.

Minute für Minute.

Kilometer für Kilometer.

Clara spürte kaum, wie sie außer Atem geriet. Das auftretende Seitenstechen zwang sie, langsamer zu laufen. Sie atmete tief aus, um das Zwerchfell zu dehnen und den Krampf zu lösen, obwohl der Schmerz ihr willkommen war. Er überdeckte für einen kurzen Augenblick ihre seelische Qual, bis er sich löste.

Kaum ließ das Stechen nach, beschleunigte sie ihr Tempo wieder und erreichte Es Capdellà. Sie joggte durch den Ort und bog in Richtung Paguera ab. Bis sie wieder zu Hause ankäme, hätte sie, ohne im Training zu sein, einen Halbmarathon hinter sich gebracht. Die körperliche Anstrengung tat ihr gut, das spürte sie mit jedem Atemzug. Es klärte ihre Gedanken an diesem frühen Sonntagmorgen. Auf dem Weg zurück nach Santa Ponsa setzte sich ein Gedanke in ihrem Kopf fest. Einer, der sie ruhiger werden ließ. Je länger sie darüber nachdachte, desto überzeugter wurde sie, ihr Plan würde gelingen. Nicht an diesem Tag, aber an irgendeinem Tag. Und bis dahin würde sie durchhalten. Sich zusammenreißen.

Als Clara bei ihrer Mutter eintraf, zeigte die Küchenuhr neun Uhr zehn. Sie hatte die Strecke unter zwei Stunden absolviert. Ganz ohne Training. Angetrieben allein durch ihre Wut und Verzweiflung.

»Bist du weit gelaufen?« Irene deckte den Tisch fürs Frühstück.

»Nein, ich war nur unten am Strand«, log sie. Warum sie nicht die Wahrheit sagte, konnte sie sich selbst nicht erklären.

»Appetit hast du?«

Ein Körbchen mit frischem Brot, Obst und Joghurt standen bereits auf dem Tisch. Clara horchte in sich hinein. Ja, sie hatte Hunger. Ihr Körper verlangte nach Nahrung. Ihr Entschluss schien nicht nur ihre Seele zu beruhigen, auch ihr Körper zeigte ihr, sie müsse bei Kräften bleiben, wenn sie ihr Ziel erreichen wollte. Es schien ihr ein Wunder, wie ein guter Plan in der Lage war, ihr System wieder funktionstüchtig zu machen, obwohl sie die ersten Stunden nach Valentinas Tod geglaubt hatte, nie wieder einen Schritt gehen zu können.

»Ich werde nachher Adelheid anrufen, damit sie mit ihrer Schwiegertochter den Termin für morgen vereinbart.« Irene stellte eine Kaffeekanne auf den Tisch. »Wir müssen ja zu einem Notar, um ein Mandat zu übertragen. Ist dir vormittags oder nachmittags lieber?«

»Mir egal«, sagte Clara. »Hauptsache, es tut sich überhaupt etwas. Wann kann ich zu Valentina?«

»Jederzeit. Aber hältst du das für klug?« Ihre Mutter sah sie unsicher an. »Willst du sie nicht so in Erinnerung behalten, wie sie war?«

»Sie hatte Schaum vor dem Mund und lag reglos in meinen Armen.« Ihre Stimme hörte sich tonlos an. »Ich muss sie nochmals sehen.«

Clara sah die aufsteigenden Tränen. Ihre Mutter wandte sich ab. Es war zu spät. Sie hatte die Tränen in ihren Augen längst bemerkt. Wie sollte sie ihrer Mutter ihre Beweggründe erklären? »Ich werde alleine gehen.«

»Das wirst du nicht.«

Clara ging zu ihrer Mutter. »Bitte. Das muss ich allein machen. Und den restlichen Tag werde ich an die Plätze gehen, an denen ich mit Valentina glücklich war.«

Irene schloss ihre Tochter in die Arme. »Wenn es das ist, was du willst, rufe ich Adelheid an. Sie soll ihren Schwiegersohn bitten, dass er dort Bescheid gibt, falls am Sonntag überhaupt jemand dort ist.«

»Leihst du mir deinen Wagen?«

Nickend goss Irene die Kaffeetassen ein. »Nach dem Frühstück.«

»Nach dem Frühstück. Selbstverständlich.«

Irene telefonierte mit ihrer Freundin, bat um eine Sondergenehmigung, am Sonntag in die Rechtsmedizin zu dürfen. Adelheid versprach, alles in ihrer Macht Stehende zu tun, um das zu ermöglichen.

Clara trank den Kaffee und aß drei Scheiben Toast, etwas Joghurt und einen halben Apfel. Mehr ließ sich nicht in ihren Magen zwängen, bis der erlösende Anruf kam. Sie durfte kommen.

Wie in Trance steuerte sie den Wagen ihrer Mutter durch die Straßen von Palma. In der Carrer de les Parellades fuhr ein Wagen aus einer Lücke. Wenigstens blieb ihr eine lange Parkplatzsuche erspart. Das Instituto de Medicina Legal y Ciencias Forenses war in einem mit anthrazitfarbenen Schieferplatten verkleideten Reihenhaus untergebracht. Es trug die Hausnummer 13. Die dunkle Fassade noch mit einer Unglücksnummer zu versehen, das wirkte geradezu kafkaesk.

Zu einem anderen Zeitpunkt hätte Clara sogar über die Klischeeüberladung laut gelacht. Nicht an diesem Tag. Vielleicht sollte die dunkle Fassade darauf hinweisen, dass sich hinter diesen Mauern ein Ort der Trauer verbarg.

Clara straffte die Schultern, bevor sie die Klingel betätigte.

Es dauerte nicht lange, bis eine junge Frau die Tür öffnete. »Sie wünschen?«

»Señora Clara Munar. Ich möchte zu meiner Tochter.« Auf dem Namensschild am weißen Kittel der Frau stand der Name Ana.

»Mein Beileid zu Ihrem Verlust.« Mit ernster Miene reichte sie ihr die Hand. »Wer hat Sie denn hierhergeschickt? Hier befinden sich nur die Büros. Ihre Tochter ist noch im Instituto Anatómica Forense. Das liegt oben beim Velodrom. Fahren Sie beim Kreisverkehr Sa Riera Richtung Norden, dann können Sie es nicht verfehlen.«

»Oh«, entwich es Clara fast tonlos.

Ana lächelte. »Ich melde Sie an, ja? Enaya ist heute am Empfang.«

Ohne sich zu bedanken, verließ Clara die Büroräume, um zu ihrer Tochter zu fahren.

Der Eingang befand sich an einem Wendehammer. Clara parkte im Halteverbot und betrachtete den Eingang. Er wirkte wie der einer normalen Klinik. Ein beigefarbener Flachdachbau mit rauchglasfarbenen Türen. Und doch wusste Clara, wer durch diese Türen gebracht wurde, kam nur in einem Sarg heraus.

Enaya erwartete sie. Schweigend folgte Clara ihr in den hinteren Bereich des Gebäudes. Wenigstens schien ihre Kleine nicht in einem dunklen Kellerraum zu liegen. Auf eine merkwürdige Art tröstete sie dieser Gedanke.

Enaya öffnete eine Tür. Der Raum war hell erleuchtet, ein einzelner Sonnenstrahl bohrte sich durchs schmale Fenster und warf Lichtreflexe auf die kahlen Kachelwände. Auf einer Rollliege lag ein zugedeckter kleiner Körper.

Valentina.

Ohne es zu bemerken, musste sie laut aufgestöhnt haben. Enaya legte ihr die Hand auf die Schulter. »Möchten Sie mit Ihrer Tochter allein sein, oder soll ich bleiben?«

Clara trat an die Liege, hob das grüne Abdecktuch hoch, legte es zur Seite und sah in das blasse, aber friedlich wirkende Gesicht ihrer Tochter. Ohne auf Enaya zu achten, strich sie ihrer kleinen Maus das dunkle Haar aus dem Gesichtchen, küsste das Mädchen, während stumme Tränen Clara die Wangen hinabrannen.

Enaya verließ den Raum.

Wie lange Clara ihre Tochter ansah, vermochte sie nicht einzuschätzen. Ebenso wenig, wie lange die stummen Zwiegespräche anhielten, die Versicherungen und Beteuerungen der ewigen Liebe, deren lodernde Flammen drohten, sie zu verschlingen. Dann beugte sie sich nochmals zu ihr, küsste sie auf die Stirn, strich ihr über die Wange. »Ich verspreche es. Und du weißt, ich halte meine Versprechen. Bald werden wir uns wiedersehen.«

18

Mateo ließ nicht locker. Schon am Vorabend hatte er mehrfach angerufen. Catarina wollte aber nicht mit ihm sprechen. Was sollte das noch bringen? Genervt hielt sie an, zog das Handy aus ihrer Hosentasche und seufzte. Er war es schon wieder. »Mateo, hör auf, mich anzurufen.« Sie rollte auf ihren Skates zu einer Parkbank und blickte auf das offene Meer hinaus.

»Es tut mir leid.«

»Mir auch, aber das mit uns, das funktioniert nicht. Ruf mich nicht mehr an, ja?«

Sie hörte ein leises Stöhnen durch den Hörer. »Ich ...«

»Mateo, por favor. Ich wünsche dir alles Gute und lege jetzt auf.«

Zu dieser Jahreszeit tummelten sich an der Playa de Palma nicht viele Touristen, eine Zeit, in der sie gerne von ihrer Wohnung in Palma die Promenade am Meer entlang bis zum Hafen von Arenal fuhr. Das Kopfsteinpflaster störte zwar ein wenig, doch das machte das Meeresrauschen wieder wett. Selbst in diesem Moment hatte das gleichmäßige Brausen der anrollenden Wellen etwas Tröstliches.

Die Erkenntnis, schon wieder gescheitert zu sein, tat weh. Vielleicht war sie nicht für Beziehungen gemacht. Vielleicht sollte sie sich nach einem Nordeuropäer umsehen. Ihre Freundin ging mit einem Schweden aus. Der meckerte nie, wenn sie noch im Büro zu tun hatte. Und ihre Freundin arbeitete weit mehr als sie. Die nordischen Männer schienen da mehr Verständnis zu zeigen. Vermutlich wurden sie von ihren Müttern nicht so gehätschelt. Man sagte ihnen nach, auch im Haushalt zu helfen. Und die Sonntage verbrachte man mit der Partnerin, nicht bei den Eltern, wie es hier Brauch war. Catarina liebte ihre Eltern, doch jeden Sonntag musste sie nicht bei ihnen verbringen. Selbst Toni schien als Halbspanier nichts gegen die zeitintensive Arbeitszeit seiner Frau zu haben.

Catarina schüttelte den Kopf. Es war unsinnig, sich darüber Gedanken zu machen. Sie stand auf und fuhr weiter an den nummerierten Strandabschnitten vorbei. Ihr Weg führte sie am Aquarium vorbei, Balneario für Balneario näherte sie sich dem Hafen. Ihre Lunge pumpte sich voll mit Sauerstoff. Sie kam schnell voran und genoss die warme Sonne auf ihrem Gesicht.

Ein Paar kam ihr Händchen haltend entgegen. Es war so ins Gespräch vertieft, dass es Catarina gar nicht wahrnahm. Sie erkannte David sofort. Ihr Herz krampfte sich zusammen. Selbst ihr arroganter Kollege führte offenbar eine glückliche Beziehung. David war ihr innerhalb weniger Wochen durch seine Machoallüren auf die Nerven gegangen, was für einige Zeit ein schlechtes Klima im Büro verursacht hatte. Das war inzwischen Geschichte. Genau wie Mateo.

Am Hafen von El Arenal führte der Weg steil bergauf, und Catarina entschied sich, umzudrehen. Sollte ihr nichts Besseres auf dem Rückweg zu ihrer Wohnung in der Altstadt einfallen, würde sie arbeiten gehen, um sich die Zeit zu vertreiben. Allein an einem Sonntag zwischen Pärchen durch die Stadt zu flanieren, danach stand ihr nicht der Sinn. Viel lieber würde sie diesen widerlichen Iker Ribot festsetzen. Je näher sie ihrer Wohnung kam, desto überzeugter war sie von ihrem Plan, ins Büro zu fahren und sich nochmals mit einigen Aussagen zu beschäftigen.

Eine Stunde später saß sie über eine ausgedruckte Akte gebeugt im Büro. Catarina arbeitete lieber mit Ausdrucken als am Bildschirm. Daniela Oliver hatte Iker Ribot vor über zehn Jahren wegen sexueller Nötigung angezeigt. Der Fall wurde zu den Akten gelegt. Die Akte war erschreckend dünn. Sie blätterte vor und zurück. Es gab nichts über die Ermittlung. Nur das Anzeigenprotokoll. Catarina überprüfte, ob die Frau noch unter der angegebenen Adresse gemeldet war, las die Anzeige erneut und wählte die angegebene Handynummer.

»¿Diga?«

»Señora Oliver?«

»Sí. Wer möchte das wissen?«

Catarina stellte sich vor. »Ich habe Ihre Anzeige auf dem Tisch und hätte ein paar Fragen an Sie.«

Ein hilfloses Lachen drang durch den Hörer. »Nach fast zehn Jahren? Ich habe mehrmals nachgefragt, nichts ist geschehen. Iker Ribot steht über dem Gesetz.«

»Das tut er nicht. Das versichere ich Ihnen.«

»Und warum wurde nichts unternommen?«

Catarina verstand die Frau. Doch eine Antwort konnte sie ihr auch nicht geben. »Ich gehe der Sache nun nach.«

»Sie ist verjährt.«

Catarina lehnte sich in ihrem Schreibtischstuhl zurück. »Dennoch will ich die Hintergründe erfahren.«

»Ich habe im *Reina del Mar* an der Rezeption gearbeitet, der Mistkerl wurde zudringlich, ich habe ihn angezeigt und, als nichts geschah, die Stelle gewechselt. Ende der Geschichte.« Ein gewisser Frust lag in der Stimme von Frau Oliver.

»Das hätte so nicht passieren dürfen.« Sie spielte mit dem Kabel des Telefons.

»Das weiß ich auch. Man muss sich selbst um solche Mistkerle kümmern. Haben Sie sonst noch eine Frage?«

»Nein danke. Es tut mir leid, wie das gelaufen ist«, entschuldigte sich Catarina für die nachlässige Arbeit der damals ermittelnden Kollegen.

Daniela Oliver legte ohne Abschiedsgruß auf.

Nachdenklich blieb Catarina sitzen. Das hätte nicht passieren dürfen. Aber es war passiert. Und in der Akte stand noch nicht einmal, wer die Ermittlungen nach der Anzeigenaufnahme weitergeführt hatte. Es wirkte, als sei die Akte umgehend nach dem Schreiben des Protokolls ins Archiv gewandert.

Sonst gab es mehrere Einträge wegen Ruhestörung gegen Iker Ribot beziehungsweise gegen die Mieter seiner Wohnungen in einer Wohnanlage in Santa Ponsa. Eine Paula Pons hatte mehrfach angerufen, ebenso eine Irene Munar. Letztere sprach sogar von illegaler Ferienvermietung. Dafür waren die Kollegen in Calviá zuständig. In der Datenbank fand sie dazu nichts weiter. Vermutlich waren die Anzeigen noch nicht elektronisch erfasst worden. Die Kollegen würden erst ab Montag erreichbar sein.

Aber sie könnte bei der Adresse vorbeifahren. An einem Sonntag würde sie die Bewohner sicherlich auch leichter antreffen als an einem Wochentag. Und wenn anschließend nichts mehr anlag, würde Catarina doch nach Hause fahren, sich eine Badewanne einlassen und bei einem Glas Rotwein entspannen.

19

Toni lauschte den leisen Atemgeräuschen seiner Frau. Er selbst konnte nicht mehr schlafen. Leise verließ er das Bett, ging ins angrenzende Badezimmer und machte sich bereit für den Tag. Er hatte Mel versprochen, an diesem Sonntag mit dem Segelboot hinauszufahren. Und dieses Mal würde er sein Versprechen halten.

Mit einer Tasse Kaffee in der Hand sah er in den immer noch verwilderten Garten. Die Sonne schickte schon zu dieser frühen Uhrzeit ihre wärmenden Strahlen durch das Fenster. Es versprach, ein wundervoller Sonntag zu werden.

Nach seinem Kaffee wollte er bei diesem okkupierten Haus vorbeifahren. Hoffentlich hatten sie ihre Zelte noch nicht abgebrochen. Mels Erzählung nach hatten sie das nicht getan. Toni wollte sicherstellen, dass tatsächlich Iker Ribot einen Schlägertrupp beauftragt hatte, um die illegalen Bewohner des Hauses zu vertreiben. Denn das war Anstiftung zu einer Straftat mit Tateinheit der Nötigung. Und obwohl Toni selbst in einem solchen Fall dieses Mittel wählen würde, wäre es eine Möglichkeit, Iker Ribot etwas anzuhängen. Wenn er den Druck erhöhte, könnte der Mann vielleicht einen Fehler begehen. Auf mehr konnte er im Moment nicht hoffen.

Das Klingeln seines Handys riss ihn aus seinen Gedanken. Es war die Nummer vom Dauerdienst. »¿Diga?«

»Buenos días, Toni. Wir haben am Flughafen eine Festnahme wegen Drogenschmuggel. Übernimmst du selbst, oder soll ich jemanden aus deiner Truppe hinschicken?«

Das würde ihn nicht viel Zeit kosten. Seine Leute hatten einen entspannten Sonntag verdient. »Ich komme.«

»Terminal D. Sie halten ihn fest. Ich habe schon die Jungs zur Abholung hingeschickt. Fährst du zum Flughafen, oder vernimmst du ihn auf der Wache?«

»Ich fahre zum Flughafen. Danke.« Er trank seinen Kaffee aus, holte einen Zettel und schrieb Mel eine Notiz, bevor er sich auf den Weg zum Flughafen begab.

Wie gewöhnlich herrschte in der Abfertigungshalle Hochbetrieb. Seine Kollegen entdeckte er vor einem Raum am Terminalende. »Buenos días. Antonio Morales. Ich übernehme die Befragung, bevor ihr ihn mitnehmen könnt.«

Die uniformierten Kollegen grüßten zurück, bevor sie sich weiterhin angeregt unterhielten.

»Comandante Antonio Morales, was haben wir hier?« An einem Tisch saß ein in sich zusammengesunkener Mann um die dreißig. Dunkles Haar, gebräunte Haut, gut aussehend.

Eine attraktive Zollbeamtin reichte Toni einen europäischen Pass. Rumänisch. »Alexandru Gabor aus Bukarest. Er kam mit der Maschine vor zwei Stunden.«

»Spricht er unsere Sprache?«

»Sehr gut sogar«, antwortete die Zollbeamtin.

Auf der anderen Seite des langen Tisches lag ein dunkelbrauner Lederkoffer. »Was haben wir hier?«

Ohne eine Antwort abzuwarten, ging Toni die zwei Schritte und klappte den Deckel auf. Er pfiff durch die Zähne. »Eigengebrauch können wir ausschließen.«

Die Frau lachte. »Ja, das würde ich auch annehmen.«

»Okay. Für wen ist die Lieferung?«

Alexandru Gabor schwieg.

»Es wäre besser, mit uns zu reden, das würde Ihre Strafe mindern. Wie viel haben wir hier? Fünfzehn Kilo?«

»Zwanzig«, stellte die Kollegin vom Zoll richtig. »Und hätte er einen modernen Rollkoffer genommen, wäre er uns durchgerutscht.« Sie zeigte auf den Koffergriff. Er war porös und wirkte, als würde er jeden Moment brechen. »Er hat den Koffer so merkwürdig getragen. Ein Kollege ging zu ihm, da brach dem Kerl der Schweiß aus. Das hat ihn verraten.«

»Okay, zwanzig Kilo Viagra in kleinen Packungen. Für wen war die Lieferung bestimmt? Das sieht nach organisiertem Schmuggel aus.« Toni betrachtete den Mann. Er starrte weiter stur geradeaus. »Oder wollten Sie die Pillen selbst auf dem Schwarzmarkt verkaufen?«

Alexandru Gabor zuckte kurz zusammen.

Da hatte Toni wohl die Wahrheit erraten. Sicherlich gab es an den Touristenhotspots einen gewissen Bedarf dafür. »Ich gebe Ihnen bis morgen Zeit, sich zu überlegen, ob Sie für eine geringere Haftstrafe nicht doch lieber mit uns kooperieren.« Toni wandte sich an die Zollbeamtin. »Sie können ihn mitnehmen.« Er zeigte auf die Pillen. »Der Koffer kommt nach der Registrierung und Analyse in unsere Asservatenkammer. Gute Arbeit!« Er reichte der Beamtin die Hand, schüttelte sie und verließ das Büro.

Es war gerade neun Uhr, genau die richtige Uhrzeit, um an dem besetzten Haus vorbeizufahren.

Auf der Rückfahrt nach Santa Ponsa rief ihn seine Frau an. »Wo steckst du?«

»Nette Begrüßung«, scherzte er. »Ich war am Flughafen und bin auf dem Rückweg.«

»Schlimm?«

Das liebte er so an seiner Frau. Sie schimpfte zwar, aber wenn die Lage ernst war, verpuffte ihr Ärger sehr schnell.

»Nein, ein Koffer voll Viagrapillen. Ich wollte meinem Team den Sonntag nicht verderben.« Medikamentenhandel fiel wie Drogenhandel ebenfalls in die Zuständigkeit seiner Einheit, je nachdem, wie üppig der Fund war.

»Den versaust du also lieber uns. Oder hast du seit Kurzem ein Potenzproblem und dir ein paar Päckchen eingesteckt?« Mel lachte provokativ.

»Das Gegenteil werde ich dir später gerne beweisen.« Toni passierte bereits die Autobahnabfahrt von Puerto Portals. »Sei in einer Stunde fertig, damit wir losfahren können. Ich schaue noch kurz beim besetzten Haus vorbei.« Er wäre in weniger als einer Stunde zurück, und vor zehn Uhr wäre es sowieso zu frisch auf dem Wasser. »Bis gleich.«

Er parkte seinen Wagen vor der Villa. Ein Hahn krähte zur Begrüßung, es folgte Hundegebell. Toni drückte auf die Außenklingel. Das Hundegebell schwoll an. Doch niemand öffnete.

Er klingelte erneut.

In der Wohnanlage nebenan ging ein Fensterladen auf. Jemand sah aus dem Fenster und wirkte dabei wenig begeistert über das Morgenkonzert auf dem Nachbargelände. Toni hob entschuldigend die Hand.

Er zog sich mit einem Klimmzug am Zaun hoch. Das Grundstück war vollkommen vermüllt. Mehrere Hühner stolzierten in einem Meer aus unzähligen Verpackungskartons, zerknüllten Papierfetzen und leeren Plastikflaschen herum. Eines der Hühner versenkte den Schnabel in einer Masse, die an das Überbleibsel einer Pizza erinnerte. Auf den ersten Blick erkannte Toni zwei Hunde, zwei Schafe und Gänse. Die Fensterläden des Hauses waren verschlossen. Alles wirkte abweisend und vernachlässigt. Auch die Hunde. Tonis Blick schweifte zur benachbarten Anlage, bevor er sich abstieß und wieder auf der Straße stand. Diese Nachbarschaft hatte niemand gerne. Im Sommer würde es auf dem Grundstück gewaltig stinken.

In diesem Punkt konnte er Iker Ribot verstehen. Es war für seine illegale Ferienvermietung geschäftsschädigend. Und wenn es für diesen Mistkerl nur ein kleines Ärgernis darstellte, er würde für die Beauftragung des Schlägertrupps und die Ferienvermietung bestraft werden.

20

Obwohl seine Lebensgefährtin es vorzog, zu kochen und mit ihren Kindern zu essen, brach Iker gegen Mittag auf in Richtung Hafen. Warum sollte er sich den schönen Tag von ein paar verzogenen Kindern in den Dreißigern verderben lassen? Hatte er nicht deshalb auf die Zeugung von Nachwuchs verzichtet? Lucía würde am Abend zu ihm kommen, das reichte ihm vollkommen aus. Das Wetter war zu schön, um nach dem Winter die Jacht im Hafen stehen zu lassen.

Bereits letzten Monat hatte er alles für eine Ausfahrt herrichten lassen. Leider hatte ihm der Vermittler seiner Ferienimmobilien einen Strich durch die Rechnung gemacht. Tomeu Amer beklagte sich über den Dreck und den Lärm der angrenzenden Nachbarschaft. Er gab die Reklamation der Gäste weiter, die einen Preisnachlass verlangten. Einen, den er niemals geben würde. Mit seinen Wohnungen war alles in Ordnung, und für die Nachbarschaft konnte er nichts. Er hatte Tomeu gegenüber versprochen, sich um die Bewohner der Nachbarvilla zu kümmern. Warum der Eigentümer der Villa nichts unternahm, blieb Iker ein Rätsel. Er würde es sich nicht gefallen lassen. Aber so viel Geld für eine Zwangsräumung in die Hand zu nehmen, sah er nicht als seine Aufgabe an. Darum sollten sich andere kümmern.

Iker meldete seine Ausfahrt bei der Hafenmeisterei an und fuhr mit dem Wagen zur Mole bis vor seine zehn

Meter lange Jacht. Das Schätzchen funkelte weiß in der grellen Sonne, und Iker schob sich die Sonnenbrille auf die Nase. Sollte der Putztrupp geschlampt haben wie schon beim letzten Mal, würde er das Team auswechseln. Champagner, Weißwein und einige Delikatessen hatte er bestellt. Zu dem Zeitpunkt hatte er noch angenommen, Lucía würde ihn begleiten. Er hatte kein Problem, sich die Sachen allein schmecken zu lassen. Vor neunzehn Uhr wollte er nicht zurück im Hafen sein.

Seine kleine Tasche trug er bei sich. Er überquerte die Gangway, und noch bevor er seine Schuhe ausgezogen hatte, war jemand vom Hafenpersonal dabei, um ihm beim Ablegen zu helfen. Vorher warf er noch einen Blick in den Wohnbereich. Ein Geschenkkorb, Obst und andere Leckereien standen auf dem großzügigen Esstisch. Die Getränke waren kalt gestellt, daran hegte er keinen Zweifel mehr.

Ein Dingi wartete bereits in einem der Hafenkanäle, um ihm den Weg aufs offene Meer frei zu halten.

Die kraftvollen Motoren erwachten mit tiefem Blubbern, kaum hatte er sie angelassen. Er berührte den Gashebel und schob ihn sanft nach vorn. Problemlos parkte er aus seinem Liegeplatz aus.

Zehn Minuten später hatte er die Fender eingeholt und die Hafenausfahrt erreicht. Rechter Hand ragte als letzter Aussichtspunkt der Obelisk mit dem Kreuz in den stahlblauen Himmel.

Zeit, die Motoren warm laufen zu lassen. Gemächlich fuhr er aufs offene Meer hinaus, an der Landzunge vorbei in Richtung Osten. Sein erstes Ziel war die Dreifingerbucht bei Sol de Mallorca. Vielleicht sollte er noch weiter hinausfahren, den Motoren würde es nach der Winterpause guttun. Der Es Trenc wäre ein lohnendes Ziel. Er war bestens verpflegt, und eventuell würde er sogar eine Runde schwimmen gehen.

In gemächlichem Tempo fuhr er an der Küste entlang, ließ mit der Bucht Es Mular die westliche Begrenzung der Bucht von Palma hinter sich und steuerte quer über das Meer hinüber in Richtung Cala Pi. Iker gab Gas. In zügigem Tempo preschte die Jacht voran. Das Kielwasser schlug in kräftigen Wellen hinter ihm zusammen. Aus dem Augenwinkel sah er ein Segelboot ums Cap de Cala Figuera kommen. Der Segler würde nun sein Können unter Beweis stellen müssen, denn die Wellen würden das kleine Segelboot hübsch durchschütteln.

Iker genoss den lauen Fahrtwind, der ihm ins Gesicht blies. Er brauchte niemanden, um sich wohlzufühlen. Ein wenig Luxus, das schon, aber Menschen waren für ihn auswechselbare Marionetten, und wenn Lucía nicht achtgab, würde er sie gegen eine andere Frau eintauschen, eine, die eine solche Ausfahrt genießen würde.

Eineinhalb Stunden später fuhr er gemächlich an der Cala Pi vorüber. Die Steilküste wirkte karg, und wäre nicht der Dünenstrand ein Garant für türkisblaues Wasser, hätte Iker die Dreifingerbucht vorgezogen. Ses Covetes lag vor ihm. Er drosselte die Motoren. Der sonst so gepflegte Strand war ein dunkelbrauner Haufen mit Seegras, der sogar bis zu ihm stank. Auch im Wasser trieb jede Menge des Poseidongrases, das zwar wichtig und schützend für Umwelt und Strände – aber eben wenig ansehnlich war.

Der Gestank ließ Iker die Nase rümpfen. Hier würde er unter keinen Umständen ankern. Und mit dieser Meinung schien er nicht alleine zu sein, denn weit und breit befand sich kein angelegtes Boot an dem sonst so beliebten Strand. Er beschloss, weiter zur Isla de Conejera zu fahren und dort zu ankern.

Im Osten mit der steil aufragenden Küste wäre das Wasser mit Sicherheit kristallklar.

In gemächlichem Tempo steuerte die Jacht in Richtung

Ses Salines, um sich aus östlicher Richtung zu nähern. Mit dieser Route konnte man ihn von Cabrera aus unmöglich bemerken. Die Bucht Cala Estreta war von dort nicht einsehbar.

Um kurz vor vierzehn Uhr ankerte er in der Bucht. Die Sonne wärmte. Kein störender Wind. Das Wasser schimmerte in klarem Grün.

Iker seufzte zufrieden. Wenn jetzt noch Lucía hier wäre, um ihm den Champagner und ein paar Häppchen zu reichen, wäre der Tag perfekt. So musste er sich selbst nach unten bemühen. Er ging die vier Stufen in den Wohnraum, stellte die Champagnerflasche in den Kühler, legte ein Glas in den Geschenkkorb mit den Leckereien und trug beides nach oben.

Der Korken schoss aus der Flasche.

Iker trank das erste Glas in einem Zug leer, schenkte sich nach und griff nach der Longaniza, die in feine Scheiben geschnitten war. Genussvoll schob er sich mehrere Scheibchen in den Mund, eine gefüllte Olive folgte dem Weg der Salami, ebenso der menorquinische Ziegenkäse.

Den ersten Hunger gestillt, zog er sein Hemd und die weiße Leinen-Bermudashorts aus, ließ die Leiter ins Wasser und sich in die Wellen gleiten. An manchen Tagen bereute er es, sich eine Jacht gekauft zu haben, die auf der rückwärtigen Seite keine leicht zugängliche Badeplattform besaß, doch diese Plateaus waren ein Sicherheitsrisiko. Man konnte sehr leicht an Bord gelangen. Und Iker hatte keine Lust, sich eines Nachts von einem Eindringling wecken zu lassen. Ohne diese Treppe war seine Jacht von der Meeresseite nicht zugänglich.

Mit einem Schnauben tauchte er ein, schwamm ein paar Meter, tauchte unter und prustend wieder auf. In gemächlichem Tempo umkreiste er das Boot. Er wagte es nicht, sich weit davon zu entfernen. Er schwamm gerne, doch in seinem Pool jeden Morgen ein paar Runden zu drehen, war etwas völlig anderes, als im offenen Meer zu schwimmen. Strömungen waren gefährlich. Und Iker liebte sein Leben. Er würde es nicht leichtsinnig aufs Spiel setzen.

Als er wieder an seinen Einstiegspunkt kam, fiel ihm im ersten Moment nichts auf.

Dann geriet er in Panik.

Die Leiter war nicht mehr unten. Das war unmöglich! Er schwamm auf den Punkt zu, wo sie sich vor wenigen Augenblicken noch befunden hatte.

Hochgeklappt. Wie von Zauberhand.

Panisch sah er sich um. Niemand zu sehen.

Und obwohl er allein war, tat er das Einzige, wozu er sich in der Lage fühlte.

Er rief um Hilfe.

»Ach, jetzt bettelst du um Hilfe?«

Iker hielt verwirrt inne, vergaß sogar das Wassertreten und schluckte Wasser, als er mit offenem Mund kurz unterging. Hustend kämpfte er sich an die Wasseroberfläche zurück.

Die weibliche Stimme kam vom Boot.

»Wer bist du? Was machst du auf meiner Jacht?«

Keine Antwort.

»Lass die Leiter wieder herunter.« Er versuchte, eine selbstbewusste Stimme zu behalten, obwohl die Panik ihn fest im Griff hatte. Sein Blick ging zur Steilwand. Die Wellen klatschten dagegen, die Felswand war hoch und die Insel unbewohnt. Selbst wenn er hochkäme, würde er dort festsitzen.

»Nein.«

»Nein?«, kreischte er.

»Du bist ein schlechter Mensch.«

Darauf wusste Iker nichts zu sagen. Er war egoistisch, und er tat, was getan werden musste, um seine Ziele zu erreichen. Aber ein wirklich schlechter Mensch war er nicht. »Was willst du?«

»Die Wahrheit.«

Welche Wahrheit? In Ikers Kopf rasten die Gedanken wild durcheinander.

»Sag mir, was du getan hast.«

Die Stimme der Frau klang kühl, beherrscht. Wer konnte das sein? Und wie war die Frau überhaupt an Bord gekommen? Sie hatte nicht wissen können, dass er alleine losfahren würde. Oder doch? Und warum hatte er sie nicht entdeckt?

»Nichts habe ich getan.«

»Nichts?«

Was wollte die Frau von ihm?

»Dann werde ich auch nichts tun.«

»Lass mich an Bord«, flehte er. Er wog seine Chancen ab, doch auf die Klippe zu kommen. Aber die an die Felsen klatschenden Wellen machten ihm Angst. Vor dreißig Jahren wäre es ihm sicherlich gelungen, sich auf den Felsen in Sicherheit zu bringen, doch in seinem Alter hatte er der Strömung und den Wellen nichts mehr entgegenzusetzen. Er würde mit Wucht gegen die Felswand prallen, untergehen und ertrinken.

»Bist du Saras Schwester?«

»Wer ich bin, spielt keine Rolle.«

»Es tut mir leid, was damals passiert ist. Es war ein Unfall. Die Polizei kennt die Wahrheit.« Wasser tretend versuchte er, einen Blick auf die Frau zu erhaschen, doch sie hielt sich nicht an der Reling auf. Wollte von ihm nicht gesehen werden. Also würde sie ihn nicht sterben lassen. Sonst könnte sie sich ihm zeigen. Dieser Gedanke erfüllte ihn mit Hoffnung.

»Es geht nicht um Sara.«

»Um was geht es dann?«

»Die Wahrheit. Um alles, was du bisher getan hast.«

Iker überlegte und trat weiterhin Wasser. Wie lange würden seine Kräfte ausreichen? Und wer, zum Teufel, war das?

Die Stimme erkannte er nicht.

Hatte er sie schon einmal gehört?

Vielleicht.

Eine ehemalige Geliebte schloss er aus.

Wer konnte ihm nach dem Leben trachten? Eine ehemalige Angestellte? Er war sein ganzes Leben übergriffig gewesen. Die Frauen legten es aber auch darauf an. Er gab ihnen nur, was sie herausforderten. Er konnte unmöglich danach fragen. Daniela Oliver hatte ihn angezeigt, er hatte dafür gesorgt, dass die Anzeige nicht weiter bearbeitet worden war. Sie hatte noch eine offene Rechnung mit ihm. Doch das war Jahre her. Es musste jemand sein, dem er vor Kurzem auf die Füße getreten war.

Dann kam ihm ein Gedanke. »Bist du eine von den Tierschützern?« Die konnten recht militant sein, und er hatte immerhin die Giftköder ausgelegt. »Ich werde dir Geld geben, dann könnt ihr alle Katzen kastrieren. Versprochen.«

Die Frau schwieg.

Er wollte nicht wegen ein paar streunender Katzen sterben. Dann fiel ihm das tote Mädchen ein. Doch wie sollte jemand auf die Idee kommen, ihn zu verdächtigen? Selbst dieser Ermittler hatte ergebnislos abziehen müssen. »Ich habe diese Köder nicht ausgelegt.«

Konnte es jemand aus der Wohnanlage sein? Immerhin hatte ihn ein Nachbar niedergeschlagen. Oder jemand aus der Nachbarvilla? Schließlich hatte er einen Schlägertrupp hingeschickt, und solche Clans verstanden keinen Spaß. »Und mit dem Räumungskommando habe ich auch nichts zu tun.«

»Du lügst.«

In diesem Moment begriff er seinen Fehler. Er schwamm dichter an die Jacht heran, steckte den Finger in den schmalen Schlitz, wo sich die hochgefahrene Leiter befand, rutschte ab. Die nackte Angst kroch in seine Knochen. Vielleicht war es besser, wenn er seine Schuld zugab. »Es tut mir leid. Ich hätte das nicht tun sollen. Ich verspreche, ich mache es wieder gut. Nur, lass mich endlich an Bord.«

Die Frau schwieg.

»Por favor.« Es widerte ihn selbst an, so zu betteln. Wenn ihn die Frau endlich auf seine Jacht ließ, würde sie es bereuen. So ein Verhalten würde er nicht durchgehen lassen.

»Lass mich endlich hoch, oder du wirst es bereuen.«

Keine Antwort.

Hatte er sich alles nur eingebildet? Spielte ihm sein Kopf einen üblen Streich?

»Hallo?«

Nichts.

Seine müden Beine machten sich bemerkbar. In seiner rechten Wade tobte ein Krampf. Er zog das Bein an, um dem Krampf mit der Hand entgegenzuwirken. Im selben Augenblick kippte er zur Seite, schluckte Wasser. Spuckte aus. Hustete. Klopfte mit der flachen Hand an die Stelle, wo die Leiter sein sollte. »Hallo?«, rief er erneut.

In seiner Verzweiflung begann er zu weinen. Die Technik musste versagt haben. Die Leiter hatte sich automatisch eingefahren, als er im Wasser war.

Anders konnte es nicht sein.

Und sein Gewissen hatte ihm ein Schnippchen geschlagen, ihn in der Hoffnung auf Rettung eine Frau erfinden lassen, die sich an Bord befand und ihn retten würde, wenn er bereute.

Doch es gab keine Rettung.

Sosehr er es auch begehrte.

Er wollte leben! Mit aller Entschlossenheit schwamm er nun doch zu den Klippen. Schon die erste größere Welle warf ihn gegen die Felsen. Er spürte, wie die spitzen Steine seine rechte Seite aufschnitten.

Der Krampf in seiner Wade kehrte zurück. Mit einem Wimmern sank er unter die Wasseroberfläche. Er hielt die Luft an, sammelte neue Kraft und kämpfte sich an die Oberfläche zurück. Seine Lunge brannte. Noch mehr, als er endlich wieder Sauerstoff einatmete. Mit den nackten Fußsohlen stemmte er sich gegen die Felsen, abwartend, bis er die Möglichkeit sah, sich abzustoßen und sich von den gefährlichen Steinspitzen zu entfernen.

Dann sah er die Gelegenheit, für einen kurzen Augenblick schien sich die See zu beruhigen. Er stieß sich ab, tauchte unter, kraulte, hoffte, sich weit genug von den Felsen zu entfernen. Obwohl seine Lunge fast platzte, schwamm er weiter in Richtung seiner Jacht, als ob er dort auf Rettung hoffen konnte.

Iker tauchte auf, hustete, pumpte Sauerstoff in seine Lunge, er zappelte wie ein Fisch an der Angel, bevor er erneut unterging. Er hielt die Luft an, versuchte, sich verzweifelt an die hell scheinende Oberfläche zu kämpfen. Unerreichbar sah er den blauen Himmel über sich. Mit letzter Kraft griff er danach, doch das Blau wurde schwächer. Er konnte die Oberfläche nicht mehr erreichen.

21

Mel blinzelte in die Sonne und genoss die milde Frühlingsbrise. Als sie Tonis Notiz sah, hatte sie innerlich schon mit ihrem Sonntagsausflug abgeschlossen. Obwohl ihr Mann regelmäßig glaubte, er käme bald zurück, wenn er zu einem Fall gerufen wurde, irrte er meist.

Doch nicht dieses Mal.

Im Gegenteil.

Er war schneller zurück gewesen als gedacht.

Sie hatte gerade noch ihre Mutter ins Haus gehen sehen. Dem leisen Bellen, das Mel vernommen hatte, konnte sie nicht mehr nachgehen. Zudem traute sie ihr durchaus zu, ohne es mit ihr abzusprechen, sich einen Hund aus dem Tierheim zuzulegen. Im Grunde genommen auch eine gute Idee. Ihre tierliebe Mutter hatte Zeit für einen Hund, obwohl sie viel unterwegs war.

Trotzdem wäre es schön gewesen, wenn sie das mit ihr abgesprochen hätte. Denn Mel wusste, wer auf das Tier achten sollte, wenn ihre Mutter verreisen würde. Die genauen Hintergründe würde sie am Abend in Erfahrung bringen.

Jetzt schob sie die Gedanken an den Hund und ihre Mutter beiseite und genoss den Segeltörn. Bald würden sie ankern. Toni hatte etwas von einer nahe gelegenen Bucht gesagt.

Der Korb mit der Verpflegung stand rutschfest unter

Deck. Und da Mel nicht gefrühstückt hatte, knurrte ihr nun auch der Magen.

Die vom Wind aufgeblähten Segel flatterten leise, sobald die Brise nachließ. Toni hatte ihr den Leuchtturm und den baufälligen Wachturm der Cala Figuera gezeigt und segelte um die schmale Felsnase an der Küste entlang zur Cala Mago. Mel kannte noch nicht viele Buchten, und diese sollte eine der schönsten in dieser Ecke sein.

Mel sah in den Himmel. Einige Möwen kreisten über ihnen und stießen schrille Pfiffe aus. Sie schloss die Augen und genoss den Augenblick.

Ein lautes Motorengeräusch ließ Mel aufhorchen. Bis eben hatte sie kein anderes Boot gesehen. Eine majestätisch anmutende Jacht jagte in halsbrecherischem Tempo aufs offene Meer hinaus. Mel griff nach dem neben ihr liegenden Fernglas.

»Was für ein verdammter Idiot!« Fluchend brach Toni in hektische Aktivität aus.

Mel sah durch das Fernglas und las den Namen der Jacht. *Reina del Mar.* Der Name passte. Königin der Meere. So sah die Jacht auch aus. Und sie war in Händen eines rücksichtslosen Führers.

Toni kappte eines der Segel, startete den Motor und richtete das Segelboot neunzig Grad zu den auf sie zurollenden Wellen.

»Gut festhalten!«

Mel hängte sich das Fernglas um den Hals und hielt sich an der Reling fest. Die ersten Wellen trafen sie, und das Schiff hüpfte über die Kämme. Der Motor jaulte auf, sobald er in der Luft hing, und sie trieben dichter an die Felsen.

Toni fluchte, gab Vollgas und steuerte das Segelschiff weiter aufs offene Meer hinaus.

Mel störte die aufgepeitschte See nicht, aber sie sah durchaus das besorgte Gesicht ihres Mannes, was sie schweigsam auf der Stelle verharren ließ, da sie mangels Segelerfahrung sowieso nicht helfen konnte. Langsam entspannten sich Tonis Gesichtszüge wieder. Die Gefahr schien gebannt. Die Wellen schlugen weniger hart gegen den Kiel.

»Hast du diesen Vollidioten gesehen? Dem sollte man den Bootsführerschein entziehen.«

»Nein, den Idioten habe ich nicht gesehen, aber den Namen der Jacht, falls du gegen ihn vorgehen willst.« Mel lächelte. »Aber mein Mann scheint ein Profi zu sein. Du hast das großartig gemeistert. Ich hatte keine Sekunde Angst.«

»Ich weiß eben, was ich tue, im Gegensatz zu dem Stümper dort vorn. Was für ein rücksichtsloses Benehmen! Alles in Ordnung?«

»Alles bestens. Lass uns wie geplant in die Bucht segeln, ja? Ich habe uns auch etwas Leckeres vorbereitet.«

Tonis Miene entspannte sich augenblicklich. Offenbar hatte er sich ernsthaft um sie gesorgt. Er hisste das Hauptsegel wieder und schaltete den Motor aus. Die plötzliche Stille wirkte auf Mel bezaubernd. Nur das Plätschern des Wassers am Kiel, manchmal ein leises Flattern der Segel, sonst war es still.

Sie segelten an der Cala Figuera vorbei. Auf den Klippen saßen herrschaftliche Villen, und für einen Moment dachte Mel, wie schön es sein musste, sich ein Haus in dieser exponierten Lage leisten zu können. Wusste man das nach ein paar Monaten überhaupt noch zu genießen? Oder wurde es zu einer Gewohnheit, die man kaum noch wertschätzte?

Die Freiheit, die man auf dem Wasser empfand, hatte sie zuvor noch nie kennengelernt. Ihr Inneres war erfüllt von Leichtigkeit. Die Entscheidung, auf die Insel zu kommen, war richtig gewesen. Wenn sie auch an manchen

Tagen gezweifelt hatte. Toni am Steuerrad zu sehen, der Blick auf die Küste, die Sonne im Gesicht, all das erfüllte sie mit Glück. Trotz des kleinen Zwischenfalls fühlte Mel sich zum ersten Mal, seitdem sie auf Mallorca war, richtig glücklich. Natürlich hatte es immer wieder frohe Momente gegeben, aber bisher war dies ein absolut perfekter Tag.

Das Segelboot fuhr die Küste entlang, bis sie in die Bucht einfuhren, die Toni Cala Mago nannte. Und in der Tat schimmerte das Wasser fast magisch in allen erdenklichen Schattierungen von Türkisgrün. Es lagen mehrere Boote vor Anker, Toni raffte die Segel, startete den Motor und suchte nach einer guten Anlegestelle.

Mel beobachtete ihren Mann. Sie bewunderte, wie sicher jeder Handgriff saß, obwohl er behauptete, schon sehr lange nicht mehr gesegelt zu sein. Das Boot gehörte einem Onkel, den Mel bisher noch nicht mal kennengelernt hatte.

Im Mai würde sie ein großes Sommerfest geben. Da sollten endlich alle zusammen feiern, ob Familie oder Arbeitskollegen. Nur eine Person würde Mel nicht einladen.

Anabel.

Sie war sich unsicher, ob Tonis Ex den Anstand besäße, abzusagen, wie es der Situation angebracht wäre. Mel bezweifelte es. Im Gegensatz zu dem Umstand, dass Anabel Mels Eintragung ins Anwaltsregister verhindert hatte.

Im Moment wollte sie darüber nicht nachdenken. Sie wollte sich nicht selbst den wundervollen Tag verderben.

»Ich überprüfe den Anker.« Toni zog sich sein T-Shirt über den Kopf und schlüpfte aus seiner Jeans.

»Du willst ins Wasser?« Überrascht ging sie zu ihm. »Ist das wirklich nötig?«

»Vermutlich nicht, aber ich bin aus der Übung und möchte kein Risiko eingehen.«

»Dann bereite ich das Essen vor.«

Toni küsste sie und grinste. »Weißt du, es wäre tragisch, wenn das Boot abtreiben würde, während wir mit uns beschäftigt sind.«

Mel schmiegte sich an ihn. »So, so.« Sie sah sich um. »Dann müssten wir unter Deck gehen, denn auf Zuschauer kann ich gerne verzichten.«

Toni lachte.

Sein Gesichtsausdruck wurde ernst. »Weißt du noch den Namen der Jacht?«

»Reina del Mar.«

Toni zog die Augenbrauen nach oben. »Sicher? So hieß früher das Hotel, in dem wir Sara López gefunden haben.«

»Was für ein Zufall!«

»An solche Zufälle glaube ich nicht. Da werde ich bei den Kollegen nachhaken.« Toni küsste sie nochmals, bevor er sich abwandte.

»Untersteh dich, heute an die Arbeit zu denken, verstanden?«

»Sí, Capitán!« Toni salutierte, bevor er mit einem formvollendeten Hechtsprung ins türkisgrüne Wasser eintauchte.

Montag

22

Coco besaß die schlechte Angewohnheit, im Garten zu buddeln. Und dennoch hatte ihn Adelheid augenblicklich ins Herz geschlossen. Der kleine schwarze Teufelskerl pinkelte auch kein einziges Mal in ihr Heim. Er gab rechtzeitig Laut, und Adelheid genoss es sehr, dieses süße Kerlchen Gassi zu führen. Vielleicht sollte sie sich einen Hund anschaffen. In den Tierheimen gab es genügend traurige Lebewesen, die auf ein neues Zuhause warteten.

Den Punkt würde sie aber zuerst mit Mel besprechen. Denn Adelheid reiste gerne. Natürlich gab es Hundepensionen, oder wenn der Hund klein war, konnte man ihn auch je nach Reise mitnehmen, aber es sollte für den Notfall auch ein zweites Zuhause vorhanden sein, wenn Adelheid sich nicht um das Tier kümmern konnte.

Kaum griff Adelheid nach der Hundeleine, die sie sich noch am Vorabend besorgt hatte, schon wedelte Coco aufgeregt. Es schien fast, als würde das Kerlchen jeden Moment abheben. »Wenn ich noch so gelenkig wäre wie du, hätte ich keine Probleme. Komm, wir wollen Näpfe und Futter besorgen.«

Coco hatte zwar das Katzenfutter klaglos verschlungen, aber das sollte eine Ausnahme bleiben.

Adelheid verließ das Haus. Auf der Zufahrt lief sie ihrer Tochter in die Arme.

»Guten Morgen, du hast nun einen Hund?« Mel trug ein cremefarbenes Kostüm. Sie war offensichtlich auf dem Weg in die Kanzlei.

»Nein, ich habe den Kerl vor der Klinik aufgelesen. Die Besitzerin hat auf der Insel keine Familie. Die treue Seele saß vor dem Eingang, um auf sein Frauchen zu warten.«

Mel lachte. »Und du hast die Besitzerin ausfindig gemacht und kümmerst dich um ihn?«

»Wie war es gestern beim Segeln?«, wechselte Adelheid das Thema. Endlich hatten sie die Pläne verwirklicht. Den ganzen letzten Sommer hatte es nicht mit einem Törn geklappt, immer war einem von beiden etwas dazwischengekommen. Dabei war es so wichtig, sich mit gemeinsamen Erlebnissen nahe zu bleiben. Adelheid hatte mit ihrem verstorbenen Mann ein Abkommen. Alle vierzehn Tage ein Wochenendausflug. Und wenn man nur mit dem Rad irgendwohin fuhr. Eine Paarbeziehung musste man pflegen. Deshalb war Adelheid so glücklich über Tonis Entscheidung gewesen, Europol zu verlassen und nach Mallorca zu ziehen, um es ruhiger angehen zu lassen. Bisher hatte das nur nicht so gut funktioniert wie angedacht.

»Es war herrlich«, schwärmte Mel, und ihre Augen glänzten.

Ja, bei den beiden stand alles bestens, wenn sie in das strahlende Gesicht ihrer Tochter blickte. »Das freut mich.«

»Wie lange wirst du Hundesitter sein?« Mel ging zu ihrem roten Sportflitzer und schloss auf.

»Höchstens eine Woche.« Als Adelheid das sagte, fühlte sie, wie gut es ihr tat, wieder für ein Lebewesen verantwortlich zu sein. »Und ich denke darüber nach, mir einen Hund aus dem Tierheim zu holen. Darüber würde ich gerne noch mit dir sprechen.«

»Das hat aber Zeit, oder?« Mel setzte sich in den Wagen und öffnete per Knopfdruck das Dach. Die Sonne schien. Ein perfekter Tag für eine Fahrt im Cabrio. Wenn es auch nur ein kurzes Stück nach Palma war.

»Hat es. Geh ruhig. Und viel Erfolg!«

Mel startete den Wagen und fuhr vom Hof. Adelheid sah ihr einen Moment nach. Coco zerrte an der Leine. Er wollte los. Und Adelheid ließ sich gerne von ihm von ihren Gedanken ablenken. Sie sorgte sich um Irene und Clara. Vielleicht würde es ihnen guttun, wenn sie mit Coco bei ihnen vorbeiging. Auf alle Fälle wäre es eine unauffällige Möglichkeit, nach den beiden zu sehen. Irene schien an diesem Morgen nicht bei der Katzenkolonie gewesen zu sein, zumindest hätte Adelheid sie dann verpasst, als sie Futter gebracht und den Sandkasten gesäubert hatte. Giftköder lagen auch keine mehr aus. Ob dieser Iker dahintersteckte? Sie würde Toni fragen, ob es schon neue Erkenntnisse gab. Am liebsten hätte sie ihn schon gestern gefragt. Doch der Sonntag gehörte Mel und Toni, da hielt sie sich zurück, egal, was sie umtrieb.

Sie ließ den Hund am Strand laufen. Noch ging das. In der Hochsaison würden sich die Strandbesucher über einen frei laufenden Hund beschweren. Dabei liebten die meisten Hunde den Auslauf im Sand und ein Bad im Meer. Adelheid hatte letzten Winter gerne den Hunden beim Toben zugesehen. Es entspannte sie.

Adelheid musste zwar mehrmals nach Coco rufen, letztlich kam er dann doch noch, und sie legte ihn an die Leine.

Schnaufend kam sie an der Wohnanlage an. Es war doch einfacher, den Hügel mit dem Auto zu erklimmen. So steil hatte sie ihn gar nicht in Erinnerung. Dafür würde ihr der Rückweg leichter fallen.

Schon nach dem ersten Läuten öffnete Irene die Tür. »Buenos días, Adelheid, wie geht es dir?«

»Darf der mit rein?« Adelheid zeigte auf Coco.

»Angeleint und ab mit ihm nach hinten in den Garten. Clara sitzt auf der Terrasse, aber der Hund wird sie nicht stören.« Irene öffnete die Tür noch weiter und gab den Weg in die Wohnung frei.

»Wie geht es ihr?« Adelheid bemühte sich, leise zu sprechen. Clara sollte sie nicht hören.

»Sie ist erstaunlich gefasst, muss ich sagen. Gestern war sie nach dem Joggen in der Rechtsmedizin, im Anschluss ist sie herumgefahren und war am Strand. Als sie am späten Abend zurückkam, wirkte sie zwar angespannt, aber sie ist direkt nach dem Abendessen noch vor dem Film eingeschlafen.«

Im spanischen Programm kam der Abendfilm erst gegen zweiundzwanzig Uhr, das wusste Adelheid. Diesen Rhythmus hatte Adelheid immer noch nicht angenommen. Sie stand lieber früh auf und ging auch früh schlafen. Nicht die Spanier. Da wurde erst um einundzwanzig Uhr gegessen, und dann setzte man sich vor den Fernseher, wollte man einen Film sehen. Bis der mit den Werbeunterbrechungen zu Ende ging, war es weit nach Mitternacht. »Das ist gut, also, dass Clara schlafen kann.«

»Ja, das ist es. Sie redet zwar nicht viel, aber was gibt es auch zu sagen?« Irene ging hinaus auf die Terrasse.

Adelheid folgte ihr. Coco ließ sie erst von der Leine, als Irene die Terrassentür geschlossen hatte. »Guten Morgen, Clara. Störe ich?«

Clara sah kurz auf und schüttelte den Kopf. Ihr Blick folgte dem Hund, der an einer Ecke der Bougainvillea schnüffelte. Ihr Gesicht blieb dennoch reglos. Es wirkte auf Adelheid wie eine venezianische Maske. »Ich habe heute um ein Uhr den Notartermin vereinbart. Ist dir das recht?«

»Danke.«

»Gut, ich hole dich dann ab.« Sie wandte sich an Irene. »Begleitest du uns?«

»Selbstverständlich.«

Obwohl Irene sich alle Mühe gab, Zuversicht und Entschlossenheit auszustrahlen, war die Trauer mit Händen greifbar. »Sie kriegen den Mistkerl, Clara.«

Clara nickte. Es schien aber mehr für Adelheid zu sein, daran glauben tat Clara offensichtlich nicht.

»Braucht ihr was? Ich gehe in den Supermarkt und kann gerne für euch Besorgungen erledigen.« Adelheid fing Irenes dankbares Lächeln auf.

»Das ist lieb von dir. Aber wir haben hier alles. Möchtest du einen Kaffee?« Irene war im Begriff, in die Wohnung zurückzugehen.

»Nein danke. Ich muss für den Kerl noch Futter besorgen, und mein Kühlschrank ist auch leer. Ich hole euch dann so gegen zwölf Uhr ab.« Adelheid ging zu Coco, der im Schatten der Hecke lag, leinte ihn an und verabschiedete sich von Clara, die offenbar mit ihren Gedanken ganz woanders weilte.

Den Hügel hinabzugehen, erwies sich als wesentlich leichter als der Aufstieg. »Den Weg werden wir nun jeden Tag nehmen, wäre ja gelacht, wenn ich da nicht hochkommen würde, ohne wie ein Walross zu schnauben.« Coco sah sie an, als habe er verstanden. Adelheid lachte. Dann zückte sie das Telefon und bestätigte ihrer Tochter den Notartermin für Claras Mandantschaftsübertragung.

23

»Manuel, überprüf bitte eine Jacht mit dem Namen *Reina del Mar.*« Toni wollte dieses rüde Benehmen nicht durchgehen lassen. Ein weniger erfahrener Segler als er wäre in ernste Schwierigkeiten geraten. Gas geben, die Power der Motoren spüren, wenn die Jacht die offene See teilte. All das kannte Toni gut, er genoss es ebenfalls, aber bevor man Vollgas gab, versicherte man sich der genauen Umgebung, schließlich durfte niemand durch solche Aktionen in Gefahr geraten. Außerdem kam ihm die Namensgleichheit verdächtig vor. Auch das rücksichtslose Verhalten würde gut zu Iker Ribot passen.

Im Grunde hoffte er auf Iker Ribot als Eigentümer. Das würde ihm ein Motiv geben, bei ihm vorbeizufahren und ihn nochmals ein wenig in die Mangel zu nehmen. Toni ging in sein Büro und rief bei den Kollegen in Calviá an. »Stellen Sie mich durch, ich will sofort mit dem ermittelnden Kollegen sprechen.« Auf gar keinen Fall wollte er sich von einem Untergebenen mit einem lapidaren Satz abspeisen lassen.

»Sie wollen mich sprechen, Comandante Morales?« Das Knacken in der Leitung zeigte Toni, wer noch das Gespräch verfolgte. Der Kollege, den er hatte durchstellen lassen. »Teniente Serra sagte, es gäbe zum Fall der getöteten Valentina Munar nichts Neues?«

»Leider liegt der Teniente richtig.«

Toni vernahm ein Seufzen. »Ich bin Capitán Rotger. Und ich bin der leitende Ermittler. Warum interessieren Sie sich für den Fall, Comandante? Geht Ihnen in Palma die Arbeit aus?«

Toni überging diese Spitze. »Meine Schwiegermutter war Augenzeugin, und der Anblick des sterbenden Kindes hat sie sehr mitgenommen.«

»Tut mir leid«, entschuldigte sich der Capitán augenblicklich. »Wir tun, was wir können. Es gibt aber keinen Hinweis auf die Köder, keine Zeugen, die etwas Verdächtiges auf dem Spielplatz gesehen haben. Die Leute beschweren sich über die Katzenkolonie. Wenn wir sie auf Giftköder ansprechen, bei allem Verständnis, weisen sie das weit von sich. Wir stecken fest.«

Toni hatte so etwas befürchtet. »Habt ihr die ansässigen Ferreterías überprüft? Vor allem, ob Iker Ribot irgendwo dieses hochtoxische Rattengift erworben hat?«

»Iker Ribot?«

»Exakt.« Toni spürte die Abneigung des Capitáns, in diese Richtung die Ermittlungen aufzunehmen. »Haben Sie damit ein Problem? Er wurde als Verdächtiger angegeben.«

»Davon weiß ich nichts.«

Toni unterdrückte ein Lachen. Es war völlig unmöglich, über diesen Anfangsverdacht nichts zu wissen. Adelheid und ihre Freundin hatten genug ausgesagt. »Haben Sie ein Problem diesbezüglich?«

Der Capitán räusperte sich zweimal, bevor er sich zu einer Antwort durchringen konnte. »Selbstverständlich nicht.«

»Gut, ich erwarte heute Abend einen Rapport. Verstanden?« Als höherrangiger Offizier durfte er im Zweifelsfall weitere Ermittlungen einfordern, allerdings hätte Toni dazu die Genehmigung von Anabel García benötigt.

»Der Coronel weiß Bescheid?«, hakte der Capitán augenblicklich nach.

»Selbstverständlich«, log Toni. »Soll ich Sie zu ihm durchstellen?«

»Nein, nicht nötig. Ich schicke den Bericht heute Abend an Sie nach Palma.«

»Danke. Und es wäre ratsam, die schriftlichen Aussagen der Ladeninhaber vorliegen zu haben.« Toni legte auf. Rattengift verkaufte jede Eisenwarenhandlung. Ob die Ferreterías einen Nachweis führten, wer das Gift kaufte, wagte Toni zu bezweifeln. Hatte Iker Ribot das Gift in Santa Ponsa erstanden, würde sich der Verkäufer erinnern. Iker Ribot war im Ort bekannt, und selbst wenn er dem Verkäufer unbekannt wäre, würde ein Foto sicherlich bei der Auffrischung der Erinnerung helfen.

Manuel klopfte an seine Bürotür. »Chef, du hast eine sehr feine Spürnase. Sie gehört Iker Ribot. Was ist mit der Jacht?«

»Um ein Haar wären wir mit unserem Segelboot gekentert. Dann werde ich mir diesen Kerl mal vornehmen.« Toni erhob sich von seinem Schreibtischstuhl. »Wenn ich ihn oft genug zu den Giftködern befrage, vielleicht widerspricht er sich doch noch.« Die Chance war sehr gering. Der Kerl war clever und abgebrüht.

»Er ist nicht zu Hause.« Manuel grinste. »Meine Nase trügt mich eben auch nicht.«

»Du hast angerufen?«

»Dort und in der Hafenmeisterei. Die Jacht ist gestern ausgefahren, aber bisher nicht wieder zurück im Hafen.«

»Haben wir Ribots Handynummer?«

»Die finde ich heraus. Du willst wissen, wo er steckt?«

»Genau. Mach eine Handyortung. Wenn er versucht, sich abzusetzen, werden wir das verhindern.«

Manuel tippte sich an die Stirn, als würde er salutieren. »Machen wir den Mistkerl fertig!«

Toni mochte den Einsatz des jungen Kollegen. Bald würde er ihn für eine Beförderung zum Capitán vorschlagen. Manuel besaß einen guten Instinkt, hervorragende Kombinationsgabe, und er arbeitete gut im Team. Wobei Toni an diesem Morgen aufgefallen war, dass Bruno sich seinem Kollegen gegenüber anders verhielt. Toni ging an die Tür und bat Bruno in sein Büro. Höchste Zeit herauszufinden, ob zwischen Bruno und Manuel alles in Ordnung war.

»Guten Morgen, Bruno, wie kommt ihr voran?«

»Langsam. Aber es geht voran. Die Exhumierung der toten Tierschützerin Claudia Klein ist bei der Staatsanwaltschaft beantragt. Die Tochter Carola Klein zweifelt den Selbstmord an. Ihre Mutter sei mehrfach anonym bedroht worden. Die Tiere auf ihrem Grundstück waren einigen Nachbarn ein Dorn im Auge. Es gibt für die Tochter keinen Grund, warum sich die Mutter hätte umbringen sollen. Die Tochter lebt in Kanada und hatte regelmäßig Kontakt mit ihrer Mutter. Es gab keine Anzeichen auf ein Selbstmordmotiv. Ein genauerer Blick als der vom Landarzt kann also wirklich nicht schaden.«

Toni kannte den Fall nicht, vertraute aber Brunos Gespür. »Gut. Und wie klappt die Zusammenarbeit mit Manuel?«

Bei der Erwähnung des Namens zog Bruno die Augenbrauen zusammen.

»Setz dich, das will ich nun genauer wissen. Bist du mit der Zusammenarbeit unzufrieden?«

Bruno setzte sich Toni gegenüber. »Das ist es nicht. Er geht mit meiner Tochter aus!«

Toni grinste. »Deine Tochter könnte einen schlechteren Mann treffen.«

»Ich habe sie immer von Polizisten ferngehalten. Immer. Und jetzt?« Bruno wirkte ernsthaft verzweifelt. »Fast alle von uns sind geschieden. Der Job ist anstrengend. Nachts raus, Überstunden, ich habe meine Frau manchmal tagelang nicht gesehen. Das übersteht kaum eine Ehe.«

»Deine hat es überstanden.« Toni kannte Brunos Ehefrau. Eine zierliche Frau, die ihr Haar streng zu einem Knoten band und einen Mandelkuchen backte, der unübertreffbar schmeckte.

»Was heißt überstanden? Wir waren insgesamt fünf Jahre getrennt. Immer wieder mal. Der Job ist aufreibend. Vor allem die Ehefrauen kostet es Kraft.« Bruno verschränkte die Arme vor der Brust. »Meine Tochter soll es leichter haben.«

»Bruno, du wirst es nicht ändern. Je mehr du dagegen bist, desto weniger wird deine Tochter dir zuhören.« Toni legte die Beine auf den Schreibtisch und lehnte sich im Stuhl zurück. »Was hast du vor?«

Er zuckte die Schultern. »Gestern gab es einen Riesenkrach. Sie spricht nicht mehr mit mir.« Etwas geknickt sah er zu Toni. »Sie sagte, ich hätte ihr einen wundervollen Sonntag versaut. Sie waren an der Playa de Palma spazieren. Händchen haltend!«

»Und du glaubst wirklich, sie haben nur Händchen gehalten?«

Bruno riss die Arme hoch. »Ich will es nicht hören! Verstanden?«

Toni seufzte. »Okay, sieh dich in unserem Team um. Wäre dir David lieber? Oder Pedro?«

»Keiner von denen. Sie soll einen Lehrer heiraten, wenn es sein muss, kann ich auch einen Immobilienmakler verkraften, aber keinen Polizisten.«

Toni spürte, wie Brunos Widerstand langsam zusammenschmolz. Er gewöhnte sich allmählich an den Gedanken, dass seine Tochter mit Manuel ausging. »Zwischen Mel und mir läuft es gut. Und auch Pedro ist glücklich verheiratet.«

»Der ist nicht halb so glücklich, wie du denkst!« Bruno brummte wie ein aus dem Winterschlaf geweckter Braunbär. »Sie hätte mich hier nicht besuchen sollen. Dann wäre nichts geschehen.«

»Manuel ist ein feiner Kerl. Ich werde ihn zur Beförderung vorschlagen.« Toni hoffte, die höhere Besoldungsstufe würde Bruno etwas beruhigen.

»Dann muss er noch mehr arbeiten.«

Manuel klopfte an die Tür. »Comandante. Die Jacht ankert vor der Isla Conejera. Das Handy von Iker Ribot war zuletzt bei Colònia de Sant Jordi eingeloggt. Er scheint also immer noch dort an Bord zu sein.

»Das ist doch ein Naturschutzgebiet.« Toni stand auf. »Los, kommt mit, alle beide, und sagt auch Catarina Bescheid. Wir zeigen dem Mistkerl, dass er sich nicht alles erlauben kann.« Er wandte sich an Bruno. »Du hast doch einen Bootsführerschein?«

»Aber sicher. Und Catarina besitzt auch einen.«

Manuel sah ein wenig enttäuscht aus. »Ich stehe erst kurz vor der Prüfung.«

»Los geht's!« Toni freute sich schon auf die aufbrausende Reaktion von Iker Ribot, wenn sie ihn in den Hafen von Santa Ponsa eskortierten. Er sollte der Presse Bescheid geben. Das Gerede würde Iker Ribot so gar nicht behagen.

24

Toni steuerte das Schnellboot *Sa Costera* auf die Isla Conejera zu. Toni liebte dieses Boot. Es erreichte eine Spitzengeschwindigkeit von sechzig Knoten. Zwei Motoren mit je eintausenddreihundert PS. Um von Palma bis Cabrera zu kommen, benötigte man weniger als vierzig Minuten. Für den Küstenschutz eine absolute Bereicherung.

Die Cabrera vorgelagerte Insel lag ebenfalls inmitten des Naturschutzgebiets. Warum sie jedoch diesen Namen trug, hatte Toni noch nie verstanden. Bisher war er zwar nur zweimal auf der Insel gewesen, aber ein Kaninchen hatte er dort noch nie gesehen. Vielleicht war es aber wie mit der Insel Cabrera; die vor langer Zeit dort lebenden und namensgebenden Bergziegen waren da ebenfalls ausgestorben.

Schon von Weitem sah man die Jacht weiß in der Sonne leuchten. Es passte zu Iker Ribot, sich einen Ankerplatz inmitten des Naturschutzgebiets zu suchen. Illegal, versteht sich. Hätte er eine Lizenz beantragt, hätte Manuel das herausgefunden.

Toni funkte die Jacht an. »Guardia Civil an *Reina de Mar,* Guardia Civil an *Reina de Mar,* bitte kommen.«

Nichts. Keine Reaktion.

Toni wiederholte den Funkspruch.

»Gut, wenn er nicht will, fahren wir wegen der Strömung backbord dicht heran und helfen ihm auf die

Sprünge.« Toni grinste breit. »Wenn der glaubt, er kann uns ignorieren, dann irrt er sich gewaltig.«

Manuel lachte. Auch Bruno grinste und sah Manuel an. Die beiden würden sich schon wieder vertragen, davon war Toni überzeugt. Er wusste genau, warum Bruno einen Partner für seine Tochter wollte, der nicht bei der Polizei arbeitete. Verhindern konnte er es dennoch nicht. Und Manuel war ein feiner Kerl.

Catarina warf steuerbord drei Fender aus, damit sie an der Jacht festmachen konnten. In gemächlichem Tempo näherte Toni die *Sa Costera* Ribots Jacht, bis sie Seite an Seite lagen. Das Schnellboot war kürzer und weniger breit als die Jacht, auch die Reling lag viel tiefer. Dafür war sie schnell und wendig.

Toni funkte erneut. »Wenn Sie nicht reagieren, kommen wir an Bord.«

Kein Geräusch war zu vernehmen. Nichts regte sich.

»Bruno, halt du das Boot auf Kurs, ich habe nicht vor, hier zu ankern.«

Toni zog sich am Geländer der Jacht hoch und kletterte hinüber. Catarina tat es ihm nach. Manuel wollte ihr helfen, doch Catarina ignorierte seine Hilfestellung. Die Ablehnung war deutlich genug, um Toni zu signalisieren, wie wenig auch seine Hilfe willkommen wäre. Mühelos kletterte Catarina zu ihm. Ihre Miene sagte alles aus. Sie wollte nicht unterschätzt werden.

»Bereit?«

»Wecken wir den Mistkerl auf.« Catarina zog ihre Waffe. »Ich gehe vor.«

»Den Teufel wirst du«, widersprach Toni und griff ebenfalls nach seiner Waffe. »Du bleibst hinter mir.«

Catarina nahm den Befehl gefasst entgegen.

Nachdem das Deck und das Führerhaus leer waren, blieb er vor der Einstiegsluke stehen. »Iker Ribot, hier spricht Antonio Morales von der UCO, wir kommen jetzt nach unten. Egal, wo Sie sich befinden, bleiben Sie ruhig und machen Sie keinen Unsinn.«

Er bekam wieder keine Antwort.

Toni signalisierte ihr, er würde nach unten gehen. Lautlos schlich er die Stufen hinunter. Ein leerer Sektkühler stand auf dem Tisch neben einem Korb mit Lebensmitteln. Ein durchgebrochenes Baguette und offene Verpackungen wiesen auf ein erfolgtes Mittag- oder Abendessen hin. Die Kombüse und die Messe waren verlassen, wobei diese Begriffe weder der Küche noch dem Essbereich gerecht wurden. So manche Eigentumswohnung hatte einen kleineren Küchenbereich.

Toni öffnete eine Tür. Die Kajüte schien unbenutzt. Das Bett wirkte frisch bezogen, keine Knitterfalten wiesen auf einen Übernachtungsgast hin. Das angrenzende Badezimmer war ebenfalls leer. Catarina pfiff leise durch die Zähne. »Das würde mir auch gefallen. Aber wo steckt Ribot?«

Toni wies in die Richtung der zweiten Tür, die vom hinter dem Essbereich liegenden Wohntrakt abging. Er öffnete sie. Auch hier das gleiche Bild. Der Raum besaß die doppelte Größe und ein luxuriöseres Badezimmer. Das Masterschlafzimmer.

Unbenutzt. Nur eine kleine Reisetasche stand neben dem Bett.

Toni zeigte auf die letzte Tür. Er fand ein weiteres Schlafzimmer in der Größe der ersten Kajüte.

Ebenfalls leer. »Safe.« Toni steckte die Waffe weg und sah sich ratlos um.

Iker Ribot befand sich nicht auf der Jacht. »Dieses Modell verfügt nur über einen Leiterausstieg. Unmöglich, dort einen Jetski anzubringen, mit dem Ribot abgehauen sein könnte.«

Catarina verstaute ebenfalls ihre Waffe im Holster. »Merkwürdig. Sein Handy liegt in der Küche.«

Toni grinste über Catarinas Wortwahl, verkniff sich aber einen Kommentar. »Sehen wir uns mal genauer um. Fass aber nichts an.« Irgendetwas stimmte hier nicht. Hatte er nicht ein abgelegtes Hemd und Shorts am Boden liegen sehen?

Toni ging in die Pantry. Unter dem Küchentresen lagen tatsächlich die Kleidungsstücke. Achtlos hingeworfen. Das Handy fand er auf dem Tisch. »Der Sektkühler sieht gebraucht aus. Hast du irgendwo eine Flasche gesehen?«

Catarina schüttelte den Kopf. Sie zog Gummihandschuhe aus der Hosentasche. Toni hatte selbst keine eingesteckt. Bei Bedarf konnte er welche vom Schnellboot holen. Dort befand sich eine ganze Ausrüstung, um einen Tatort genau zu untersuchen, ohne Spuren zu verwischen.

Catarina öffnete den Kühlschrank. »Dort ist sie auch nicht.«

»Wenn er die Flasche ausgetrunken hat, wäre er anschließend schwimmen gegangen?«

Catarina legte den Kopf schräg.

»Alles in Ordnung da drüben?« Manuel und Bruno schienen unruhig zu werden.

Toni stieg die Stufen an Deck. »Der Vogel ist ausgeflogen.«

»Wie ausgeflogen?«, rief Bruno vom Cockpit. »Die Leiter ist doch oben. Und es gibt nichts, woran er ein Dingi hätte befestigen können.«

Toni umrundete erneut die Reling. Es gab keine Möglichkeit, von Bord zu kommen, außer über die Leiter. Und die war hochgezogen.

Konnte Ribot betrunken über Bord gegangen sein? Toni sprach seinen Gedanken laut aus.

»Ich rufe die Los Polvos.« Bruno griff zum Funkgerät und gab in der Zentrale den Auftrag, die Spurensicherung auf den Weg zu schicken.

»Wenn er über Bord gestürzt ist, wie weit könnte er in etwa fünfzehn Stunden abgetrieben worden sein?«

»Ich kümmere mich darum. Sollen wir Suchtrupps losschicken?« Manuel sah ihn fragend an.

Toni bezweifelte zwar, Iker Ribot noch lebend zu finden. Ein Mann in seinem Alter würde so viele Stunden im Wasser nur schwer überleben. Nachlässig durfte er dennoch nicht werden, auch nicht bei diesem Mistkerl. »Das volle Programm.«

Das bedeutete Hubschrauber, alle verfügbaren Boote der Küstenwache, und je nach Spurenlage würde Toni vielleicht sogar ein Tauchteam einsetzen, das den Bereich um die Jacht absuchte. Irgendwo musste die leere Flasche geblieben sein. Sollte es sie wirklich gegeben haben. Iker Ribots Verschwinden warf Fragen auf.

Dreißig Minuten später hatte Manuel unter Berücksichtigung der Strömungsverhältnisse einen Quadranten berechnet, in dem sich Iker Ribot befinden könnte. Es handelte sich um den Bereich um Vallgornera. Weitere dreißig Minuten später traf die Spurensicherung ein. Das war der Zeitpunkt, an dem Catarina und Toni von der *Reina del Mar* vertrieben wurden. Im Moment konnten sie hier sowieso nichts ausrichten.

Ein Hubschrauber überflog mehrfach die Isla Conejera. Erfolglos. Auf der Insel befand sich keine Menschenseele.

Iker Ribot trieb im Meer.

Die Frage war nur: tot oder lebendig?

Drei Stunden später wusste Toni die Antwort. Die Leiche von Iker Ribot war an den Klippen der Cala Pi zwischen zwei Felsen im Wasser treibend gefunden worden.

Die Flut musste ihn in die natürliche Wanne gespült haben. Nun herrschte Ebbe. Einige Stunden später, und die geringe Flutbewegung hätte sich Ribots Leiche eventuell wiedergeholt.

Anhand eines Fotos hatte Toni den Mann einwandfrei identifizieren können. Toni war in dem Moment dazugekommen, als Álvaro dem Toten eine Nadel ins Auge gestochen und Flüssigkeit abgezogen hatte, um den Alkoholspiegel von Ribot festzustellen. Diesen Anblick hätte sich Toni gerne erspart.

Nach den ersten Untersuchungen war der Leichnam samt Proben auf dem Weg in die Rechtsmedizin. Die sollten klären, ob Ribot betrunken über Bord gegangen war. Das Ergebnis des Alkoholspiegels würde Aufschluss darüber geben.

Toni fuhr zurück zur Jacht. Eventuell hätten die Kollegen der Spurensicherung schon Neuigkeiten für sie. Toni legte wieder backbord an. Der Leiter der Spurensicherung stand gerade an Deck. »Und? Habt ihr schon was?«

Der weiße Plastikanzug raschelte, als der Kollege auf ihn zukam. »Es ist alles blitzblank poliert. Selbst der Tresen ist mit aggressiver Chlorbleiche behandelt worden. Nicht ein Fingerabdruck. Nirgendwo. Nicht mal am Kühlschrank.«

»Nicht einer?« Das konnte nicht sein. Ganz offensichtlich hatte Ribot etwas gegessen und getrunken. Dabei musste er einige Dinge berührt haben.

»Nicht einer.« Tonis Kollege zeigte zum Cockpit. »Das ist übersät mit Fingerabdrücken, zu wem sie gehören, müsst ihr dann herausfinden.« Er zeigte wieder nach unten. »In den Kajüten gibt es ein paar Spuren. Aber der Kombüsenbereich und auch die Messe sind sehr gründlich geputzt worden.«

Das war merkwürdig. Es musste sich noch jemand an

Bord aufgehalten haben. Doch wie sollte die Person von der Jacht gekommen sein? Auf der Isla Conejera war niemand gefunden worden, und bis nach Cabrera wäre es sehr weit. Außerdem gab es dort die Naturschutzeinrichtung und deren Mitarbeiter. Die hätten sofort Meldung gemacht, wenn auf der Insel jemand unangemeldet auftauchen würde. Toni blickte zur Küste Mallorcas. Es bis ans Cap Salines zu schaffen, war unmöglich. Nicht umsonst hatte man Cabrera als Gefängnisinsel genutzt. Man brauchte dort keine Wächter. Es war unmöglich, von dort an Mallorcas Küste zu gelangen. Mehr als vierzehn Kilometer übers offene Meer zu schwimmen, wäre ein Kampf auf Leben und Tod. Niemand würde dieses Risiko ohne Begleitung eingehen. Selbst bei guter Strömung, die zur Insel führte, wie es die letzten Tage gewesen war, ein lebensgefährliches Unterfangen. Die Unterwasserströmung im Vorfeld zu bestimmen, um so einen Plan auszuführen? Unmöglich. Wenn die Strömung drehte, zog sie den Schwimmer aufs offene Meer hinaus. Toni schauderte bei dem Gedanken. Schiffbrüchig über Stunden hinweg im Meer zu treiben, das rettende Ufer zu sehen und es doch nicht erreichen zu können, stellte er sich weit grausamer vor, als sich eine Kugel einzufangen.

»Habt ihr den Ausstieg schon untersucht?« Toni zeigte auf die Fernbedienung, die die Treppe auf Knopfdruck automatisch nach unten ließ. Eine komfortable Sache.

»Ja. Frisch geputzt, mit dem gleichen Mittel wie in der Küche. Die Kajüten sind weit weniger gründlich gereinigt.«

»Was lässt sich daraus schließen?«

Sein Kollege hob die Hand. »Ich mache meinen Job, ihr den euren. Die Spurenlage klären wir gerne. Aber was die Spuren zu bedeuten haben, damit dürft ihr euch herumschlagen.« Er wandte sich ab, sah über die Schulter zurück. »Für mich sieht es so aus, als hätte da jemand seine Spuren verwischen wollen. Er war sehr gründlich. Und erfolgreich.«

Den Gedanken hatte Toni auch schon gehegt, doch wie sollte das gehen? War derjenige mit einem anderen Boot gekommen? Dann musste Ribot denjenigen gekannt haben, sonst hätte er ihn nicht an Bord gelassen. Motive, den Mann zu töten, kannte Toni mehr als ausreichend. Sollte es kein Unfall gewesen sein, würde es schwer werden, einen Täter auszumachen. Und gegen einen Unfall sprach das abgewischte Bedienpult der Treppe sowie die mit Chlor gereinigte Küche.

»Danke. Bis wann bekommen wir die Auflistung der Spuren?«

Der Mann schob den Ärmel des Schutzanzugs hoch und sah auf die Uhr. »Spätestens morgen früh, mit viel Glück noch heute Abend.«

Toni bedankte sich, Catarina und Manuel stießen ihr Boot ab, während Toni den Rückschub einlegte, um sich sanft von der Jacht zu entfernen.

»Ihr habt es gehört. Es wird vermutlich kein Unfall gewesen sein. Manuel, lass ein Tauchteam kommen, das soll unterhalb der Jacht den Grund absuchen. Egal, was die Jungs finden, sie sollen es hochbringen. Und wenn es nur ein Kronkorken ist.«

Toni gab Gas, die potenten Motoren schnurrten auf, und das Schnellboot glitt über das Wasser in Richtung Palma.

Der Blick auf die Kathedrale, die in der Sonne sandfarben strahlte, beeindruckte ihn nach all den Jahren aufs Neue. Es war schon viele Jahre her, dass er sich Palma von der Seeseite aus genähert hatte.

Die Altstadt von der Hafeneinfahrt aus faszinierte ihn. Die maurischen Gebäude, das in den Hügeln von Palma sitzende Schloss Bellver. Die in Génova aufragende Christusstatue, all das wirkte von Meeresseite aus dieser einmaligen Perspektive beeindruckend. In diesem Moment wusste Toni, wohin ihn der nächste Segelausflug mit Mel führen würde.

25

Mel beendete das Gespräch. Die richterliche Anordnung war immer noch nicht durch. Das Haus ihres Klienten konnte nach wie vor nicht geräumt werden.

Obwohl es sich nur noch um wenige Tage handeln konnte, fürchtete Mel, Herr Schulze könnte dennoch die Nerven verlieren und irgendwann einen Schlägertrupp beauftragen, um endlich wieder in seine eigenen vier Wände zu kommen.

Am Empfang hörte sie Stimmen. Mel blickte auf ihre Armbanduhr. Das musste ihre Mutter mit den beiden Frauen sein. Sie erhob sich von ihrem Schreibtisch und ging zur Tür. Im selben Moment klopfte es. Mel öffnete und stand der Teamsekretärin Beatrice gegenüber. »Wir gehen gleich zum Notar. Ich habe alle Unterlagen vorbereitet.«

Sie holte ihre Aktentasche, schob die Klarsichthülle mit den Dokumenten in die Tasche und verließ ihr Büro. »Buenos días«, begrüßte sie die drei Frauen. Sie streckte die Hand aus. »Sie müssen Irene und Clara Munar sein.« Irene Munar schätzte sie auf etwa sechzig Jahre. Sie trug einen dunkelblauen Hosenanzug. Ihre Tochter Clara trug schwarze Jeans und eine dunkelgraue Bluse. Überraschenderweise wirkte Clara gefasst. Die Frau hatte ihre Tochter verloren. Da wäre es nur normal gewesen, hier mit rot geweinten Augen vor ihr zu stehen. Dunkle Schatten unter den Augen verrieten allerdings, wie schlecht sie schlief.

Auch ihre Gesichtshaut wirkte fahl. Das Haar trug sie zu einem nachlässigen Zopf gebunden.

Clara griff nach Mels Hand. »Buenos días, Señora Gruber Morales. Danke, dass Sie uns unterstützen wollen.«

»Danke für Ihr Vertrauen.« Mel hielt immer noch ihre Hand. »Und mein aufrichtiges Beileid zu Ihrem Verlust.«

»Haben Sie Kinder?«, fragte Clara.

Mel verneinte. »Bisher nicht.«

Claras Blick wirkte, als wolle sie sagen, dann könne Mel ihren Verlust kaum nachvollziehen.

Irene reichte ihr die Hand. »Ihre Mutter hat schon viel von Ihnen erzählt. Sehr erfreut.«

»Danke, gleichfalls.« Mel schüttelte Irene Munar die Hand. Der Händedruck war fester als der ihrer Tochter. »Lassen Sie uns gehen. Der Notar ist nur zwei Straßen weiter.« Mel öffnete die Tür ins Treppenhaus und rief per Knopfdruck den Fahrstuhl.

Das bedrückende Schweigen vermittelte Mel deutlich, wie sehr Clara hoffte, bald mehr über den Tod ihrer kleinen Tochter zu erfahren. Es war unnötig, diesen Punkt auszusprechen. Auch Claras Mutter schwieg. Während der kurzen Fahrt ins Erdgeschoss schienen sie schweigend einen Pakt geschlossen zu haben. Es bedurfte keiner Worte: Mel würde alles in ihrer Macht Stehende für eine lückenlose Aufklärung der unglücklichen Todesumstände des Mädchens unternehmen.

Die Unterschriften vor dem Notar und der entsprechende Stempel zur Beglaubigung der Mandatsübertragung an die Kanzlei waren reine Formsache. Mel würde nie den Sinn dahinter verstehen, warum ein Mandant vor einem Notar diese Unterschrift leisten musste, wenn er sich rechtlichen Beistand holen wollte.

»Was wirst du jetzt unternehmen?«, fragte Adelheid, als sie wieder auf der Straße standen.

»Ich fahre jetzt nach Calviá und verlange Einsicht in die Ermittlungsakte.« Mel klopfte auf ihre Aktenmappe. »Mit Claras Unterschrift dürfen sie mir die Einsicht nicht verweigern. Ich melde mich, sobald ich mehr weiß.«

»Danke.« Irene sah erleichtert aus. »Ich will diesen Mistkerl festnageln. Er darf nicht davonkommen.«

Mel suchte Claras Blick, doch die wirkte, als würde es sie nichts angehen. Gedankenverloren scharrte sie mit ihrem linken Sneaker einen Kieselstein von einer Stelle zur anderen. Mel vermochte sich nicht vorzustellen, was in der Frau vor sich ging. Sie selbst hätte an Claras Stelle vermutlich Mordgedanken. Wenn Iker Ribot am Tod des Mädchens Schuld trug, sollte er den Rest seiner Tage im Gefängnis verbringen.

Adelheid nickte. »Gut, ich fahre euch wieder nach Hause. Möchtet ihr mit mir eine Runde drehen? Coco muss raus, bevor er mir in den Garten macht.«

Clara reagierte nicht. Irene blickte zu ihrer Tochter, dann schüttelte sie den Kopf.

Mel verabschiedete sich von den Frauen, ging ohne Umwege in die Tiefgarage der Kanzlei und startete ihren Wagen. Sie war neugierig, was die Beamten in Calviá in der Zwischenzeit zur Aufklärung ermittelt hatten.

Mel überlegte, was sie unternehmen sollte, wenn Tonis Kollegen bisher nichts weiter herausgefunden hatten. Ob es hilfreich wäre, Toni anzurufen und ihn zu bitten, sie zu begleiten? Noch im gleichen Augenblick verwarf sie den Gedanken. Sie würde auf Tonis Kollegen wie ein hilfloses Weibchen wirken, was sie keinesfalls war. Es wäre der leichtere Weg, das schon, aber ein solches Vorgehen würde ihre eigene Position schwächen. Man würde sie nicht mehr respektieren.

In Son Bugadelles, dem Industriegebiet von Santa Ponsa, fuhr sie auf direktem Weg zur Guardia Civil. Das schmucklose, weiß getünchte Gebäude wirkte durch das Flachdach wie ein Fabrikgelände. Lediglich die im Wind flatternde Nationalfahne gab neben dem kleinen grünen Schild am Hausdach Hinweis auf ein offizielles Gebäude. Neben dem grünen Tor prangte noch ein offizielles Schild. Mel parkte auf der gegenüberliegenden Straßenseite und hoffte, man würde sie ohne Termin einlassen.

Sie drückte auf die neben dem Eingangstor angebrachte Klingel. Ein Türsummer ertönte und gab den Zutritt frei. Sie trat ein, ging über die Rampe zur Anmeldung.

»Buenos días«, grüßte Mel die junge Beamtin, die hinter einer Glasscheibe ihren Dienst versah. »Melanie Gruber Morales, ich bin Anwältin der Kanzlei José Ferrer in Palma und vertrete Clara Munar. Ich möchte mit dem ermittelnden Beamten im Fall der vergifteten Valentina Munar sprechen.«

»Schlimme Sache«, kommentierte die junge Frau, griff nach ihrem Telefon und hackte zwei Ziffern auf die Tastatur. »Vicente, kommst du, hier ist eine Anwältin für dich.« Die Frau legte auf. »Vicente Torres kommt Sie abholen.«

»Vielen Dank.« Mel versuchte, sich ihre Überraschung nicht anmerken zu lassen. Es war das erste Mal, dass sie Kontakt mit einer ihr unbekannten Polizeidienststelle hatte.

Mel entdeckte die Waffe, die die Frau trug, auch der rechts von ihr sitzende Kollege war bewaffnet. Eigentlich sollte sie an den Anblick von Waffen gewöhnt sein, immerhin trug ihr Mann ebenfalls eine Waffe. Nur war das eben Toni. Ihr Mann. Und ihn hatte sie so kennengelernt. Ohne Uniform. In so offizieller Umgebung schüchterte es sie ein. Obwohl es keinen Grund gab.

»Vicente Torres«, sagte der hochgewachsene Mann. Er war Anfang dreißig, schlank, gut aussehend. »Sie wollen zu mir?«

»Ja, ich bin Melanie Gruber Morales, Anwältin von Señora Munar.« Absichtlich nannte sie Tonis Nachnamen, um klarzustellen, mit wem sie verheiratet war. Sie reichte ihm die Hand. »Frau Munar möchte gerne über die bisherigen Ermittlungen informiert werden.«

Sie schüttelten sich kurz die Hände. »Kommen Sie mit.« Dann runzelte der Mann die Stirn. »Sind Sie mit Antonio Morales verwandt?«

Ihr Plan ging auf. »Ja, ich bin mit ihm verheiratet.«

Vicente Torres ging mit weit ausholenden Schritten voran. Er öffnete eine Tür und bat Mel, in dem Raum Platz zu nehmen. »Ich hole die Ermittlungsakte und bin gleich wieder bei Ihnen.«

»Danke.« Mel sah sich in dem Raum um. Weiße Wände, keine Bilder, ein abgenutzter Tisch aus Pressholz, von dem die laminierte Schicht abblätterte, dazu vier Stühle. Mehr befand sich nicht in dem Zimmer.

Mel setzte sich. Sie nahm einen Stift und einen Block aus ihrer Aktentasche, um sich entsprechende Notizen zu machen.

Vicente Torres betrat den Raum. Er legte die Akte auf den Tisch und setzte sich Mel gegenüber. »Sie brauchen die Akte nicht zu lesen. Der letzte Bericht ist noch nicht geschrieben.«

Mel griff dennoch danach. Vicente Torres quittierte das mit einem überheblich wirkenden Lächeln.

»Wir haben herausgefunden, dass der unter Anfangsverdacht stehende Iker Ribot vergangene Woche in einer Ferretería im Ort das gleiche Gift gekauft hat wie das, was in den Ködern war. Danach sind wir bei den Fleischereien vorstellig geworden. Ribot hat Hackfleisch gekauft. Wenn er die Giftpackung geöffnet hat und nicht erklären kann, was er damit getan hat, wird er unter Anklage gestellt. Dann haben wir ihn. Sagen Sie das der Mutter.«

»Sie haben ihn schon vorgeladen?«

»Die Kollegen stehen vor seinem Haus. Bisher konnten wir ihn nicht antreffen. Es ist nur eine Frage der Zeit.« Vicente Torres stand auf und stützte sich auf dem Tisch ab. »Möchten Sie sonst noch etwas wissen?«

Mel erhob sich ebenfalls. »Danke. Im Moment wäre das alles.« Sie reichte ihm die Hand. »Wird er inhaftiert, wenn er die Packung angebrochen hat?«

»Das entscheidet die Staatsanwaltschaft. Aber ich denke, er wird bis zur Verhandlung auf Kaution freikommen. Iker Ribot ist fest in Santa Ponsa verwurzelt und ein respektierter Bürger.«

Mel wurde fast übel. »Und er ist ein Mörder.«

»Bisher ist er nur ein Mann, der Rattengift gekauft hat.«

Mel unterließ es, ihm zu widersprechen. Vicente Torres kannte vermutlich nur die offizielle Version zum Leumund von Iker Ribot. Von den Spenden, den Gefälligkeiten, vom Saubermann, der seine Gemeinde unterstützte. Mel hatte von ihrer Mutter ganz andere Geschichten gehört. Und wo Rauch war, war auch Feuer, wenn sicherlich auch nicht alle Anschuldigungen stimmten.

Vicente Torres brachte sie zurück zum Ausgang. »Ihr Mann wollte auf dem Laufenden bleiben. Den Bericht schicke ich ihm heute Nachmittag rüber. Sobald wir Ribot vernommen haben, melde ich mich bei ihm. Richten Sie ihm das aus.«

»Das werde ich. Auf Wiedersehen, und danke für Ihre Offenheit.«

Der Mann hielt ihr die Tür auf. »Wenn er es war, soll er hinter Gitter. Wissen Sie, ich habe einen kleinen Sohn, und der geht gerne auf den Spielplatz.«

Vicente Torres war doch nicht so hart, wie Mel ihn eingeschätzt hatte. Er blieb nur professionell. Ließ die eigenen Emotionen während der Ermittlungen nicht zu. Ob sie so handeln könnte? Mel glaubte es nicht.

Sie setzte sich in ihren Wagen, zog das Handy aus der Tasche und wählte die Nummer ihres Mannes.

»Cielo«, meldete er sich auch umgehend. »Fass dich kurz, hier ist die Hölle los.«

»Na, dir auch einen guten Tag.« Mel kannte das schon, wenn es stressig bei Toni zuging, war er etwas kurz angebunden. Mit ihren Nachrichten würde er sich mit Sicherheit Zeit für sie nehmen. »Ich stehe gerade vor der Guardia Civil in Santa Ponsa. Vor einer Stunde haben sie herausgefunden, dass Iker Ribot Rattengift gekauft hat. Wir haben ihn an den Eiern!«

»Mel, das behältst du aber für dich, ja?« Tonis Stimme nahm an Volumen ab, sodass Mel lauschen musste. »Iker Ribot ist tot. Wir haben ihn vor einer Stunde von den Klippen vor Cala Pi gepflückt.«

»Ribot ist tot?« Mel war sich unsicher, ob sie ihren Mann richtig verstanden hatte, und schrie beinahe ins Telefon, als ob sie ihn so besser hören könnte.

»Ja.« Die Zustimmung kam laut und deutlich.

Mel wusste nicht recht, wie sie sich nach dieser Mitteilung fühlen sollte. Er trug Schuld am Tod des Mädchens. Und bevor man ihm den Prozess machen konnte, starb er selbst. »Wie?«

»Mel, heute Abend. Ich muss ...« Er legte auf.

Vielleicht war ihre Mutter noch mit Irene und Clara zusammen. Mel wählte ihren Nummerneintrag und drückte auf Anrufen.

»Mel, gibt es was Neues?«

Meldete sich an diesem Tag niemand mehr mit einer höflichen Grußfloskel? Ihre Mutter war normalerweise nicht so kurz angebunden wie ihr gestresster Mann. »Ja, gibt es. Wo bist du?«

»Ich hole gerade Coco ab und wollte zu Irene und Clara spazieren. Der Hund braucht Auslauf.«

»Gut, dann treffen wir uns dort.«

»Mel, was ist los?«

»Ich erkläre es dir später. Beeil dich, oder soll ich dich unterwegs einsammeln?« Sie würde von der Wache eventuell zehn Minuten bis zu Irenes Wohnkomplex benötigen, ihre Mutter zu Fuß über eine halbe Stunde.

»Ja bitte. Dann gehe ich anschließend mit Coco die große Runde.«

»Okay, bis gleich.« Mel startete den Wagen und fuhr los. Wenn sie nur schon wüsste, wie der Mann zu Tode gekommen war. Toni hatte gesagt, sie hätten ihn an den Klippen der Cala Pi gefunden. War er ertrunken? Oder hatte er einen Herzinfarkt bekommen? Das würde zu diesem Mistkerl passen, sich durch einen Infarkt elegant aus der Affäre zu ziehen. Gegen einen Toten konnte man schlecht ermitteln. Vermutlich würden sie sein Haus durchsuchen, und wenn sie eine angebrochene Giftpackung finden würden, wäre der Fall klar. Eine kleine Pressenote, viel mehr würde nicht passieren. Der Wohltäter von Santa Ponsa würde vermutlich posthum geehrt werden, für seine Spenden, mit denen er die Gemeinde großzügig bedacht hatte. Wie dieser Mensch in Wahrheit gewesen war, würde verschwiegen werden. Wer sprach schon öffentlich schlecht über Tote?

Mel seufzte. Ob es Clara ein Trost war zu wissen, dass der Mann, der den Tod ihrer Tochter zu verantworten hatte, nur wenige Tage länger gelebt hatte? Vermutlich nicht. Der Mann hatte ein erfülltes Leben im Luxus geführt. Er hätte unter Anklage gestellt werden sollen. Öffentlich demontiert. Damit jeder wusste, was Iker Ribot für ein empathieloser Mensch gewesen war. Doch genau das würde nicht mehr passieren.

Schon von Weitem sah Mel ihre Mutter. Der Hund tobte gerade über den Strand, und Mel genoss diesen kurzen Augenblick der Normalität. Sie drosselte das Tempo, um den Moment hinauszuzögern, bevor sie am Straßenrand hielt, das Fenster herunterließ und ihrer Mutter zurief.

Ein kurzer Pfiff, der Hund rannte auf ihre Mutter zu, schwanzwedelnd blieb er vor ihr stehen. Sie legte ihm die Leine an und überquerte die Straße.

Mit dem Hündchen auf dem Arm stieg sie ein. »So, also, was ist geschehen?«

»Gedulde dich, dann muss ich nicht alles zweimal erzählen.« Sie zeigte auf den Hund. »Wie lange bleibt er noch bei dir?«

»Bis Donnerstag.« Sie kraulte ihm das Fell. »Er ist ein so lieber Kerl. Ich wollte sowieso mit dir darüber sprechen. Würdest du meinen Hund nehmen, wenn ich verreise?«

»Du verreist?« Mel wusste nichts von irgendwelchen Reiseplänen.

»Nicht jetzt, aber irgendwann, vielleicht. Ich überlege, mir einen Hund zuzulegen. Und man kann so ein Tier ja nicht überall mit hinnehmen.«

Mel spürte ihren Blick auf sich ruhen.

»Würdest du ihn in dieser Zeit nehmen?«

Generell mochte sie Tiere, wenn sie auch momentan keine Zeit für ein Haustier hatte. Aber für kurze Zeit wäre das sicherlich kein Problem. »Wenn Toni einverstanden ist, sehr gerne sogar.«

»Den werde ich schon überzeugen.« Ihre Mutter lachte. »Den besteche ich mit Essen. Dem brate ich ein Steak, dazu eine frisch gemachte Aioli, und schon ist er einverstanden.«

Mel stimmte in das Lachen ein. Mit einem Steak wäre Toni zu ködern. Und wenn nicht, dann spätestens, wenn ihre Mutter ihm drohte, ihm das Plündern ihres Kühlschranks zu verbieten. Auch wenn Toni glaubte, sie wisse nichts davon, blieb ihr das nicht verborgen. Sie hatten eine stille Übereinkunft. Keine Fisch- und Fleischprodukte in ihrer Küche. Bei Adelheid oder in Restaurants konnte Toni allerdings essen, was er wollte. Und ihre Mutter kochte oft sogar zwei Versionen. Eine fleischlose für die Tochter und eine mit Fleisch oder Fisch für sich selbst und Toni.

Mel konnte nicht kochen, zumindest nicht gut. Da ihre Mutter gerne kochte, fanden sich bei Mel und Toni dankbare Abnehmer. Und in gekochtem Zustand brachte sie es nicht über sich, Tonis Portion aus ihrer Küche zu verbannen. Dazu genoss sie die wenigen gemeinsamen Abendessen viel zu sehr.

Vor der Wohnanlage fand Mel einen Parkplatz. »Dann mal los.« Sie stieg aus. Ihr Herz klopfte hart gegen ihre Brust. Wie würden sie auf die Nachricht reagieren? Und welche sollte sie zuerst überbringen?

Adelheid klingelte, und wenig später stand Irene in der Eingangstür. »Oh, Sie sind auch hier?«

»Ja, es gibt Neuigkeiten.«

Irene gab ihr den Weg frei. »Kommen Sie herein.«

Die Wohnung wirkte düster, als sie aus der gleißenden Sonne in den Flur trat. Ihre Augen gewöhnten sich schnell daran. Beim Betreten des Wohnzimmers wirkte das Apartment nicht mehr ganz so dunkel. Die Fensterfront ließ ausreichend Licht einströmen. Die Einrichtung aus dunklem Holz wirkte zu wuchtig für das Zimmer. Auch der Kronleuchter, der von der Zimmerdecke hing, traf nicht Mels Geschmack. So ein Leuchter passte in ein großzügiges Zimmer, aber nicht in diese Wohnstube mit niedriger Decke. Die schweren Brokatvorhänge drückten zusätzlich noch.

Da Clara auf der Terrasse saß, durchquerte Mel das Wohnzimmer. »Hola, Clara.«

Die Frau zuckte zusammen. »Ach, Sie sind es.«

Mel überlegte, ob es nicht besser wäre, ins Wohnzimmer zurückzugehen, und entschied sich dafür. »Könnten wir bitte drinnen reden? Was ich nun zu sagen habe, ist nur für Sie bestimmt.«

Clara runzelte die Stirn, stand aber wortlos auf und ging hinein. Sie setzte sich in den schweren Polstersessel, Irene und Mels Mutter nahmen auf dem Sofa Platz, so blieb für sie selbst der zweite Sessel übrig.

Mel setzte sich und beugte sich nach vorn. Die Ellbogen stützte sie auf ihren Oberschenkeln ab. »Ich mache es kurz. Direkt nach dem Notartermin bin ich zur Wache gefahren. Der ermittelnde Capitán hat mir Folgendes mitgeteilt. Iker Ribot hat tatsächlich vergangene Woche Gift gekauft.«

»Dieser Drecksack!« Irene ballte die Fäuste. »Den machen wir nun fertig.«

Mel hob die Hand. »Die Ermittlungen sind noch nicht abgeschlossen, und es ist unklar, ob Ribot das Paket geöffnet hat.«

»Natürlich hat er das.« Ihre Mutter schien überzeugt davon zu sein. »Wer denn sonst?«

»Das wird sich klären. Aber ein anderer Punkt wiegt viel schwerer.« Mel ließ Clara nicht aus den Augen. Im Moment schienen die Worte an ihr abzuprallen. »Iker Ribot ist tot.«

Clara verzog keine Miene.

Irene sprang auf. »Er ist was?«

Der Hund kläffte los. Er bemerkte wohl die Spannung im Raum. Adelheid lockte ihn zu sich, kraulte ihn und hob ihn hoch. »Ruhig, ganz ruhig.« Coco beruhigte sich umgehend.

»Er wurde vor etwa zwei Stunden vor Cala Pi gefunden.«

»Hast du das gehört?«, rief Irene aus und sah zu ihrer Tochter. »Der Kerl ist tot! Es gibt doch noch eine Gerechtigkeit!«

Mel behielt ihre Meinung für sich. Wenn Irene glaubte, Ribots Tod würde Clara trösten, würde sie sich nicht einmischen.

»Sag doch was, Kind.«

Irene stand auf und kniete sich vor ihre Tochter. »Er war es, und er ist tot. Er hat seine Strafe bekommen. Und zwar umgehend.«

Claras Gesicht blieb starr. Nur eine einzelne Träne löste sich und rann ihr über die rechte Wange.

Adelheids Lippen umspielte ein Lächeln. »Damit hat dann wohl auch die Ruhestörung ein Ende.«

Mel sah zu ihrer Mutter. War sie schon immer so pragmatisch gewesen?

26

Iker Ribot lag nun also in der Rechtsmedizin. Und Catarina fragte sich, ob das nach alldem, was er getan hatte, ein Zufall sein konnte. Ihr kamen, ohne groß zu überlegen, mehrere Personen in den Sinn, die wegen seines Todes eher ein Fest veranstalten würden, als ihm ein kurzes Bedauern zu schenken.

Ihr Telefon klingelte.

Mateo.

Die letzten Anrufe hatte sie ignoriert und gedacht, es handle sich um ein eindeutiges Zeichen, nicht mit ihm sprechen zu wollen, doch er schien ihre Wünsche zu ignorieren. »Mateo«, meldete sie sich kühl. »Es gibt nichts mehr zu sagen. Ruf mich nicht mehr an. Tust du es doch, blockiere ich dich.«

»Ich will dich zurück.« Seine Stimme klang bedauernd. »Ich kann mich ändern.«

Konnte sich ein Mann so ändern? Catarina zögerte einen Augenblick. Vielleicht würde er sich die erste Zeit mehr Mühe geben, doch das wäre nicht von Dauer. Zumindest glaubte sie nicht daran. »Wir passen nicht zusammen. Vielleicht können wir irgendwann Freunde werden, aber als Paar funktionieren wir nicht. Ich bin bei der Arbeit und muss los. Mach's gut.« Ohne seine Antwort abzuwarten, beendete sie das Gespräch. Das Boot fuhr eben in den Hafen ein.

Sie fing einen Blick von Bruno auf. »Du hast es beendet?«

Catarina hob abwehrend die Hand. Sie hatte nicht vor, ihr Privatleben vor ihren Kollegen auszubreiten. Bruno hatte schon genug mit angehört. Wieder eine gescheiterte Beziehung.

Und Brunos Miene drückte genau dies aus. Sein Blick ging zu Manuel. »Es ist nicht leicht. Besser gesagt, es ist fast unmöglich.«

Manuel presste die Lippen zusammen und schwieg. Catarina verstand nicht, worum es ging. Weder Bruno noch Manuel äußerten sich weiter. Doch in der Luft lag eine greifbare Spannung, die nichts mit dem Fall oder mit ihr zu tun hatte. Im Moment wollte sie sich nicht damit befassen. Sie trug schwer genug an ihrem eigenen Paket. Catarina hörte schon ihre Eltern lamentieren, weil sie sich getrennt hatte. Und sie würden es wieder auf ihren Job schieben. Dabei lag es am Mann und nicht an ihrer Arbeit. Aber das wollten sie nicht begreifen.

Das Schnellboot legte an. Catarina raffte ihre Sachen zusammen, während Manuel das Anlegemanöver vorbereitete. Bruno ging vor ihr zur Gangway, die ein Kollege von der Mole aus entgegennahm.

»Zur Lagebesprechung aufs Revier«, befahl Toni. Er ließ keinen Zweifel daran, wie wenig er an einen Unfall glaubte. Sonst hätte er das Tauchteam nicht angefordert.

Im Großraumbüro trafen sie auf Pedro und David, beide wirkten angespannt, fast so, als hätten sie kurz vor ihrem Eintreffen gestritten. Gab es zurzeit nur Stress zwischen ihren Kollegen? Manuel und Bruno. Und jetzt auch noch Pedro und David. Der Tag konnte kaum noch schlechter werden.

Toni blieb inmitten des Büros stehen. »Sucht alles zusammen, was ihr über Ribot herausgefunden habt. Inklusive Fotos von möglichen Verdächtigen.«

»Was ist los?« David sah verwirrt von einem zum anderen.

»Ribot ist tot.« Toni zeigte auf die im Moment noch leere Pinnwand am Kopfende des Büros. »Lagebesprechung in fünfzehn Minuten.« Er schloss die Tür und setzte sich hinter seinen Schreibtisch.

Catarina lehnte sich an Pedros Schreibtisch. »Ribots Jacht liegt vor der Isla Conejera. Er selbst lag tot auf den Klippen vor Cala Pi. Es sieht aus, als wäre er nicht freiwillig über Bord gegangen.«

David pfiff durch die Zähne. »Da hat also jemand für Gerechtigkeit gesorgt.«

»Selbstjustiz ist in unserem Land nun mal verboten«, presste Bruno hervor. »Auch wenn der Kerl widerlich war, lasst uns alle, die noch eine offene Rechnung mit ihm hatten, mal zusammenstellen.«

David murrte kurz, was Catarina nach einem Blick auf die Uhr mit einem spöttischen Blick quittierte. »Was vor?«

»Du nicht?«

Manuel gab vor zu husten, während Bruno ein Zeichen gab, David solle nicht auf Catarinas Provokation eingehen. Doch es war zu spät. Er erfasste die Situation augenblicklich. »Offenbar nicht«, gab er die Spitze zurück. »Na, wenn es mit Mateo schon wieder vorbei ist, liegt es vielleicht ja doch an dir ...«

Damit hatte sie rechnen müssen. David würde ihren Rückschlag in Beziehungsfragen nicht unkommentiert lassen. Schon gar nicht, nachdem er mit einer anderen Frau ausging. »Halt den Mund, kapiert?«

»Oh, da ist aber jemand empfindlich.«

»Wenn du nicht aufpasst, trifft sie dich gleich an deiner empfindlichsten Stelle«, warnte Bruno.

»An seinem kleinen Ego?«, rutschte es ihr heraus. Das war ein unentschuldbarer Tiefschlag.

Manuel pfiff kurz durch die Zähne.

Catarina war zu weit gegangen. Sie hob augenblicklich die Hände. Ihr Mund war wieder schneller gewesen als ihr Verstand. Es lag nicht in ihrer Natur, andere Menschen zu verletzen. In ihrer Situation hatte sie sich dazu hinreißen lassen, Davids einzigen wunden Punkt anzugehen. Seine mangelnde Körpergröße. Obwohl er vorgab, es würde ihn nicht stören, wusste sie es aus ihrer kurzen gemeinsamen Zeit besser. Es störte ihn, wenn Catarina hohe Schuhe trug und somit größer war als er. Für einen Augenblick duellierten sie sich mit Blicken. »Lasst uns an die Arbeit gehen«, unterbrach sie den Machtkampf.

Keinesfalls wollte sie eine Rüge von Toni riskieren. Er wusste von ihrem früheren Verhältnis und hatte ihr klar zu verstehen gegeben, wie er dazu stand. Es durfte keine Auswirkungen auf ihre Arbeit haben.

David kannte ihr Temperament. Seines war nicht weniger aufbrausend. »Gibt es irgendwelche brauchbaren Spuren?«

Sie war ihm dankbar für den sachlichen Themenwechsel. »Bisher nicht, außer eben, dass es an den Stellen keine Spuren gibt, wo es welche geben müsste.« In knappen Sätzen brachte sie David und Pedro auf den aktuellen Stand.

Toni betrat das Gemeinschaftsbüro. »Also, was haben wir?« Er ging an die Pinnwand, nahm einen Sticker und heftete ein Foto von Iker Ribot in die Mitte der Wand. »Ich brauche Fotos von Daniela Oliver, Clara Munar, den Leuten, die in der Anlage Los Pinos die Lärmbelästigung angezeigt haben, den Okupas aus der Villa nebenan und auch von Agata López.«

Catarina trat neben Toni. »Daniela Oliver.« Sie pinnte das Foto auf zwölf Uhr über dem von Iker Ribot. »Sie hat ihn wegen sexueller Belästigung angezeigt, ist immer noch stinksauer, wie mit ihrer Anzeige umgegangen wurde. Er hat sie mehrfach begrapscht. Ob das ausreicht?«

Toni überlegte nur kurz und glaubte nicht an ein ausreichendes Motiv. »Wir dürfen nichts übersehen.«

»Clara Munar.« Manuel pinnte ihr Bild auf drei Uhr. »Sie hat ihre Tochter Valentina durch den Giftköder verloren. Ribot hat Gift in einem Laden im Ort gekauft. Auch Irene Munar könnte verdächtig sein. Vielleicht haben die Frauen sogar zusammengearbeitet.«

Catarina runzelte die Stirn. »Gut, dann überprüfen wir, ob eine der beiden ein Boot besitzt oder eines gechartert hat.«

»Ich kümmere mich darum«, bot Manuel an.

»Sonst noch jemand?« Toni blickte in die Runde.

»Donnerstagnacht haben die Kollegen aus Calviá einen Einbruch in einem von Ribots Apartments aufgenommen. Die Mieter haben nach der Anzeige die Wohnung verlassen. Sie fühlten sich nicht mehr wohl dort.« David lehnte sich auf seinem Schreibtischstuhl zurück und verschränkte die Arme. »Ich habe versucht, Ribot telefonisch zu erreichen. Jetzt weiß ich auch, warum er nicht zurückruft.«

»Was wolltest du von ihm wissen?«, fasste Toni nach.

»Wer für ihn die Vermietung übernimmt. Aber der Einbruch hat sicherlich nichts mit Ribots Tod zu tun.« David stöhnte auf. »Können wir in sein Haus? Sicherlich hat er Unterlagen zu den vermieteten Wohnungen. Damit würde ich mir die Suche im Internet sparen. Es gibt so viele Anbieter, um da fündig zu werden, brauche ich Tage.«

»Noch nicht, aber den Punkt behalten wir im Hinterkopf, wenn wir sein Haus durchsuchen.«

Niemand hatte spontan noch eine Idee für einen möglichen und infrage kommenden Täter. »Okay. Pedro holt Agata López ins Büro. Sie wird immer noch auf der Insel sein.«

Er zeigte auf Catarina. »Wir beide fahren in die Anlage Los Pinos und schauen uns dort um.«

»David, du findest heraus, ob Ribot eine Partnerin hatte. Und falls ja, bestell sie ein.«

Catarina überlegte, ob die Ermittlungen nicht übereilt waren. Noch wussten sie nicht, wie Ribot zu Tode gekommen war. Vielleicht war es doch ein Unfall gewesen? Schnell verwarf sie den Gedanken. Die fehlenden Fingerabdrücke sprachen dagegen. Er hatte wohl kaum, als er über Bord ging, noch den Knopf der automatischen Treppe poliert. Nur, wer käme für eine solche Tat infrage? Und wie sollte das überhaupt abgelaufen sein? Sie hatten bisher nur weibliche Verdächtige. Und drei von ihnen befanden sich in tiefer Trauer.

27

Auf der Fahrt nach Santa Ponsa rief Toni seine Schwiegermutter an. Sie wusste, wer aus der Anlage sich von Iker Ribots Feriengästen belästigt gefühlt hatte. »Toni, machst du schon Feierabend?«

Catarina grinste bei der Begrüßung seiner Schwiegermutter. »Von wegen. Ich nehme an, du weißt von Mel schon Bescheid?«

»Was heißt hier Bescheid? Im Grunde wissen wir gar nichts.« Die Entrüstung über den mangelnden Informationsfluss war ihr deutlich anzuhören.

»Wir auch nicht. Aber du kennst dich in der Anlage Los Pinos gut aus. Bist du dort in der Nähe?«

»Ich bin sogar vor Ort. Warum?«

»Wo bist du genau?«

»Block 3, Erdgeschoss 2A, warum?«

Toni bremste hart ab. Ein Fahrer war auf die linke Spur der Vía Cintura gezogen, offensichtlich, ohne in den Rückspiegel zu sehen. »Vollidiot.« Er drückte auf die Hupe. Das bewirkte allerdings nichts. Der Fahrer zuckelte mit neunzig an einem anderen Wagen vorbei, der knapp zehn Stundenkilometer langsamer fuhr. An diese Fahrweise würde sich Toni niemals gewöhnen. Er hatte gute Lust, dicht aufzufahren, ließ es aber, da er den Fahrer nicht nötigen wollte. Stattdessen setzte er den Blinker links, sollte der Fahrer doch irgendwann mal in den Rückspiegel sehen.

»Bleib einfach dort. Ist das die Wohnung von Irene Munar?« Endlich machte der Fahrer Platz. Toni warf einen Blick hinüber. Ein Mann in den Vierzigern saß hinter dem Lenkrad. Unbeirrt sah er geradeaus.

Kopfschüttelnd fuhr Toni weiter.

»Ja, Mel ist auch noch hier. Und Clara ebenfalls.«

»Sehr gut. Bleibt dort, ich muss euch ein paar Fragen stellen. In fünfzehn Minuten bin ich bei euch.« Er beendete das Gespräch.

»Ich mag deine Schwiegermutter.« Catarina lächelte immer noch. »Sie ist so anders als alle anderen Frauen in ihrem Alter.«

»Das kannst du laut sagen.« Er selbst kannte keine Frau, die mit knapp siebzig Joints rauchte und sich nicht scheute, sich sein Motorrad auszuleihen, obwohl sie mit den Füßen nicht den Boden erreichte.

Adelheid lebte, wie es ihr gefiel, und ließ sich von niemandem etwas sagen. Sooft sie ihn auch in den Wahnsinn trieb, weil sie sich gerne ungefragt in Dinge einmischte, die sie nichts angingen – sie hatte eine untrügliche Spürnase, wenn irgendwo etwas nicht stimmte. Darin waren sie sich sehr ähnlich. »Ja, sie hat jetzt nichts von einer typischen mallorquinischen Großmutter.«

»Gib es zu. Du magst sie auch. Sehr sogar.«

Toni lachte. »Das habe ich nie abgestritten. Und sie kocht fantastisch.« Im Gegensatz zu ihrer Tochter, fügte er im Geiste hinzu. Das war ein Punkt, der zu privat war. Das ging seine Kollegin nichts an.

Wenig später hielt er vor der Wohnanlage. Am Hauptportal prangte ein riesiges Klingelbrett. Er suchte nach dem richtigen Block und dem Apartment 2A. Daneben stand der Code 3231. Er hoffte, die richtige Nummer gewählt zu haben. »Toni? Bist du das?«

»Nein, der DHL-Bote.«

»Blödmann«, hörte er sie noch schimpfen, bevor der Türsummer ertönte und er gegen die Tür drückte.

Catarina lachte auf. »Ihr mögt euch beide.« Gemeinsam gingen sie den gefliesten Weg entlang und folgten den Schildern zu Block 3. »Vaya, gepflegte Anlage. Was hier wohl eine Wohnung kostet?«

Toni fand die Anlage sehr schön, obwohl er sein Reihenhaus vorzog. Er mochte sein eigenes Reich, trotz der Mehrarbeit mit dem Garten, der mangels Zeit verwilderte.

An der Wohnungstür erwartete ihn Mel. »Was treibt dich hierher? Details wirst du wohl kaum erzählen wollen.«

»Nein, ich ziehe Erkundigungen ein.« Er küsste Mel auf die Wange.

»Keine offizielle Befragung?« Sie sah ihn misstrauisch an. »Sonst hole ich mir noch eine Mandatsübertragung von Irene Munar.«

»Wie gesagt, im Moment geht es nur um eine allgemeine Befragung.« Toni zeigte in die Wohnung. »Dürfen wir reinkommen?«

Mel bejahte. »Buenas tardes, Catarina. Wie geht es dir?«

Catarina wünschte Mel ebenfalls einen guten Tag und folgte Toni.

Adelheid stand inmitten des Wohnzimmers. Die beiden Munar-Frauen saßen auf dem Sofa.

»Das ist mein Schwiegersohn Antonio Morales und seine Kollegin Catarina Pérez.« Sie zeigte auf die beiden Frauen. »Clara und Irene Munar.«

Irene erhob sich und reichte erst Toni, dann Catarina die Hand. Clara blieb sitzen. »Es tut uns leid, wenn wir nicht betroffen wirken. Der Mann hat den Tod verdient.« Sie verschränkte die Arme vor der Brust. »Wenn es uns auch lieber gewesen wäre, wenn er seine letzten Jahre hinter Gitter hätte verbringen müssen.«

»Ertrinken ist kein schöner Tod.« Toni betrachtete die in der Sofaecke versunkene zarte Gestalt. Seine Worte schienen die Frau kaum zu erreichen, zumindest verzog sie keine Miene.

»Frau Munar, besitzen Sie ein Boot?« Catarina wandte sich an Irene.

»Das kann ich mir nicht leisten, warum fragen Sie?« Misstrauisch ging sie zu ihrer Tochter, setzte sich und legte ihr beschützend einen Arm um die Schultern.

»Besitzen Sie oder Ihre Tochter einen Bootsführerschein?« Catarina zeigte auf ein Foto, das beide Frauen in Badeanzügen auf einem Boot zeigte. Das Bild stand auf einem Sideboard. »Oder einen Segelschein?«

Irene Munar schüttelte den Kopf. »Das war ein Ausflug mit Freunden.«

Toni nahm das Bild in die Hand. Beide Frauen lachten glücklich in die Kamera. Von diesen fröhlichen Frauen entdeckte er in diesem Wohnzimmer nichts. Sein Blick verharrte für einen Moment auf den Munars. Er konnte sich nicht vorstellen, dass eine oder beide Frauen Iker Ribot gefolgt waren. Er selbst hätte sie auf dem Meer sehen müssen. Die Jacht von Ribot war in überhöhtem Tempo an ihrem Segelboot vorbei über die Wasseroberfläche gedonnert, weswegen die aufgepeitschten Wellen sein Boot fast zum Kentern gebracht hätten. Kein Segelboot hätte dieser Jacht folgen können.

Außerdem traute er keiner von beiden eine solche Tat zu. Das Schicksal hatte sie hart getroffen. Von diesem Schlag hatten sie sich noch nicht erholt. Waren sie neben der Trauer auch wütend? Mit Sicherheit. Aber um einem Menschen das Leben zu nehmen, gehörte neben Wut auch Hass. Und Hass sah er bei diesen Frauen nicht. »Ribot hat hier doch Wohnungen vermietet. Wer hat sich davon gestört gefühlt?« Er stellte das Bild zurück und sah zu seiner

Schwiegermutter. »Und wer kümmert sich um die Vermietung?«

»Tomeu Amer«, antwortete Irene. »Home Rentals Mallorca. Ich glaube, er hat ein Büro in Palma. Bin mir aber nicht sicher.«

Der Firmenname kam ihm bekannt vor. Auf die Schnelle wusste er ihn aber nicht einzuordnen. »Gingen die Beschwerden auch an ihn?«

»Ich habe ihm zweimal eine E-Mail geschickt. Antwort habe ich keine bekommen.« Irene nahm ihren Arm von den Schultern ihrer Tochter und beugte sich vor. »Letzte Woche ist bei ihm eingebrochen worden, zumindest behauptet das Ana aus dem zweiten Stock. Ob es stimmt oder ob die Polizei wegen der Ruhestörung hier war, weiß ich nicht.«

Das würde Toni problemlos herausfinden. In diesem Moment fiel ihm auch ein, woher er den Namen der Vermietungsagentur kannte. Von der Diebstahlsanzeige des deutschen Urlauberpaars vor einigen Tagen. Deren Wohnung war über denselben Anbieter vermittelt worden. Pedro und David sollten sich diesen Tomeu Amer genauer ansehen. »Das werde ich nachsehen.« Toni sah wieder zu seiner Schwiegermutter. »Wer hat sich hier belästigt gefühlt?«

»Paula und Elias von rechts oben. Ribot hat Elias gedroht, nachdem der ihm eine eingeschenkt hatte. Die Nerven lagen blank.«

Catarina schrieb die Namen mit.

»Er hätte ihm zwei reinhauen sollen!« Adelheid blickte ihn finster an. »Der Kerl hat sich nirgendwo Freunde gemacht. Und wenn du jetzt denkst, du kannst Paula und Elias verdächtigen, dann bist du mal wieder auf dem Holzweg.«

Mel sah warnend zu ihrer Mutter. »Er macht nur seine Arbeit, also bleib friedlich.«

Toni überging die Spitze. Er wies in Richtung Wohnungstür. Mit seiner Schwiegermutter würde er zu Hause sprechen. Hier war weder der richtige Ort noch der richtige Zeitpunkt. »Das war es schon. Wir melden uns, sollten wir noch etwas benötigen.«

Catarina verabschiedete sich und ging voraus. Vor dem Sideboard blieb sie kurz stehen, sah sich etwas an, bevor sie weiter zur Tür ging.

»Wir sehen uns später.« Toni reichte Irene und Clara die Hand. »Ihr Verlust tut mir sehr leid. Alles Gute.«

Irene schwieg. Clara zog die Augenbrauen zusammen. Es wirkte auf Toni, als wolle sie etwas sagen, doch dann ließ sie den Kopf sinken und schwieg ebenfalls.

Dienstag

28

Toni holte sich einen Kaffee. Nachdenklich ging er zur Pinnwand. Wer konnte Iker Ribot begleitet haben? Hatte er überhaupt eine Begleitung? Und wie, zum Teufel, war die Person von Bord gekommen? Es gab nur die Möglichkeit mit einem Beiboot, und genau das gab es bei dieser Jacht nicht. Er würde die Konten überprüfen, denn sollte er große Mengen transferiert oder abgehoben haben, käme auch eine überstürzte Flucht infrage. Wobei sich hier die Frage stellte, warum er seine Jacht ausgerechnet in einem Naturschutzgebiet hinterlassen hätte. Ribot fühlte sich sicher. Toni glaubte nicht an eine Flucht, wollte diese Möglichkeit jedoch nicht außer Acht lassen.

David betrat das Büro. »Buenos días, Jefe. Und? Gibt es Neuigkeiten?«

Toni verneinte. »Zumindest glaube ich nicht an einen Zusammenhang mit den Einbrüchen. Überprüft diesen Tomeu Amer. Er ist Inhaber des Portals Home Rentals Mallorca. Er scheint in die Einbruchserie verwickelt zu sein. Sein Name tauchte einmal zu viel auf.«

David bediente sich ebenfalls an der Kaffeemaschine. Seitdem Toni einen Vollautomaten besorgt hatte, gab es keine Diskussion mehr, wer Kaffee aufsetzte. Allerdings blieb das Problem der Reinigung der Maschine. Obwohl

Catarina sich weigerte, das zu übernehmen, blieb diese Aufgabe dennoch an ihr hängen. »Der Name sagt mir auch etwas. Haben wir ein Foto von dem Kerl?«

»Wenn er nicht aktenkundig ist, wirst du das sicherlich auf der Firmenhomepage finden. Druck es aus und pinn es an die Wand.« Toni wog immer noch die Motive der bereits an der Korkwand mit Fotos dokumentierten Personen ab, die mit Ribot zu tun gehabt hatten. Agata López. Sie betrauerte ihre Schwester und wusste um Ribots Schuld an deren Tod. Doch wie hätte sie innerhalb so weniger Stunden Ribots Aufenthaltsort herausfinden sollen? Selbst wenn ihr das gelungen war, wie hätte sie ihm folgen können? Er hätte ein der Jacht folgendes Boot gesehen. Und wenn sie sich an Bord geschlichen hätte, wie wäre sie von Bord geflüchtet? Agata López war in den Sechzigern. Unmöglich für eine Frau in diesem Alter. Hatte sie sich doch abholen lassen? Für sie wäre Cabrera schon zu weit entfernt gewesen, um die Strecke schwimmend zu bewältigen. Dennoch würde er sie befragen, wo sie am besagten Sonntag gewesen war.

Dann das Ehepaar Pons. Natürlich zerrte Ruhestörung an den Nerven. Doch brachte man deswegen jemanden um? Seine Schwiegermutter traute es Elias Pons nicht zu. Hier wäre aber ein Paar, das eine solche Tat zusammen durchführen könnte. Doch woher hätten sie wissen können, wo Ribot ankerte? Er musste das Paar einbestellen. »Catarina.« Seine Kollegin sah von ihrem Bildschirm zu ihm. »Bestell das Ehepaar Pons und Agata López aufs Revier.«

»Könnten nicht auch die Tierschützer dahinterstecken?« Catarina lehnte sich in ihrem Stuhl zurück und legte die Beine auf den Tisch. »Da können manche schon fanatisch sein. Immerhin kamen nicht nur Tiere zu Schaden, es ist ein Kind gestorben. Und die Frauen, die sich um die Kolonie kümmern, sind Mütter. Was, wenn sich die zusammengeschlossen haben?«

Toni überlegte. Catarinas Gedankengang war nachvollziehbar. »Dann suchen wir die Nadel im Heuhaufen.« Und er müsste seine Schwiegermutter mit in den Kreis der Verdächtigen aufnehmen.

»Ich sehe mich mal dort um«, schlug Catarina vor. »Vielleicht treffe ich auf deine Schwiegermutter und kann mehr von ihr erfahren.«

Das war mit Sicherheit zielführender, als wenn Toni Adelheid befragte. Sie würde ihm kein Wort sagen, wenn er auch nur einen vagen Verdacht gegen ihre Freunde äußerte.

»Gut. Dann fahre ich rüber in die Rechtsmedizin. Mal sehen, was Álvarez herausgefunden hat.« Er wandte sich an Manuel. »Finde du in der Zwischenzeit heraus, ob Ribot eine Lebensgefährtin hatte. Liegt der Durchsuchungsbeschluss für Ribots Villa inzwischen vor?«

Bruno verneinte. »Ich kümmere mich darum. Mit Sicherheit finden sich in seinem privaten Bereich weitere Anhaltspunkte.«

»Wo steckt Pedro?« Toni hatte ihn an diesem Morgen noch nicht gesehen.

»Er spricht mit einem Einbruchsopfer.« David sah auf den Schreibtisch, und Toni war sich sicher, dass es sich um eine Ausrede handelte.

Bei passender Gelegenheit würde er mit David sprechen. Wenn Pedro verschlafen hatte, war das kein Grund, Ausreden vorzuschieben. Solange es nicht zu oft vorkam, scherte sich Toni nicht darum. Das ganze Team hatte unzählige Überstunden angesammelt, da durfte man auch mal später kommen. Was ihn vielmehr störte, war die Tatsache, von David angelogen zu werden. Er musste seinem Team vertrauen können. »Darüber reden wir noch.«

David verzog unwillig das Gesicht.

Toni verließ das Büro und fuhr zur Rechtsmedizin. Kaum betrat er den Bereich, in dem die Obduktionen vorgenommen wurden, stieg ihm der Geruch in die Nase, der ihm regelmäßig den Appetit verschlug. Der Geruch nach Tod. Der süßlich aufdringliche Geruch nach Verwesung mischte sich mit den benutzten Desinfektionsmitteln. Wenn man nicht wusste, welcher Geruch einem in die Nase kroch, würde er vermutlich nicht so negativ bewertet werden. Es war eine besondere Geruchsmischung, die Toni bisher nur in der Pathologie wahrgenommen hatte. Ein Geruch, der sich in seinem Kopf festsetzte wie eine fixe Idee. Selbst mit geschlossenen Augen würde er wissen, wo er sich befand. Wenn manche Menschen Krankenhausgeruch nicht ertrugen, weil sich in ihm auch der Duft der Vergänglichkeit mischte, war er nichts im Vergleich zu diesem Geruch. Der Tod hatte sein eigenes Bouquet. Ein unverwechselbares.

Toni öffnete die Tür zu Raum 21. Der Geruch verstärkte sich, als er eintrat. An weiß gekachelten Wänden standen Metallregale, drei Untersuchungstische befanden sich inmitten des Raums, in dem es empfindlich kühler war als auf den Gängen.

Auf den Beistelltischchen entdeckte Toni die üblichen Metallschalen, Scheren und Zangen. Über einen Tisch, auf dem ein Frauenkörper lag, beugte sich Doktor Jaume Álvarez. »Hola, Jaume«, begrüßte er den Rechtsmediziner. »Ich bin wegen Ribot hier. Ist der Bericht fertig?

»Ist er.« Ohne aufzusehen, holte Álvarez eine Niere aus dem Leichnam, legte ihn in eine Metallschale, wog das Organ und notierte sich das Gewicht. Über ein Diktiergerät protokollierte er den Zustand des Organs.

Toni wandte sich ab. Wenigstens hatte er noch nicht gefrühstückt. »Und? Was kannst du darüber sagen?«

»Der Mann ist ertrunken. Er muss mehrfach gegen die Klippen gespült worden sein. Die Schnitte und Verletzungen an seinem Körper zeigen, dass die meisten Wunden nach Eintritt des Todes entstanden sind. Einige wenige allerdings, als er noch lebte.«

»Hatte er Alkohol im Blut? Drogen? Medikamente? Irgendetwas, was ein Über-Bord-Gehen erklärt?« Toni sah an dem Tisch mit der Frauenleiche vorbei.

Álvarez zog sich die Handschuhe aus, ließ sie in eine leere Nierenschale fallen und kam auf Toni zu. »Nichts. Ein Medikament gegen Bluthochdruck, was für das Alter nicht ungewöhnlich ist. Sonst hatte er 0,2 Promille Alkohol im Blut. Ich habe auch keine Blutergüsse feststellen können, die auf eine Gewalttat hindeuten.« Er zeigte auf eine Flasche Veuve Clicquot und ein Champagnerglas. »Der hat maximal ein Glas davon getrunken.« Daneben lag in einem Fach die Untersuchungsakte.

»Haben das die Taucher gefunden?« Toni betrachtete die beiden Gegenstände. Pulverspuren zeigten die Suche nach Fingerabdrücken, doch es waren keine zu finden. »Keine Spuren.«

»Korrekt.« Jaume Álvarez zeigte auf das Etikett. »So gut wie neu. Die Flasche lag nicht lange im Wasser. Und die Jungs von der Spurensicherung haben die gleiche Sorte Gläser an Bord gefunden.«

»Beides wurde also über Bord geworfen.« Toni überlegte und sprach weiter: »Derjenige, der an Bord war, hat nicht nur sauber gemacht, sondern auch die Flasche und das Glas verschwinden lassen. Die Pantry war mit Chlor gereinigt, und auch der Bedienungsknopf der Treppe wurde abgewischt. Wie, zum Henker, ist der Täter von Bord gekommen? Irgendjemand muss ihn abgeholt haben.«

Álvarez grinste ihn an. »Das herauszufinden, ist euer

Job, nicht meiner. Die Fakten hast du nun. Der Rest geht mich nichts an. Willst du die Leiche noch sehen? Dann erkläre ich dir, welche Verletzungen vor seinem Tod entstanden sind.«

»Das ist sicherlich in deinem Bericht notiert.« Toni zeigte auf die Unterlagen.

»Selbstverständlich.«

»Dann verzichte ich.« Er griff nach der Akte. »Ich habe es eilig.«

»Da scheint jemand eher einen empfindlichen Magen zu haben.« Jaume lachte. »Dann willst du auch nicht das Foto sehen, das ich dieses Jahr zum Forensik-Foto-Wettbewerb einreiche?«

Toni verzichtete auf einen Widerspruch. Er kannte niemanden außer den Forensikern, der sich gerne eine Leiche ansah. Wenn es notwendig für die Ermittlungen war, nahm Toni auch an einer Leichenschau teil, aber in dem Fall lagen die Fakten klar vor ihm. Ribot hatte sich nach einem Glas Champagner ein Bad gegönnt, jemand hatte die Treppe hochgelassen und Ribot wie eine Ratte ersaufen lassen. »Wir sehen uns.«

Toni hörte Álvarez noch lachen, als er die Tür hinter sich schloss und den Raum verließ.

Nachdem er von seinem Team keine weitere Information zum Fall bekommen hatte, fuhr er zurück ins Revier. Er sollte ohnehin seiner Chefin Anabel Rapport erstatten.

Dort las er den Untersuchungsbericht, bevor er zum Büro seiner Chefin ging. Er klopfte kurz an, öffnete die Tür und überraschte Anabel bei einem Telefonat. Sie zeigte mit dem Finger auf den freien Stuhl. Toni setzte sich. Anabels milde Tonlage verriet, mit wem sie sprach. Mit ihrem Freund. Und sie verabredeten sich für den Abend.

Anabel beendete das Gespräch und setzte einen geschäftigen Gesichtsausdruck auf. »Rechtsanwalt Gaspar Matas. Wir haben einen Fall zu besprechen.«

Toni hatte Matas bereits mit Anabel vor dem Revier gesehen. Sie mochten etwas zu besprechen haben, doch geschäftlich wäre daran nichts. Er versuchte, sein amüsiertes Grinsen zu unterdrücken.

Anabel zog die Stirn kraus. »Du glaubst mir nicht?«

»Welchen Fall betrifft es denn?« Toni konnte sich die Frage nicht verkneifen.

»Er fällt nicht in deinen Aufgabenbereich«, wiegelte sie ab und zeigte auf die Akte in seiner Hand. »Im Gegensatz zu diesem. Gib her.«

Toni reichte ihr die Unterlagen. Während Anabel die Protokolle überflog, ging Toni eine ganz andere Frage durch den Kopf. Wenn Anabel mit einem Rechtsanwalt ins Bett ging, wäre es nicht unwahrscheinlich, ihn um einen kleinen Gefallen zu bitten. Ein harmloser Anruf an der richtigen Stelle mit ein paar gezielten Fehlinformationen, und schon hätte Mel einen Eintrag im Register, der ihr die Aufnahme in die Kammer verwehrte. Wäre Anabel so rachsüchtig? Er hielt es für möglich. Auf alle Fälle würde er Gaspar Matas durchleuchten. Und er würde genauer bei der Registerkammer nachfragen.

»Und? Schon eine Spur?«, riss ihn Anabel aus seinen Gedanken.

»Ich hatte noch keinen Fall, wo so viele Menschen einen Grund hatten, einen anderen zu töten.«

Anabel hob die Augenbrauen. »Ein netter Zeitgenosse also.«

»Ja, er wurde wegen sexueller Belästigung angezeigt, hat seine Affärenfrau getötet und eingemauert, dann hat er sich mit Tierschützern angelegt, weil er Giftköder ausgelegt hat, weswegen ein kleines Mädchen sein Leben verloren hat. Dazu noch mehrere Anzeigen wegen Ruhestörung in seinen illegal vermieteten Wohnungen, was den möglichen Täterkreis noch erweitert.« Toni zeigte auf die Akte. »Die große Frage ist nur, wer mit wem zusammengearbeitet hat, denn eine Person allein kann das unmöglich gewesen sein. Sie wäre zwar von Bord gekommen, aber auf dem Weg von der Isla de Conejera zur mallorquinischen Küste selbst ertrunken. Es gibt also mindestens zwei beteiligte Personen, wenn nicht sogar mehr.«

»Wenigstens ist der Fall Sara López nun gelöst.« Anabel klappte die Mappe zu und reichte sie Toni. »Wäre schade, wenn die Schwester sich nach all den Jahren am Täter gerächt hätte.«

Toni stimmte ihr zu. Egal, wer Iker Ribot getötet hatte, er hatte vielen Menschen einen Gefallen erwiesen. So, wie vielleicht Gaspar Matas Anabel mit einem Anruf einen Gefallen erwiesen hatte. Das wollte Toni ebenfalls herausfinden.

»Halt mich auf dem Laufenden«, bat Anabel, als Toni sich verabschiedete.

Auf dem Weg zum Gemeinschaftsbüro überlegte er, ob er Mel in seinen Verdacht einweihen sollte, da seine Frau selbst schon Anabel hinter der Angelegenheit vermutete. Besser, er hielt den Mund und sah zu, dass er die falschen Anschuldigungen aufklärte.

»Haben wir schon herausgefunden, wer Ribots Lebensgefährtin ist?« Toni blieb im Gemeinschaftsbüro stehen und suchte den Blick von Manuel.

Sein jüngster Mitarbeiter sah auf. »Ja, allerdings nur, weil sie in Calviá auf dem Revier eine Vermisstenanzeige aufgegeben hat.«

»Haben wir die Adresse? Dann fahre ich für eine erste Befragung zu ihr.« Toni reichte Manuel die Akte aus der Rechtsmedizin, damit sich seine Kollegen auf den neuesten Stand bringen konnten. »Weiß sie schon von seinem Tod?«

»Nein.« Manuel gab ihm die Adresse. Die Frau wohnte in Palmanova, eigentlich am Ortsausgang von Son Caliu. Toni kannte die Ecke. Keine schlechte Adresse. Direkt am kleinen Strand, ruhig, abseits der großen Hotels und Touristen.

»Kontaktiere sie und melde mich an. Nicht, dass sie die Tür nicht aufmacht.«

Manuel griff zum Hörer.

Toni fuhr zu der Adresse und hielt vor einem großen eisernen Tor. Der Zaun war ebenfalls aus breiten Metallstreben gefertigt, was neugierige Blicke auf das Grundstück verhinderte. Toni drückte auf den Klingelknopf. Das schrille Geräusch hörte er bis nach draußen.

»Señor Morales?« Eine verweint klingende Stimme drang durch die Gegensprechanlage.

»Sí. Die Störung tut mir leid, aber es ist dringend.«

Der Summer ertönte. Toni drückte gegen die schwere Gartentür und betrat das Grundstück. Getrimmter Zierrasen, ein SUV in der Einfahrt vor der Garage, hoch aufragende Palmen und Zierbananenstauden schmückten den Vorgarten. Toni ging den gefliesten Weg zum Eingang.

Ihn erwartete eine zierliche, gepflegte Frau in den Sechzigern. Ihr noch dunkles Haar war mit wenigen grauen Strähnen durchzogen, und der Pagenschnitt unterstrich ihre aristokratische Kinnlinie. Eine attraktive Frau. Toni fragte sich, was sie mit einem Scheusal wie Ribot wollte.

»Buenos días, Señora Fiol«, begrüßte er sie. »Meine Kollegen haben Sie über den Tod von Iker Ribot bereits informiert. Ich ermittle in dem Fall.«

Die Frau zog die Stirn kraus. »Es war kein Unfall?«

»Können wir das im Haus besprechen?«

Sie ging voran.

Toni folgte ihr durch die pompöse Eingangshalle. Ein Kristallleuchter hing von der Decke und erhellte den finsteren Flur. Dunkle Antiquitäten, wertvolle Teppiche und Gemälde zierten den Raum. Die typische Einrichtung von wohlhabenden Mallorquinern. Das wuchtige Mobiliar setzte sich im Wohnzimmer fort. Señora Fiol ging auf die Terrasse hinaus. Ein großes Sonnensegel beschattete die Poolebene. Die Bambusmöbel mit hohen Polsterauflagen sahen gemütlich aus. Und sie waren es auch, wie Toni bemerkte, als er sich nach Aufforderung setzte. Der Blick über die Poolebene reichte bis aufs Meer hinaus. Dieses Haus kostete mehrere Millionen, davon war Toni überzeugt. Des Geldes wegen schien die Frau nicht mit Ribot zusammen gewesen zu sein.

»In welcher Beziehung standen Sie zu Iker Ribot?«

Die Frau setzte sich ihre dunkle Sonnenbrille auf, um ihre leicht geröteten Augen zu verbergen. Toni ließ sie gewähren, wenn er auch Augenkontakt bei Befragungen vorzog.

»Wir sind seit fünf Jahren ein Paar.« Sie knetete ihre Hände. »Er war ein toller Mann. Immer aufmerksam, gute Manieren, großzügig und liebevoll.«

Sprachen sie beide vom gleichen Mann? Toni hätte Ribot mit anderen Worten beschrieben. »Sie lebten nicht zusammen?«

Ihre Mundwinkel zuckten. »Wissen Sie, in unserem Alter legt man darauf nicht mehr so viel Wert. Er hatte sein Haus, das er liebte, ich habe meines. Iker liebte seine Ruhe, und ich mag es, wenn meine Kinder und meine Enkel mich besuchen und Leben im Haus ist. Da ist es besser, wenn beide ihr eigenes Heim behalten.«

Das konnte Toni nachvollziehen. »Warum haben Sie Ihren Lebensgefährten am Sonntag nicht auf seinem Ausflug begleitet?«

»Sonntags ist meist Familientag. Ich habe gekocht, die Kinder kamen, und wir haben den Tag zusammen verbracht. Iker hätte dazukommen können, aber er wollte nicht. Er mag den Trubel nicht. Wir sehen uns unter der Woche fast jeden Nachmittag.« Sie seufzte. »Er würde noch leben, wenn ich an diesem Sonntag mit ihm rausgefahren wäre.«

Dem konnte Toni nicht widersprechen. »Mit wem könnte er rausgefahren sein?«

Lucía Fiol zuckte die Schultern. »Mit niemandem. Er war gerne allein. Warum fragen Sie? War es doch kein Unfall?«

»Das ermitteln wir noch. Hatte Ihr Lebensgefährte Feinde?«

»Iker?« Sie schien überlegen zu müssen. »Er war ein feiner Mensch. Jedes Jahr spendete er großzügig für die Gemeinde.« Dann schüttelte sie den Kopf. »Nein, mir fällt da niemand ein.«

Toni konnte kaum glauben, was die Frau erzählte. Iker Ribot schien zwei Gesichter zu haben. Aus diesem Grund hatte seine damalige Ehefrau auch nichts von seinen Eskapaden mitbekommen. Er wusste mit Frauen umzugehen. »Er hatte nie Streit mit jemandem in Ihrer Gegenwart?«

»Nie«, bestätigte sie Tonis Vermutung. »Er lebte auch sehr zurückgezogen. Wir gingen zwar zusammen spazieren, fuhren mit der Jacht raus oder besuchten Theatervorstellungen und Restaurants, er ist aber niemals mit jemandem aneinandergeraten.« Señora Fiol beugte sich zu Toni. »Es muss ein Unfall gewesen sein.«

Vielleicht sollte Toni sie in dem Glauben lassen, bis der Fall gelöst war. Sollte die Dame um eine Illusion trauern. Diese würde sich noch schnell genug in Luft auflösen. Hier würde er jedenfalls nichts erfahren, was ihn weiterbrachte. »Señora Fiol, ich danke Ihnen für Ihre Zeit. Mein Beileid.«

Toni stand auf und reichte ihr die Hand. Besser, er fuhr zurück aufs Revier, um mit den Menschen zu sprechen, die Ribots anderes Gesicht zu sehen bekommen hatten. Toni wusste, wie der Mann hatte sein können, er hatte ihn selbst erlebt.

29

Adelheid spazierte am Meer entlang. Coco tobte durch den Sand und durch die an den Strand rollenden Wellen. Der kleine Kerl genoss die ausgiebigen Spaziergänge in vollen Zügen, jagte den Tauben nach und hechtete dem Ball ins Meer hinterher. Sie sah einen Schwimmer weit draußen durch die Bucht kraulen. Es lag vielleicht eine Distanz von eineinhalb Kilometern von Küste zu Küste, aber der Schwimmer war weit draußen. Wenn man auf diesem Stück einen Krampf bekam, würde man ertrinken. Wie leichtsinnig!

Adelheid setzte sich in den Sand unter eine Palme und beobachtete den Schwimmer. Am anderen Ende der Bucht angekommen, kraulte er an der Küste entlang auf den Strand zu. Kurz bevor der Schwimmer an Land kam, sah Adelheid, dass es sich um eine Frau handelte. Roter Badeanzug, gute Figur, dunkles Haar, das ihr nun nass auf die Schultern fiel.

Die Frau kannte sie doch. Adelheid kniff die Augen zusammen. Da verließ doch eindeutig Clara das Wasser. »Spinnt die?«, fragte sich Adelheid selbst. »Clara!«

Clara drehte sich zu ihr, stutzte kurz und hob dann die Hand. Mit gemächlichen Schritten kam sie auf Adelheid zu. »Bist du wahnsinnig?«

Irritiert sah Clara sie an. »Was?«

»Es ist gefährlich, so weit draußen zu schwimmen.«

»Ich bin eine gute Schwimmerin, zu langsam für den Triathlon, aber sonst geht es ganz gut.« Sie zeigte auf die andere Seite des Strands. »Ich muss los, dort hinten liegt meine Kleidung.«

So einfach wollte Adelheid Clara nicht von der Angel lassen. »Du bringst dich in Gefahr. Und das völlig unnötig.«

Clara verdrehte die Augen. »Ich weiß schon, was ich tue. Mach dir um mich keine Sorgen.«

Doch das tat sie, und sie würde das mit Irene besprechen. Ein solches Risiko durfte man nicht eingehen. Adelheid sah ihr nach. Brachte sich Clara absichtlich in Gefahr? War sie lebensmüde?

Adelheid pfiff Coco zu sich heran. Er kam augenblicklich. Offenbar hatte er sich an ihre Kommandos gewöhnt. Sandig, nass und mit dem Ball in der Schnauze rannte er auf sie zu. Gemeinsam durchquerten sie den Park, der den Strand von der Hauptstraße trennte. »Lass uns nach Hause gehen.«

Der kleine Kerl sah sie an, als habe er sie verstanden. Adelheid grinste. In einem der kleinen Shops wollte sie eine Wasserflasche kaufen. Ein Schluck Wasser würde beiden gut bekommen. Sie kam dabei an einem Restaurant vorbei. An einem Tisch saßen zwei Männer, die ihr bekannt vorkamen. Einer war der Inhaber dieser Ferienvermietungsagentur, und den anderen erkannte sie als einen Kollegen von Toni. Sie erinnerte sich nicht an dessen Namen. Er hatte ihr den ganzen Grillabend im vergangenen Jahr gegenübergesessen. Tonis Einstand. Er hatte sein Team eingeladen, aber Adelheid konnte sich Gesichter viel besser als Namen einprägen. Wenn sie eine Weile darüber nachdachte, käme sie vielleicht doch noch darauf. Viel interessanter fand Adelheid die Frage, was Tonis Kollege mit dem Inhaber dieser Firma zu schaffen hatte. Besaß er selbst eine Wohnung, die er vermieten wollte? Obwohl das illegal war?

Bei Gelegenheit würde sie ihren Schwiegersohn danach fragen. Sie betrat einen Souvenirshop, nahm sich eine Wasserflasche aus dem Kühlschrank und bezahlte. An einer ruhigen Ecke goss sie Coco Wasser in den Napf, den sie immer bei sich hatte, und trank das restliche Wasser in einem Zug aus.

»Zeit fürs Mittagessen«, sagte sie zu Coco, nahm den Napf, schob ihn in ihre Tasche und spazierte nach Hause.

Nach dem Mittagessen wollte sie sich noch etwas ausruhen, bevor sie zur Beerdigung der kleinen Valentina ging. Es wäre ihre erste Trauerfeier auf Mallorca.

Adelheid hielt nichts von Trauerkleidung. Aber an diesem Nachmittag ging es um Valentina und ihre Familie. Und sie wusste um die Traditionen. Irene hatte ihr den Ablauf erklärt. Nur die Familie und engste Freunde trugen Schwarz, alle anderen Besucher erschienen in normaler Straßenkleidung. Da sich Adelheid der Familie sehr nahe fühlte, glich sie ihre Kleidung an. In der schwarzen Hose und der schwarzen Bluse, die sie extra für diesen Anlass gekauft hatte, fühlte sie sich schrecklich. Als ob jemand mit den schwarzen Kleidungsstücken eine Glocke der Traurigkeit über sie gestülpt hätte. Natürlich hatte sie zuvor auch getrauert, doch als sie einen Blick in den Spiegel warf und eine ihr fremde Person entgegenblickte, war die Trauer allumfassend zu spüren. Vielleicht sollte es aber auch genau so sein.

Adelheid ließ Coco in den Garten hinaus, stieg ins Auto und machte sich auf den Weg zu ihrer Freundin. Sie hatte zugesichert, Irene und Clara abzuholen.

Die Sonne strahlte fast höhnisch vom Himmel. An einem solchen Tag sollte sie nicht scheinen, fand Adelheid. Vielleicht war es aber auch von Vorteil, so konnte man sich hinter einer dunklen Sonnenbrille verstecken.

Irene und Clara warteten bereits auf Adelheid. Beide

trugen ein schwarzes Kostüm mit schmalem Rock. Adelheid drückte beide Frauen zur Begrüßung an sich und küsste sie links und rechts auf die Wange.

Auf der Flurkommode standen neue Fotos in silbernen Rahmen. Eines zeigte die drei Munar-Frauen zusammen am Strand. Valentina strahlte Adelheid mit leuchtenden Augen entgegen. Daneben stand ein Bild, das Clara in einem Badeanzug auf einem Absprungblock eines Schwimmbades zeigte. Sie trug eine Schwimmbrille und war in der Position kurz vor dem Absprung ins Becken. »Du bist schon als Kind geschwommen?« Clara mochte auf dem Bild vielleicht sieben Jahre alt sein.

Irene bejahte die Frage. »Sie wollte schon als Kind ins olympische Team.«

»Ich war immer zu langsam.« Clara nahm die Haustürschlüssel. »Und jetzt lasst uns gehen.«

Irene nahm den Stapel der Recordatorios. Die Erinnerungskarten zeigten ein Foto von Valentina. Glücklich lächelte sie in die Kamera. Sie wirkte so lebendig, und die Erkenntnis fiel Adelheid schwer, dieses quietschende Lachen nie mehr zu hören. »Darf ich mal sehen?«

Irene reichte ihr eine Karte. Geburts- und Sterbedatum standen darauf, ebenso der Name und ein kleines Gedicht. Adelheid kannte diese Karten aus Deutschland. Auf dem Land war es üblich, eine Erinnerungskarte an die anwesenden Trauergäste zu verteilen.

Schweigend fuhren sie zur Aussegnungshalle von Calviá. Der Friedhof lag ein wenig außerhalb. Mit ihrem Wagen standen vier Fahrzeuge auf dem Parkplatz. Offizieller Beginn sollte in zwanzig Minuten sein. Sie stiegen aus.

An der strahlend weißen Mauer prangte in schwarzen großen Buchstaben Cementerio Municipal de Calviá. Das schmiedeeiserne Tor war ebenfalls schwarz und geöffnet. Ein betonierter Weg von etwa vier Metern Breite führte an einigen Grabstätten entlang zur Aussegnungshalle. Adelheid betrachtete die Grabstätten. Große Steintafeln am Kopfende zeigten, welche Familie dort zur letzten Ruhe gebettet wurde. Auch an den Grabmälern erkannte man die finanziellen Verhältnisse der Familien. Auf den Steinplatten standen bunt blühende Pflanzenkübel. Der Ort strahlte eine Ruhe aus, die sich augenblicklich auf Adelheid übertrug.

Die Aussegnungshalle wirkte fast wie ein weißes Segel, das noch gerafft war. Auch hier leuchtete das Gebäude durch die hell strahlende Sonne so blütenweiß, dass Adelheid die Augen zusammenkneifen musste. Eine einsame Palme stand ewas verloren vor dem Gebäude.

Die Aussegnungshalle verband durch einen großzügigen Gang zwei Räume. Im hinteren lag Valentina aufgebahrt in einem Sarg. Adelheid folgte Irene und Clara in die Halle. Es kostete sie Überwindung, näher an den Sarg heranzutreten. Mit rosa geschminkten Wangen und in einem zartgelben Kleidchen lag das Mädchen in dem dunkelbraunen Sarg. Es wirkte, als würde sie ein makaberes Spiel spielen und jeden Moment aufstehen und ihr Lachen den Raum erfüllen. Doch nichts dergleichen geschah.

Clara ging zu ihrer Tochter, strich ihr über die Wange und küsste sie auf die Stirn. Was sie ihr zuflüsterte, konnte Adelheid nicht verstehen, und es ging sie auch nichts an.

Ein Mann betrat den Raum. »Oh, verzeihen Sie die Störung, doch ich muss jetzt die Glaskuppel anbringen.«

Adelheid wusste um den Brauch. Es kam ihr merkwürdig vor, einen Toten wie ein Museumsstück zur Schau zu stellen. Sie drückte Irenes Hand.

Für einen stillen Moment waren sie sich sehr nahe, bis Clara sich vom Sarg abwandte und sie tränenüberströmt ansah. Irene eilte zu ihrer Tochter und schloss sie tröstend in die Arme. Der Bestatter schob den Glaskasten über den ausgestellten Sarg, warf einen letzten Kontrollblick auf sein Arrangement und verließ die Halle.

Adelheid hörte Stimmen auf dem Flur. Die ersten Trauergäste trafen ein. Sie stellte sich an den Rand, um nicht zu stören. Doch niemand trat ein. Vielmehr schienen die Anwesenden auf dem Gang oder im Nebenraum zu stehen.

»Wir müssen nach draußen gehen.« Irene nahm Clara an den Händen und sah ihr fest ins Gesicht. »Bist du so weit?«

Clara ließ die Hände los, tupfte sich die Tränen von den Augen und verließ mit gestrafften Schultern den Raum.

Adelheid folgte ihnen. Im Gang standen unzählige Menschen. Adelheid erkannte nur wenige von Claras Nachbarn. Alle standen zusammen und schwatzten. Es hätte sich auch um eine Stehparty handeln können.

Nach einer Stunde wurde Adelheid klar, hier ging es nicht um die Verabschiedung von Valentina, denn nur wenige der Anwesenden gingen in den Aufbahrungsraum. Vielmehr zeigte man Clara und Irene, dass sie nicht allein waren. Man bewies den Frauen ihren Respekt und bot ihnen mit der Anwesenheit Hilfe an. Eine schöne Geste. Es wurden Geschichten über Valentina erzählt, aber auch über Clara, als sie noch klein war. Nach vier Stunden leerte sich die Halle ein wenig. Mel stand etwas abseits, als Adelheid ihre Tochter entdeckte.

Adelheid nahm sie beiseite. Gemeinsam verließen sie die Halle. »Es wirkt fast wie eine Party.« Mel spazierte durch eine Grabreihe und ließ sich die Sonne ins Gesicht scheinen. »Es fehlt nur, dass jemand Getränke und Häppchen serviert.«

»Sie gehen mit dem Tod anders um, scheint mir.« Adelheid hatte die Menschen genau beobachtet. »Ich glaube, sie stehen mehr der Familie bei. Kaum jemand hat einen Blick auf den Sarg geworfen. Keiner will das Mädchen in diesem Glaskasten aufgebahrt in Erinnerung behalten.« Adelheid rieb sich über die Oberarme. Trotz der warmen Temperatur fröstelte sie. »Ich will jedenfalls kurz und bündig eingeäschert werden. So wie dein Vater. Und du verstreust die Asche irgendwo.«

Mel sah sie an.

»Hier darf man die Asche verstreuen.«

Immerhin ersparte Mel ihr weitere Vorhaltungen. Adelheid wusste genau, was sie riskiert hatte, als sie die Asche ihres verstorbenen Mannes aus dem Bestattungsinstitut gestohlen hatte. Aber das hatte sie gerne getan, um seinen letzten Wunsch zu erfüllen. »Weißt du«, wechselte sie das Thema. »Ich finde es befremdlich, wie Valentina aufgebahrt ist. Hübsches Kleidchen, die Blässe aus dem Gesicht geschminkt, das schwarze Haar offen um sie drapiert auf dem weißen Satin. Wie bei Schneewittchen, nur wird Valentina nicht mehr aufwachen.«

Mel legte die Hand auf ihre Schulter. »Ich konnte nur kurz hinsehen, mir hat es das Herz zerrissen. Wie geht es Clara? Sie wirkt sehr gefasst.«

Adelheid überlegte. Es stimmte, Clara wirkte ungewöhnlich ruhig. Aber jeder ging mit seiner Trauer anders um, vermutlich würde sie erst zusammenbrechen, sobald sie zu Hause ankam und sie sich vor niemandem mehr zusammenreißen musste.

»Ich gehe. Soll ich mich von ihnen verabschieden?«

»Geh ruhig, ich werde sie von dir grüßen.« Adelheid sah zur Aussegnungshalle. »Kondoliert hast du, mehr ist nicht notwendig.«

»Danke.« Mel umarmte Adelheid und ging zum Ausgang.

Adelheid sah ihr kurz nach, bevor sie die Halle wieder betrat.

Während der letzten Minuten hatten die meisten Besucher den Friedhof verlassen. Bis auf die engsten Familienmitglieder und eine Kollegin von Toni war niemand mehr anwesend. Die letzten Besucher gingen nach draußen. Auch für sie gab es nichts mehr zu tun.

Eine Gruppe von etwa fünfzehn Menschen folgte dem Sarg, der von vier Männern des Beerdigungsinstituts zur Grabnische getragen wurde. Diese Nischen waren wie Schubladen in mehrstöckige Mauern eingefügt. Die Grabnische der Familie Munar erreichte man über eine Treppe. Die Nische war bereits so weit geöffnet, wie es notwendig war, um den Kindersarg hineinschieben zu können.

Kaum war der Sarg in der Nische verschwunden, verabschiedeten sich die Familienangehörigen, und Adelheid blieb mit Irene und Clara allein zurück.

Es würde offenbar keinen Leichenschmaus geben, wie es in Deutschland üblich war. Adelheid blieb nichts anderes übrig, als Irene und Clara nach Hause zu fahren.

Am kommenden Morgen würde der Gedenkgottesdienst stattfinden. Bis dahin konnten sich die beiden Frauen vom heutigen Tag erholen. Die zuvor schon fast ausgelassene Stimmung war verpufft. Zurück blieben drei in Schwarz gekleidete Frauen, die in stillem Einvernehmen um die kleine Valentina trauerten.

30

Catarina brütete mit Bruno und Manuel zusammen über der üppigen Liste der Verdächtigen. Vielen Menschen hatte Ribot das Leben schwer gemacht, abgesehen von seinen kriminellen Machenschaften. Catarina hätte ihn zu gerne für den Tod von Valentina Munar zur Rechenschaft gezogen. Nun hatte jemand anders für eine ausgleichende Gerechtigkeit gesorgt. Für eine, die sich nun gegen den Täter wenden würde, denn Selbstjustiz in jeglicher Form verstieß gegen die gültigen Gesetze.

Auf die große Frage, die es zu beantworten galt, fand sie keine Lösung. »Wir müssen alle befragen. So lange, bis sich jemand in Widersprüche verwickelt. Ich glaube, es hängt mit dem Tod des Mädchens zusammen.«

»Du hast die Mutter in Verdacht?« Manuel hielt eine rote Stecknadel in der Hand und zielte auf eine Ecke des Fotos von Clara Munar. »Oder die Oma? Oder beide zusammen?«

Catarina überlegte. Keine hatte einen Bootsführerschein, und in den letzten beiden Stunden hatte sie alle Bootsverleiher in Calviá angerufen, ob jemand auf den Namen Munar ein Boot mit Fahrer gemietet hatte.

Ohne positives Ergebnis. Es hatte auch wenig Sinn, denn der Kapitän hätte sich mitschuldig gemacht, was kein Fremder auf sich nehmen würde. »Nein, eigentlich nicht.« Vielmehr vermutete Catarina die Täter hinter einer

Gruppe von Tierschützerinnen. Darunter konnte durchaus eine vermögende Frau sein, die selbst eine Jacht steuern konnte. Es mussten mindestens zwei Menschen an der Tat beteiligt gewesen sein. Sie äußerte ihren Verdacht. »Oder jemand im Täterkreis kann ausgezeichnet schwimmen. Aber hätte Ribot eine Fremde mit an Bord genommen? Für einen Ausflug?«

Bruno schüttelte den Kopf. »Es würde nicht zu ihm passen.«

Manuel stimmte Bruno zu.

»Ich fahre jetzt wie besprochen zur Katzenkolonie. Im Anschluss lasse ich mich auf der Beerdigung von Valentina sehen. Vielleicht kann ich da etwas erfahren.«

Sie sah auf die Uhr. Es blieb ihr noch Zeit für einen Kaffee. Seitdem Toni den Kaffeeautomaten gesponsert hatte, verdiente das Gebräu seinen Namen wenigstens. Mit der Tasse in der Hand ging sie zur Pinnwand und sah sich nochmals die Bilder an.

David trat neben sie. »Und? Gibt es etwas Neues?«

»Leider nicht.« Catarina studierte die Fotos der wenigen Tierschützer, die sie bisher kannte. Alles Frauen in den Siebzigern. Unmöglich konnte eine dieser Frauen hinter der Tat stecken. Oder doch? »Bist du mit dieser Mietplattform weitergekommen?«

»Pedro wollte sich darum kümmern. Da er nicht da ist, wird er das wohl gerade tun.« David sah sie von der Seite an.

Sein Blick war anders als sonst. Irgendwie forschend. »Was ist?«

»Stimmt es, was man so hört?«

»Was hört man denn?«

»Du hast dich von Mateu getrennt.« Davids Stimme klang völlig unbeteiligt, doch die Art, wie er sie ansah, drückte das genaue Gegenteil aus.

Versuchte David es allen Ernstes wieder bei ihr?

»Das ist richtig.«

Er brummte. »Das tut mir leid.«

Sein Tonfall strafte ihn Lügen.

»Ich muss los.« Sie trank den zu heißen Kaffee und verbrannte sich dabei die Zunge. »Toni erwartet bei seiner Rückkehr Ergebnisse.«

»Wohin fährst du?«

»Auf den Spielplatz. Und wenn ich dort niemanden sehe, fahre ich zum Friedhof. In einer Stunde ist die Beisetzung.« Catarina stand nicht der Sinn nach einer Neuauflage ihrer Liaison. »Bis dann.«

»Ich könnte dich begleiten.«

Catarina drehte sich zu David. Ihr Blick suchte den seinen. »Hör zu, David. Das ist keine gute Idee, was du hier vorhast. Außerdem bist du selbst liiert. Wir sind nur Kollegen, entendido?«

Sein Blick verfinsterte sich. »Ich wollte dir nur behilflich sein.« Abwehrend hob er die Hände. »Aber bitte! Wenn du lieber im Alleingang unterwegs sein willst.«

»Du hättest Pedro begleiten können, der ist dein Partner.« Sie versuchte, nicht wütend zu klingen, es gelang ihr nur leidlich. »Und mit ein paar alten Damen komme ich schon zurecht. Da brauche ich keine Hilfe. Danke.«

David drehte sich kommentarlos weg. Doch Catarina glaubte, ihn fluchen zu hören. Was er sagte, konnte sie nicht verstehen. Sicher war jedoch, es war nichts Nettes gewesen. Aber damit konnte sie gut leben.

Sie verließ das Büro. Im Erdgeschoss holte sie sich einen Schlüssel für einen der Dienstwagen und fuhr los. Das war ein Fall, den sie gar nicht lösen wollte. Noch deutlich sah sie die Schwester der erschlagenen und über Jahre hinweg vermissten Sara López vor sich. Diese Mischung aus Verzweiflung über die Umstände und der Erleichterung, endlich zu wissen, was mit ihrer Schwester geschehen war, ließ einen empathischen Menschen Mordgedanken hegen.

Ebenso durfte sie nicht an Valentina denken. Auch hier hegte sie Gedanken, die sie als Polizistin nicht haben durfte. Sie sollte daran denken, wie verzweifelt Iker Ribot um sein Leben gekämpft hatte, als er nicht mehr zurück an Bord hatte gelangen können. Als ihm irgendwann bewusst wurde, es würde für ihn keine Rettung, kein Erbarmen geben. Wie er erst Wasser geschluckt, gehustet, gekämpft hatte, um das Unvermeidliche hinauszuzögern, daran sollte sie denken. Das war ihr Job. Trotzdem tat sie sich schwer dabei.

Noch heftiger traf sie die Erkenntnis, als sie am Spielplatz anhielt. An diesem Mittag lag er verlassen vor ihr. Der Sandkasten unbenutzt, das Klettergerüst verwaist. Kam in den letzten Tagen überhaupt jemand mit seinem Kind hierher? Seitdem bekannt war, was dort geschehen war? Oder würde es mehrere Wochen dauern, bis die Geschehnisse vom Alltag langsam verschluckt wurden wie ein im Nebel verschwindendes Kreuzfahrtschiff in der Bucht von Palma?

Catarina setzte sich auf eine Holzbank. Von dort aus beobachtete sie die Katzen, die auf dem Nachbargelände herumstromerten. Für eine Stunde hing sie dort ihren Gedanken nach. Es würde an diesem Tag niemand mehr kommen. Vielleicht hatte sie mehr Erfolg, wenn sie sich unter die Trauergäste mischte.

Nach einem letzten Blick auf die Stelle, an der Valentina der Giftköder zum tödlichen Verhängnis geworden war, wandte sie sich ab und stieg in den Wagen, um zur Aussegnungshalle zu fahren.

Vor dem Cementerio parkten unzählige Fahrzeuge. Die Halle musste voll sein. Es schien, als wäre halb Santa Ponsa gekommen, um der Familie an diesem schweren Tag beizustehen.

Catarina mischte sich unter die Menschen. Aus dienstlichem Interesse betrat sie auch den Raum, in dem das Mädchen aufgebahrt lag. Mit gebührendem Abstand betrachtete sie das Kind. Aus dieser Entfernung hätte es auch eine große Puppe sein können. Einzig die in Schwarz gekleidete Familie zeigte die tragische Realität. Irene Munar hielt die Hand ihrer Tochter Clara. Diese stand mit gesenktem Kopf vor dem Kindersarg und der überdimensionalen Glasvitrine. Zwei weitere Frauen und zwei Männer in Claras Alter standen vor dem Sarg. Eine Frau hielt einen Knaben an der Hand. Es musste sich um Claras Geschwister handeln. Irenes Mann war vor vier Jahren gestorben, das erfuhr Catarina, als sie die Familienverhältnisse durchleuchtet hatten. Irenes Sohn und die ältere Tochter waren beide verheiratet.

Catarina hielt sich im Hintergrund. Was die Familie flüsternd miteinander sprach, verstand sie nicht. Gerade als sie näher herantreten wollte, um das Gesprochene verstehen zu können, stürmte ein Mann in den Raum. »Es ist deine Schuld! Ich wusste immer, dass du eine unfähige Mutter bist, und nun hast du meine Tochter auf dem Gewissen. Ich hätte sie nicht bei dir lassen dürfen!«

Für Catarina war augenblicklich klar, wen sie hier vor sich hatte: Valentinas Vater.

Überrascht über sein Auftreten wartete Catarina ab, was weiterhin geschehen würde. Im Notfall wollte sie eingreifen.

Irene stellte sich zwischen den aufgebrachten Mann, der in einer schlecht sitzenden Jeans und dem knallroten T-Shirt völlig deplatziert wirkte. »Was willst du hier? Du hast dein Recht verwirkt, als du meine Tochter schwanger sitzen gelassen hast! Hast du dich jemals um dein Kind bemüht? Es besucht? Es gewickelt oder gefüttert?« Irene baute sich auf, als würde sie dem Vater von Valentina jeden

Moment eine Ohrfeige verpassen. »Du hast jegliches Recht verwirkt. Keine Pesete hast du bezahlt. Du bist ...«

Clara hob die Hand. »Lass, Mama, er ist es nicht wert.« Sie trat aus dem Schatten ihrer Mutter. »Luis, geh und lass dich nie wieder sehen. Du weißt gar nicht, wozu ich bereit bin, wenn es um mein Kind geht. Du nennst dich heute Valentinas Vater? Der bist du nie gewesen. Und nun verschwinde, bevor ich mich vergesse.«

Luis ließ sich nicht aufhalten. Er schob Irene und Clara grob beiseite, fiel vor dem Sarg auf die Knie und weinte. Er weinte leise, und Catarina schien es, als bereue er in diesem Moment sein schlechtes Verhalten aus der Vergangenheit. Als habe er in diesem Augenblick erst begriffen, was ihm seine Tochter bedeutete, wenn er sich auch nie um sie gekümmert hatte. Catarina vermutete, dieses Verhalten hatte wenig mit seiner Tochter zu tun. Vielmehr schien es, als habe Luis nichts mehr mit Clara zu tun haben wollen.

Dieser Punkt interessierte Catarina. Nachdem die Familie ihn gewähren ließ, trat sie selbst wieder in den Hintergrund. Es gab keinen Anlass, einzuschreiten. Claras Bruder löste die Situation, indem er auf Luis zuging, ihm auf die Beine half und ihn beiseitenahm.

Luis' Blick war auf den Kindersarg geheftet, und es lag tiefer Schmerz darin. Nur dann, wenn er zu Clara sah, überschwemmte ein anderes Gefühl wie eine Welle den Schmerz. Es war blanker Hass.

Catarina würde sich den Mann vornehmen. Noch an diesem Tag, sobald er die Aussegnungshalle verließ. Die Kälte, mit der er seine Ex-Freundin ansah, ließ Catarina frösteln. Sie musste ein weiteres Unglück in dieser Familie verhindern.

Nachdem sich die Situation in der Aufbahrungshalle beruhigt hatte, verließ Catarina den Raum. Sie trat vor die Tür, und die grelle Sonne schmerzte kurz in ihren Augen.

Die beiden Räume leerten sich, und mit den letzten Gästen trat auch Luis auf den Friedhofsweg.

»Entschuldigen Sie«, machte sich Catarina bemerkbar. »Ich bin Capitán Catarina Pérez, ich ermittle in dem Todesfall.«

»Was gibt es da zu ermitteln?«, blaffte der Mann sie an. »Meine Ex-Freundin hat mal wieder nicht aufgepasst, und das hat meiner Tochter das Leben gekostet. Ich hätte sie zu mir nehmen müssen.«

»Sie sind also der Vater.« Mit ruhiger Stimme fragte sie nach seinem Namen.

»Luis Gomila.«

»Lassen Sie uns doch ein paar Schritte gehen.« Catarina zeigte in Richtung des schmiedeeisernen Eingangstors. Dahinter führte ein Feldweg durch die noch unbebaute Natur. Vielleicht würden der Weitblick auf die Berge und der idyllische Blick der weidenden Schafe unter den Olivenbäumen seine Wut ein wenig kühlen. »Warum haben Sie sich getrennt?«

»Diese Frau ist ein Teufel!«

Das schien Catarina jetzt sehr subjektiv. Sie hatte Clara Munar anders kennengelernt. Sie schwieg, um den Mann zum Reden zu animieren.

»Sie ist rachsüchtig und hinterhältig.« Er spuckte die Worte beinahe aus.

»Was hat sie getan?«

»Sie ist ehrgeizig, und wenn sie ihr Ziel nicht erreicht, dann sucht sie nach einem Schuldigen.« Er fuhr sich durch sein lockiges Haar, und seine braunen Augen funkelten wütend. »Und hat sie den für sich gefunden, dann gnade ihm Gott.«

Catarina schwieg weiter.

»Wissen Sie, Clara wollte ins Olympiateam, hat es aber nicht geschafft. Und weil sie mit mir zusammen war, gab sie mir die Schuld. Dabei habe ich sie immer unterstützt. In allem.« Sie traten durch das Friedhofstor und bogen auf den Feldweg ein. »Sie war nicht gut genug, was sie nicht wahrhaben wollte. Also suchte sie sich einen anderen Weg.«

»Welchen?«

»Sie vergaß die Pille, absichtlich. Wenn sie auch etwas anderes behauptete.« Luis Gomila kickte einen Kieselstein davon. »Ich war aber noch nicht so weit. Vater zu werden, bedeutet Verantwortung. Finanzielle Sicherheit ist dafür notwendig, und ich hatte eben erst fertig studiert und eine Stelle angetreten.«

»Dann hatten Sie doch Ihr Auskommen.«

Luis sah Catarina an. »Das schon, und wäre es ein Unfall gewesen, hätten wir es auch zusammen geschafft. Ich habe aber die Pillenpackung entdeckt. Sie hat nicht mal die Hälfte davon eingenommen.«

»Oh.« Das war natürlich ein arger Vertrauensbruch.

»Ja, oh.« Er zeigte mit der Hand in Richtung Aussegnungshalle. »Und dann gab sie mir noch die Schuld, weil die Schwangerschaft ihr nun die Chance auf Olympia genommen hätte. Und diesen Frust ließ sie an mir aus. Dabei hat sie mir mutwillig ein Kind untergeschoben, um mit ihrem eigenen Versagen nicht konfrontiert zu werden.«

Nicht gerade die besten Voraussetzungen für eine glückliche Beziehung. Catarina konnte den Mann verstehen. Auch für sie wäre ein solches Benehmen das Ende der Beziehung gewesen. Dennoch trug das Mädchen keine Schuld am Fehler der Mutter. »Also haben Sie das Kind dafür büßen lassen.«

»Nein, das ist so nicht richtig.« Luis blieb stehen. »Ich habe jeden Monat Geld auf ein Konto überwiesen. Das wollte ich ihr geben, sobald wir wieder normal miteinander umgehen. Doch seit ich eine neue Freundin habe, rächt sie sich an mir, dabei hat sie die Situation selbst heraufbeschworen.«

»Sie rächt sich?«

»Telefonterror in meiner Firma. Es hat mich fast den Job gekostet. Ich wurde mehrfach versetzt, bis endlich Ruhe herrschte.« Luis atmete tief durch, presste die Lippen zusammen und schüttelte den Kopf. »Sie ist kaum zu stoppen, wenn sie sich ungerecht behandelt fühlt.«

»Und Ihr Chef hat das mitgemacht? Es hätte Sie Ihren neuen Job kosten können.« Catarina konnte den Frust des Mannes verstehen.

»Ich hatte Glück. Die Tochter meines Chefs ist meine neue Freundin, da hatte ich die richtige Person an meiner Seite. Wir sind glücklich miteinander, und egal, was Clara ihr gegenüber auch behauptete, meine Freundin stand vertrauensvoll hinter mir.«

Da hatte er in der Tat Glück gehabt. Das hätte für ihn auch anders enden können. »Wie lange ging das?«

»Nicht lange. Vielleicht vier Wochen? Dann hat sie gemerkt, dass sie die Anrufe nicht weiterbringen, und hat damit aufgehört.« Luis sah Catarina bedauernd an. »In so einer Situation kann man gemeinsam kein Kind aufziehen. Ein Gericht hätte mir sicherlich ein Umgangsrecht zugesprochen. Aber so was kann man einem Kind nicht antun. Ich wollte warten, bis auch sie wieder einen Partner hat, dann hätte sie sich mit Sicherheit wieder beruhigt, und wir hätten gemeinsam einen Weg gefunden, wie wir den Umgang mit Valentina regeln.«

Das klang alles sehr vernünftig. »Es herrschte also in letzter Zeit wieder Ruhe?«

»Vor drei Wochen hat sie mit den Anrufen aufgehört«, bestätigte er.

»Danke.« Catarina drehte sich auf dem Weg um, Luis folgte ihr. »Das war dann alles.«

Schweigend legten sie einige Schritte zurück. »Ihre Frau trägt keine Schuld am Tod von Valentina. Das sollten Sie wissen. Sie konnte nichts tun, um das zu verhindern.«

Luis suchte ihren Blick. Sie hielt ihm stand, bis er seinen Blick abwandte und weiterging.

An seiner Reaktion wusste sie, er würde nun keine Dummheiten begehen. Er würde Clara nichts antun. »Der Mann, der Schuld am Tod Ihrer Tochter trägt, ist nicht mehr am Leben.«

»Ich weiß.«

Sie erreichten den Parkplatz. Luis Gomila öffnete seinen Wagen. »Danke.«

Catarina lächelte ihn an.

»Sie haben mir sehr geholfen.«

»Gerne. Alles Gute.«

Catarina sah ihm nach, wie er vom Parkplatz fuhr, bevor sie selbst einstieg. Wenn Clara in einer stressigen Situation unverhältnismäßig heftig reagierte, wie mochte sie dann mit dem Umstand fertigwerden, ihr eigenes Kind zu Grabe zu tragen? Und das noch in dem Wissen, wer dafür verantwortlich war?

Fast noch kritischer empfand Catarina folgenden Gedanken: Wenn Ribot eine Woche vorher zu Tode gekommen wäre, wäre das Mädchen noch am Leben. Das brachte sie auf eine ganz neue Idee. Die Überlegung war zwar abwegig, dennoch setzte sie sich in ihrem Kopf fest.

31

Mel verschwand erleichtert durch die Friedhofstür. Beerdigungen hatten für sie immer etwas Beklemmendes. Ihre Mutter ging mit dem Umstand der Vergänglichkeit viel lockerer um als sie. Natürlich war ihr bewusst, dass auch sie nicht ewig leben würde, doch hatte sie noch so viel vor, wollte noch so viel erreichen, zusammen mit ihrem Mann, in ihrem Berufsleben, und sie wollte eine eigene Familie.

Irgendwann.

Und sie wollte kein Kind beerdigen müssen. Natürlich konnte sie das nicht beeinflussen, aber hoffen konnte sie doch, ihre Kinder aufwachsen zu sehen, und auch ihre Enkelkinder, sollte es sich ergeben.

Lange Zeit war sie ihrer Mutter böse gewesen, weil sie die Asche ihres Vaters gestohlen und mit auf Reisen genommen hatte, anstatt die geplante Beerdigung durchzuführen. Wie eine Rockerbraut war sie durch die Vereinigten Staaten über die Route 66 gefahren, um die Reise noch gemeinsam mit ihm zu begehen. Was das für sie bedeutet hatte, mit der restlichen Verwandtschaft von der Polizei befragt zu werden, anstatt in Ruhe um ihren Vater trauern zu können, hatte ihre Mutter nicht im Geringsten interessiert.

Zumindest hatte sie das gedacht, bis es zur Verhandlung wegen Störung der Totenruhe und schweren Diebstahls kam und sich ihre Mutter erklärte. Sie hatte ihrem Mann auf dem Krankenbett versprochen, mit ihm die Reise zu machen, von der er sein Leben lang geträumt hatte. Sie hatte das Versprechen gehalten. Anders als erhofft, aber ab da hatte Mel ihre Mutter verstanden und ihr auch verziehen. Sie war dem letzten Wunsch ihres Vaters gefolgt. Ungeachtet der Folgen. Als letztes Zeichen einer erfüllten Liebe, bis zum unvermeidlichen Ende.

Mel stieg in ihren Wagen. Es war Zeit, zum Haus zu fahren. Die Policía Local hatte sich auf siebzehn Uhr angekündigt. Endlich konnte die Zwangsräumung der besetzten Villa erfolgen. Der richterliche Bescheid lag vor. Herr Schulze konnte bald wieder sein Haus beziehen.

Überpünktlich parkte sie auf der gegenüberliegenden Straßenseite und stieg aus. Herr Schulze ging unruhig auf der Straße auf und ab. Er entdeckte sie und eilte zu ihr. »Na endlich, da sind Sie ja.«

»Bleiben Sie ganz ruhig. Die Polizei wird sicherlich auch gleich eintreffen, dann geht es ganz schnell.«

Tatsächlich fuhr die Lokalpolizei mit vier Einsatzwagen pünktlich vor. An Präsenz ließen sie es definitiv nicht mangeln. Das weckte Mels Vertrauen an eine reibungslose Räumung. »Sind Sie die Besitzer?« Ein junger uniformierter Polizist trat auf sie zu.

»Das ist Herr Schulze, der Eigentümer«, stellte Mel ihren Mandanten vor, »und ich bin Melanie Gruber Morales, seine Anwältin.«

»Agente Gustavo Planas, ich leite die Räumung. Bitte warten Sie hier, bis das Gelände geräumt ist, verstanden?« Er eilte zurück zu seinen Kollegen. Einer drückte bereits auf die Klingel.

Nichts rührte sich.

»Werden sie jetzt noch das Tor aufbrechen?« Herr Schulze sah Mel verzweifelt an.

Im selben Moment erklomm ein junger Agente den

Zaun und sprang aufs Grundstück. »Policía Local, wir haben einen Räumungsbescheid.«

Die Türklinke bewegte sich, und der Agente ließ die Kollegen eintreten. Mel zählte zwölf Polizisten. Acht Männer und vier Frauen. Aufgeregte Stimmen drangen nach draußen, es gab heftige Diskussionen, doch die autoritären Befehle der Polizisten ließen keinen Zweifel daran, die illegalen Hausbesetzer vor die Tür zu setzen.

Nach und nach kamen Männer und Frauen rumänischer Abstammung vom Grundstück. Sie trugen Rucksäcke und Taschen bei sich. Drei männliche Polizisten versammelten die Eindringlinge in einer Ecke. »Kommen Sie, bitte?«

Mel bat ihren Klienten zu warten. »Um was geht es?«

»Wir wollen verhindern, dass Gegenstände in den Gepäckstücken sind, die Ihrem Mandanten gehören. Er soll einen Blick darauf werfen, außer er legt keinen Wert darauf.«

Mel übersetzte Herrn Schulze, der augenblicklich näher trat. Die Wut in seinem Gesicht war unübersehbar. »Und ob ich sehen will, was die ...« Er verkniff sich das Schimpfwort. »... was sie mitnehmen.«

Die Besetzer packten die Sachen aus. Außer Kleidung trugen sie nichts bei sich. Nichts anderes hatte sie erwartet. Alles, was von Wert war und verkauft werden konnte, hatten die Hausbesetzer längst zu Geld gemacht, das konnte ihnen keiner nehmen. Und ein Haus zu besetzen, stellte keinen Straftatbestand dar. Doch das würde sich bald ändern, davon war Mel überzeugt. Es blieb ihnen nichts weiter übrig, als die unliebsamen Bewohner der Villa ziehen zu lassen.

Agente Gustavo Planas trat zu ihnen. »Das Haus ist leer. Sie können nun auf das Grundstück. Meine Kollegen machen noch einen Durchgang, aber es werden alle weg sein.« Er zeigte auf einige Tiere. Auf den ersten Blick entdeckte Mel eine Handvoll Hühner, ein Schwein, zwei Hunde und drei Katzen. Dann entdeckte sie unter einer Steineiche einen Esel, der an den Zweigen fraß. »Herr Schulze? Haben Sie Haustiere?«

»Natürlich nicht. Die würde ich doch kaum allein zurücklassen, warum fragen Sie?« Er trat näher und sah den kleinen Zoo auf seinem ehemaligen Zierrasen. Nun wirkte er wild, die Hunde hatten gebuddelt, das Schwein vermutlich auch, auf der vorderen Terrasse lagen mehrere Kackhäufchen von den Hühnern, vielleicht auch von den Katzen. Mel sah das bestürzte Gesicht ihres Mandanten. »Was halten Sie davon, wenn wir eine professionelle Putzfirma kommen lassen, die alles in Ordnung bringt, bevor Sie sich genauer umsehen? Gehen Sie zurück ins Hotel, und überlassen Sie mir das.«

In den Augen des Mannes sammelten sich Tränen. Mel verstand ihn. Kaum zu glauben, wie das Haus nach wenigen Monaten der Besetzung aussah. Wie konnte man nur so hausen? Der Mann ging auf die Haustür zu. Mel hielt ihn zurück und schüttelte den Kopf. »Den Anblick sollten Sie sich ersparen. Bitte, vertrauen Sie mir.«

Mel erinnerte sich an die Bilder aus dem Haus der Bank. Mel hatte zur Dokumentation Fotografien angefertigt, und es war ihr schwergefallen, ihren Augen zu trauen. Zersprungene Klobrillen, verdreckte Bäder, die Elektrogeräte waren ausgebaut und verkauft. Benutztes Plastikgeschirr und Besteck lag in jeder Ecke, es glich auf den ersten Blick der Wohnung eines Messies. Nur, dass hier kein kranker Mensch gewohnt hatte, sondern jemand, der Vergnügen daran hatte, das Heim eines anderen Menschen zu verwüsten und nach Möglichkeit noch Geld aus der Situation zu erpressen.

»Herr Schulze?« Sie nahm ihn am Arm und führte ihn

zurück auf die Straße. »Haben Sie schon mit Ihrer Versicherung gesprochen? Sie sind doch gegen Vandalismus versichert, richtig?«

»Das ist korrekt.«

»Schicken Sie mir eine Kopie der Police. Wenn Sie mögen, bringe ich das für Sie in Ordnung, soweit es mir möglich ist.« Mel drückte ihm aufmunternd die Schulter. »Ich kenne auch eine Innenarchitektin, die richtet es Ihnen neu ein. Was halten Sie davon?« Mel hoffte, die Versicherung würde den Schaden übernehmen.

»Ich glaube, Sie haben recht. Ich betrete das Haus erst wieder, wenn es vollkommen hergerichtet ist. Ihre Innenarchitektin wird mir Render zukommen lassen?«

»Selbstverständlich wird Sie Ihnen einige Entwürfe erstellen.« Mel kannte die finanziellen Möglichkeiten von Herrn Schulze.

Herr Schulze sah sich im Garten um. »Ich will das Haus nicht mehr. Sie soll es zum Verkauf herrichten.«

Mel schwieg einen Moment betroffen. Diesen Tag würde sie gerne aus dem Kalender streichen. »Sind Sie sicher?«

»Das bin ich. Kümmern Sie sich bitte um alles? Stellen Sie die Kostenvoranschläge zusammen, die Render, und der Garten muss wiederhergestellt werden. Dann geben Sie es einem Makler in Auftrag. Ich will damit nichts mehr zu tun haben.«

Er reichte ihr die Hand. »Danke für Ihre Hilfe.«

Mel konnte den Mann verstehen. Wenn sie selbst in diesem Haus schöne Tage verbracht hätte und es nun mit den Augen des Eigentümers betrachtete, würde es nie wieder ein Zuhause werden. Es war besudelt, beschmutzt, entehrt, seiner Seele beraubt.

Die kommenden zwei Stunden streifte sie durch die Räume, um sich einen Überblick zu verschaffen. Herr Schulze würde hier nicht mehr glücklich werden. Das stand fest. Ein anderer Eigentümer musste dieser Villa neues Leben einhauchen, die Räume mit schönen Erinnerungen füllen, ihm wieder eine Seele schenken.

Doch zuerst musste sie sich um die Tiere kümmern und dafür sorgen, dass das Haus gesichert wurde. Mel rief erst ihren schon vorab informierten Schlüsseldienst an. Die Firma wusste, was zu tun war. Mel hatte die Situation genau erklärt. Das Haus musste vor weiteren Zutritten gesichert werden.

Danach rief sie ihre Mutter an. Die kannte viele Leute. Vielleicht konnte jemand von denen die Tiere aufnehmen. »Mama, wo bist du im Moment?«

»Bei Irene und Clara, warum fragst du?«

»Ich bin in der besetzten Villa und brauche deine Hilfe. Die Tiere müssen versorgt werden, und du kennst doch den halben Ort.« Um Mels Füße strich eine getigerte Katze mit längerem Fell. Das Fell sah struppig aus, die Katze besaß jedoch ein liebes Gesicht.

»Ich komme rüber.« Und schon hatte ihre Mutter aufgelegt.

Mel bückte sich. »Na, du? Was wird wohl nun aus dir?« Die Katze schnurrte und rieb sich an Mels Bein. Als Mel sie streichelte, ließ sie sich auf die Seite fallen und sich kraulen. »Hoffentlich musst du nicht in ein Heim.«

»Na? Da hast du ja schon Freundschaft geschlossen«, hörte sie ihre Mutter sagen.

»Ach was, die hat nur Hunger.« Mel erhob sich und ging auf ihre Mutter zu. »Die Einsatzwagen sind auch schon weg?«

»Nur du bist noch hier.« Sie zeigte auf die Tiere. »Und die hier.« Adelheid sah sich um. »Wie lange haben die hier gehaust?«

»Vermutlich vier Monate.« Sie konnte es selbst kaum glauben, wie man ein gepflegtes Haus in so kurzer Zeit in ein Schlachtfeld verwandeln konnte. »Und die Tiere haben sie dagelassen. Sogar das Schwein. Und einen Esel habe ich auch gesehen. Wer weiß, was sich im hinteren Teil des Gartens noch so findet.«

»Ein Schwein?« Adelheid lachte lauthals los. »Wie kommt denn ein Schwein in einen solchen Garten? Das haben die doch sicherlich irgendwo geklaut!«

»Da könntest du richtigliegen. Kennst du jemanden mit einem Agrotourismus-Hotel oder einen Bauern, der das Schwein, den Esel und die Hühner übernimmt?« Die Katze strich schon wieder um ihre Beine und maunzte. »Um dich kümmern wir uns auch gleich. Mal sehen, ob es im Haus Futter gibt.«

Die anderen Katzen blieben zurück. Sie schienen nicht an Menschen gewöhnt zu sein. »Bist du vielleicht aus der Nachbarschaft?« Mel zückte ihr Handy und machte ein Foto. Besser, sie verteilte Blätter in der Nachbarschaft, bevor sie das Tier ins Tierheim gab. »Mama, kennst du die Katzen? Deine Pflegekatzen sind doch auch in der Nähe.«

Adelheid sah sich die Tiere an. »Die beiden dahinten habe ich schon öfter bei der Kolonie gesehen. Einfangen kannst du die nicht.« Sie zeigte auf das getigerte Kätzchen. »Und die ist ganz klar an Menschen gewöhnt. Ich würde sie die kommenden Tage hier nicht füttern, und wenn sie trotzdem hierbleibt, hat sie wohl doch kein Zuhause mehr und wurde von den Bewohnern zurückgelassen.«

Adelheid zückte ihr Telefon. »Ana María, wie geht es dir?«

Mel hörte zu, wie sie zunächst Höflichkeiten austauschten. »Du hast doch Hühner, ich hätte hier noch …«

»Es sind fünf.« Mel hielt fünf Finger in die Luft.

»Fünf Exemplare. Auch ein paar Gänse. Einen Kumpel für deinen Esel haben wir auch hier. Und ich finde, es wird höchste Zeit, dass du für euch und eure Gäste ein eigenes

Glücksschwein bekommst.« Ihre Mutter lachte. »Ich würde es ja behalten, aber in meinem Reihenhaus habe ich keinen Platz. Und wenn du es auf Dauer nicht behalten kannst, machen wir einen guten Schinken daraus.«

»Das wirst du nicht!«, rief Mel entsetzt aus. Ihre Mutter mit ihren grausamen Witzen! Sie sah zu ihrer Mutter, und ihr wurde klar, sie machte keine Witze. Ihre fleischfressende Mutter meinte das vollkommen ernst. Mel fuchtelte mit den Händen, doch ihre Mutter ignorierte sie gekonnt, indem sie ihr den Rücken zudrehte und zu den Tieren schlenderte. Sie bückte sich, und die beiden kleinen Mischlingshunde kamen sofort auf sie zugerannt. Adelheid hielt ihnen ihre Hand hin zum Beschnuppern und kraulte den aufgeweckten Kerlchen abwechselnd den Kopf. »Okay, kommt Guillem dann vorbei, um die Tiere abzuholen?« Sie erhob sich. »In einer Stunde. Das passt perfekt, und ich denke, es wäre eine gute Idee, jemanden mitzubringen, um die Tiere einzufangen.« Sie legte auf. »Das Schwein und die Hühner sind weg. Auch die Gänse und der Esel.«

Mel stemmte die Hände in die Hüften. »Aber es gibt weder gebratenes Geflügel noch Schweinebraten, verstanden?«

Adelheid schüttelte den Kopf. »Das ist nicht geplant. Was spricht aber dagegen? Sieh sie dir an. Sie hatten ein gutes und freies Leben wie früher alle Tiere, die wir gegessen haben. Und wenn du nicht in Hamburg im Supermarkt eingekauft hättest, sondern wie ich außerhalb bei den Bauern, müsstest du deswegen auch kein schlechtes Gewissen haben. Es kostet mehr, aber das habe ich schon immer gerne bezahlt.«

Mel wollte darauf nicht antworten. Ihre Mutter hatte ja recht. Sie verzichtete auf Fleisch, seit sie wusste, wie die Supermarktware hergestellt wurde. Dieses Tierleid unterstützte Mel nicht. Und da sie nicht die Zeit hatte zu prüfen, woher das Tier genau kam, wie es gelebt hatte, verzichtete sie darauf, und es fiel ihr überhaupt nicht schwer. »Weißt du einen Platz für die beiden Hunde?«, fragte sie, um das Thema zu wechseln. Für den heutigen Tag hatte sie genug, sie wollte nicht noch eine anstrengende Diskussion mit ihrer Mutter führen.

Adelheid setzte sich im Schneidersitz in den Garten. Die beiden beige melierten Hunde hüpften um sie herum. Ihre Mutter liebte Tiere, daran bestand kein Zweifel. Und dennoch kam sie aus einer Generation, in der es normal war, Haustiere zu essen. Ihre Großeltern hatten einen Bauernhof gehabt, da gehörte das zum normalen Alltag. An einem Tag spielte man mit dem Schwein, am nächsten wurde es geschlachtet und verarbeitet.

Die beiden Hunde schienen sich gut zu verstehen. Und sie waren verschmuste Tiere. »Kannst du eventuell für drei Tage einen der Hunde nehmen? Den anderen bringe ich bei Irene unter. Ein lebendiges Wesen im Haus wird ihr und Clara guttun.«

»Warum für drei Tage?«

Adelheid sah zu ihr hoch. »In zwei Tagen wird Cocos Frauchen entlassen, und wenn Coco und dieser Kerl«, ihre Mutter hatte sich wohl für den wuscheligeren der beiden Tiere entschieden, der ein sehr niedliches Schlappohr besaß, »sich nicht verstehen, dann sollte ich sie trennen können.«

Für ein paar Tage konnte sie sich natürlich kümmern. Mel würde ihn auch pflegen, sollte ihre Mutter verreisen. »Du willst ganz sicher einen nehmen?«

»Warum nicht?« Adelheid stand vom Rasen auf und klopfte sich das Hinterteil ab. »Aber erst werde ich beide zu César Fuster bringen. Vielleicht haben sie einen Besitzer, der sie vermisst. Dann werden sie wohl gechippt sein. Und die Katze nehme ich auch gleich mit.« Damit schien die Sache für ihre Mutter geklärt. Sie rief ihren befreundeten Tierarzt an und bat ihn, mit drei Tierboxen zu kommen. Er sagte zu.

Mel lächelte. Es war unglaublich, wie schnell ihre Mutter für jedes Problem eine Lösung bereithielt. Mel nahm das Tigerchen auf den Arm. Die kleine Schönheit mit den blauen Augen schnurrte genussvoll, als Mel sie streichelte. Vielleicht würde sie die Katze nehmen, wenn sie keinen Besitzer hatte. Eine Katze brauchte nicht so viel Aufmerksamkeit wie ein Hund. Solange sie und Toni so viel arbeiteten, wäre es ungerecht, sich einen Hund zu halten und ihn den ganzen Tag in den Garten zu sperren. Eine Katze hingegen stromerte gerne den Tag über durch die Gegend. Und mit einer Katzenklappe könnte sie jederzeit ins Haus.

Die Katze schmuste mit ihrem Kopf in Mels Halsbeuge. In dem Moment wusste sie, sie wollte diese Katze behalten.

32

Davids Verhalten nahm merkwürdige Züge an. Das fiel Bruno schon seit mehreren Wochen auf. Auch das Verhältnis zwischen ihm und seinem Teamkollegen Pedro schien zu leiden. Gut, bis vor einem Jahr waren sie noch öfter gemeinsam durch die Bars gezogen, das hatte sich geändert, seitdem Pedro Vater geworden war. Natürlich hing Pedro nun nicht mehr in Bars ab. Oder eben nicht mehr so regelmäßig. Irgendetwas schien ins Ungleichgewicht geraten zu sein. David trug plötzlich Markenhemden, fuhr einen neuen Wagen, und sein Handgelenk zierte eine teure Rolex. Als Ermittler achtete er auf solche Veränderungen zwangsläufig.

Die beiden gingen häufiger getrennte Wege bei ihren Ermittlungen. Das kam natürlich vor, aber man vermied es, wenn es sich anbot. Es ersparte einem im Ernstfall eine Dienstbeschwerde, die leichter zu erstatten war, wenn ein Zeuge allein befragt wurde. Ein in Bedrängnis geratener Zeuge konnte sich alles Mögliche ausdenken, um von sich abzulenken. Und schon erhielt man als Ermittler einen Termin bei der Dienstaufsicht.

Catarina betrat das Büro. Vor seinem Schreibtisch blieb sie stehen. »Gibt es was Neues?«

»Die Ermittlungen bei den Einbrüchen ergeben endlich ein Muster. Alle Immobilien wurden von diesem Tomeu Amer vermittelt.«

Catarina runzelte die Stirn. »Auch die an der Playa de Palma?«

»Alle«, antwortete Manuel. »Es gibt nur eine Ausnahme, aber in der Immobilie wohnte der Eigentümer, keine Touristen. Es könnte also Zufall sein.«

»Wissen David und Pedro schon Bescheid?« Catarina setzte sich auf die Schreibtischkante.

»Pedro ist an der Playa unterwegs, und David hat schon Feierabend gemacht.« Manuel sah auf die Uhr. »Und ich wollte heute auch gehen. Mein Trainingspartner kündigt mir sonst bald.«

Bruno vermutete da etwas ganz anderes. Hinter dem Training steckte bestimmt ein heimliches Treffen mit seiner Tochter. Obwohl er sich einmischen wollte, hielt er den Mund, denn das würde die beiden nur noch enger zusammenschweißen. Aber vielleicht konnte er Manuel anderweitig in die Suppe spucken. »Vielleicht unterstützt ihr Pedro an der Playa. Er hat die Infos zu Tomeu Amer noch nicht. Sein Handy ist aus, oder er ist in einem Funkloch.«

Catarina stöhnte unwillig auf. »Ich habe für heute eigentlich auch genug. Auf der Beerdigung habe ich Valentinas Vater kennengelernt. Luis Gomila. Er wollte seine Tochter zu sich nehmen.« Sie sah ihn an. »Wenn du ihn überprüfst, fahre ich an die Playa de Palma und unterstütze dort Pedro.« Anschließend drehte sie sich zu Manuel. »Ich bin ein großes Mädchen und schaffe das allein. Also, fahr ins Training, bevor du einen Bauch ansetzt.« Sie lachte und klopfte sich auf ihren flachen Bauch.

»Als ob er sich da sorgen müsste«, brummte Bruno und sah an seinem eigenen Wohlstandsbauch hinunter. Er würde das Treffen zwischen seiner Tochter und Manuel nicht verhindern können. »Sonst noch etwas, was ich wissen sollte? Hat sich von den Tierschützern jemand verdächtig benommen?«

Catarina schüttelte den Kopf.

Doch irgendetwas verheimlichte sie ihm. Das sah er ihr genau an. Er kannte Catarina. Hinter ihrer hübschen Stirn wohnte ein wacher Geist. Und der spukte definitiv gerade durch ihre Gedanken. »Sicher?«

Ohne zu antworten, stand sie auf. »Pedro ist auf der Wache an der Playa?«

»Entweder dort, oder er nimmt einen neuen Einbruch auf, der gemeldet worden ist.« Bruno würde Catarina später noch alleine treffen. »Und ich habe nachher auch noch etwas für dich«, versuchte er, Catarina zurück ins Büro zu locken. »Und bring Pedro mit, ja?«

»Wenn der Chef kommt, er soll nicht weglaufen. Ich brauche ihn noch. Sag ihm das.«

Er sah seiner Kollegin nach. Sie wollte mit Toni sprechen. Also verheimlichte sie ihm tatsächlich etwas.

»Hasta mañana«, verabschiedete sich Manuel von ihm. »Und macht nicht mehr so lange.«

»Bis morgen«, erwiderte Bruno und blieb alleine im Gemeinschaftsbüro zurück. Catarina hatte auf der Beerdigung jemanden ins Visier genommen und behielt es für sich. Wer konnte das sein? Was war ihm entgangen?

Bruno stand auf und ging zur inzwischen gut gefüllten Pinnwand. Sogar ein Foto von Tonis Schwiegermutter prangte am Rand der Korktafel.

Adelheid Gruber traute er eine solche Tat nicht zu. Es kostete schon einiges, einem Mann beim Ertrinken zuzusehen. Oder hatte der Täter Ribot gar nicht dabei beobachtet? Hatte er die Leiter eingefahren und sich anschließend selbst davongemacht? Das kostete schon weniger Nerven.

Aber wer?

Er betrachtete Elias und Paula Pons. Die Frau war genervt, da sie wegen der Touristen nicht arbeiten konnte, und ihr Mann Elias hatte den Zeugen zufolge Ribot sogar an dem Tag niedergeschlagen, als Paula Pons zu ihrer Mutter fuhr. War mit dem Faustschlag der Ärger verpufft? Oder sah Elias Pons doch seine Ehe in Gefahr? Bei der Vernehmung hatte es nicht so geklungen.

Was war mit Agata López? Sie hatte ihre Schwester geliebt. Und sie wusste, dass sie den Mörder von Sara auf der Insel finden würde. Ribots Name war jedoch bis zu seinem Tod nicht in der Presse zu finden gewesen. Auch hatte aus dem Revier niemand seinen Namen genannt. Agata López hätte zwar ein Motiv besessen, aber sie hätte keine Gelegenheit gehabt.

Blieb noch Daniela Oliver. Die hatte Ribot wegen sexueller Nötigung angezeigt. Doch auch das lag schon mehrere Jahre zurück. Er hatte sie betatscht, das ja, aber tötete man jemanden deshalb kaltblütig? Als Motiv wirkte der Umstand etwas blass.

Das stärkste Motiv besaßen die Munar-Frauen. Doch wie sollten sie das geschafft haben? Woher sollten sie gewusst haben, wo sie Ribots Jacht finden? Hatten sie vielleicht jemanden angeheuert?

Bruno würde die Bankkonten beider Frauen überprüfen. Dann müsste eine größere Zahlung erfolgt sein. Er setzte sich an den Rechner und begann mit der Recherche. In diesem Moment vermisste er seinen jungen Kollegen Manuel. Für ihn wäre die Bankkontenüberprüfung eine Sache von wenigen Minuten. Er würde dafür mehrere Stunden benötigen. Vielleicht sollte er in Rente gehen. Angeln, mit seiner Frau zum Wandern in die Berge fahren oder schlicht auf der Bank in seinem Garten sitzend ein Buch lesen. Wann hatte er das letzte Mal ein Buch gelesen? Mehr als die Tageszeitung schaffte er selten, wenn er von der Arbeit kam. Und auch da las er oft genug nur den Sportteil.

Wenn er Catarina und Manuel betrachtete, fühlte er sich

alt. Auch, wenn er seinen Blutdruck ansah. Noch vor fünf Jahren hatte er sich jung und fit gefühlt. Das änderte sich nun fast halbjährlich. Er fühlte sich müde. Deshalb suchte er auch seinen Platz hinter dem Schreibtisch. Manuel sollte einen neuen und jungen Partner an die Seite gestellt bekommen, damit er draußen Erfahrung sammelte. Auf der anderen Seite, wenn Manuel nun mit seiner Tochter ausging, schien es ihm gesünder, ihn hinter dem Schreibtisch bei der Recherche zu wissen. Offenbar zog es ihn gar nicht in den Außendienst. Da fiel ihm noch etwas anderes ein. Was war aus der Exhumierung dieser Claudia Klein geworden? Der Staatsanwalt hatte die Anforderung bereits am Montag unterschrieben.

Bruno nahm die auf seinem Schreibtisch liegende Akte zur Hand. David hatte sich kümmern wollen. Doch der schien gerade in seiner eigenen Welt zu schweben. Zeit, ihn mit einem Tritt in den Hintern zurück in die richtige Welt zu befördern. Eigentlich sollte er sich anstrengen, um seine Degradierung so schnell wie möglich wieder auszubügeln.

Er gab den Namen in die Suchmaske seines Computers. Kein Vermerk über den aktuellen Stand. »Dem werde ich in seine neuen Schuhe helfen.«

Bruno griff zum Telefonhörer. Er wählte Davids Nummer. Und legte auf.

Vielleicht sollte er lieber in der Rechtsmedizin nachfragen. Sein alter Freund wüsste sicherlich Bescheid. Nach dem dritten Läuten nahm er ab. »Bruno hier. ¿Cómo estás?, Jaume. ¿Todo bien?«

»Por supuesto, hier ist alles ruhig.« Jaume lachte über seinen eigenen Witz.

»Na, und ich dachte, ihr feiert da eine Halloween-Party.« Bruno wickelte sich das Hörerkabel um den Finger. »Ach nein, das ist ja erst Ende Oktober.«

»Was kann ich für dich tun?«

»Claudia Klein sollte exhumiert werden. Weißt du davon?«

»Die wurde mir vor zwei Stunden gebracht. Kann sie wieder zurück?«

Bruno hörte die Hoffnung in der Stimme des Forensikers. »Tut mir leid. Da muss ich dich enttäuschen. Ich wollte nur wissen, ob sie schon angekommen ist.« Erleichterung durchströmte ihn. David schlampte in diesem Fall nicht. Er mochte David, obwohl er Züge hatte, die den Umgang mit ihm manchmal schwierig gestalteten. Sein Hang zur Gerechtigkeit passte nicht zu seinem momentanen Verhalten. Nur aus dem Grund hatte er ihm nachspioniert.

»Ist sie. Muss ich mich beeilen?«

Bruno überlegte. »Nicht mehr als sonst auch. Die Tochter glaubt an eine Vergiftung und nicht an Selbstmord. Aber das weißt du ja aus den Akten.«

»Ich habe sie mir noch nicht angesehen.« Im Hintergrund schepperte es metallisch. »Der Bericht kommt. Soll ich ihn an dich schicken lassen?«

»An unsere Abteilung, das passt schon.« Bruno wollte Jaume nichts von seinem unguten Gefühl David gegenüber preisgeben, also hielt er den Mund. »Danke. Lass uns bald mal wieder ein Bier trinken gehen.«

Ein zustimmendes Grunzen drang durch den Hörer, bevor Doktor Jaume Álvarez auflegte.

Zufrieden lehnte sich Bruno zurück. Nun musste er nur noch die Kontoverbindungen der Munars auf auffällige Bewegungen prüfen und auf Catarina warten.

33

Auf dem Weg in sein Büro traf Toni auf eine wütende Catarina, die lautstark in ihr Handy brüllte. Sie musste sehr wütend sein, da sie keine Rücksicht darauf nahm, dass das halbe Revier jedes Wort mithörte. »Schwing deinen faulen Arsch augenblicklich hierher, hast du verstanden?«

Toni sah sie fragend an.

Catarina schien ihn gar nicht wahrzunehmen. »Hier ist die Kacke am Dampfen und besser, du kannst gute Argumente vortragen!« Ohne abzuwarten, ob ihr Gegenüber noch etwas erwidern wollte, legte sie auf. »Arschloch!«

»Was ist hier los?«

Catarina stürmte die Treppe nach oben in den ersten Stock, stapfte den Gang entlang und betrat das Gemeinschaftsbüro.

Toni folgte ihr. »Und?«

Im Büro saß Bruno. Er sah von Toni zu Catarina. »Ist was?«

»Das wüsste ich auch gerne.« Er war nur wenige Stunden fort gewesen, und es schien, als wäre sein komplettes Team auseinandergedriftet. Selbst Bruno wusste nicht Bescheid, und der wusste im Normalfall alles, da er das Büro kaum verließ.

»Ich habe Pedro mit diesem Tomeu Amer gesehen.«

Toni wusste sofort, wen Catarina meinte. Den Betreiber des Ferienvermietservices. »Ja, das ist doch gut. Er sollte ihn befragen, ich habe ihn in Verdacht, dass er hinter den Einbrüchen steckt.«

»Er kennt ihn. Gut sogar.«

»Wie kommst du darauf?« Toni hatte erst am Vormittag die Anweisung gegeben, sich Tomeu Amer vorzunehmen.

»Pedro ist ohne David dort.« Catarina ging unruhig im Büro auf und ab. »Und die beiden haben einträchtig ein Bier getrunken und sich sichtlich gut amüsiert.«

»Mit wem trinkt Pedro ein Bier?«, fragte Bruno nach, der offenbar ebenso wenig seinen Ohren traute wie Toni.

»Ihr habt schon richtig gehört. Die beiden kennen sich.«

»Du hast vorher mit Pedro telefoniert?« Nun verstand Toni Catarinas wütendes Telefonat.

»Nein, mit David, der angeblich von nichts weiß.« Ihr Gesicht leuchtete beinahe vor Wut. »Ich will es nicht glauben, aber alles scheint so, als würden David und Pedro mit diesem Tomeu gemeinsame Sache machen. Deshalb geht es auch so langsam mit den Ermittlungen voran.« Sie zerknüllte ein Blatt Papier und warf es gegen die Wand. »Das erklärt die teure Uhr und das merkwürdige Verhalten der beiden. Sie streiten häufig, und oft verstummen sie, wenn ich dazukomme.«

»Das kann viele Gründe haben«, wiegelte Toni ab, der ganz automatisch sein Team in Schutz nahm. Eventuell war Catarina da auf dem falschen Weg. Obwohl ihm Davids plötzlicher Wohlstand selbst schon aufgefallen war. »Hast du mit Pedro gesprochen?«

»Nein. Ich habe ihn angerufen, als ich ihn im *Biereck* habe sitzen sehen. Ich bin auf der anderen Straßenseite hinter einer Mauer geblieben und habe ihn beobachtet.« Catarina schüttelte den Kopf. »Pedro ging dran und bedeutete Tomeu, seinen Mund zu halten. Er hat mit keinem Wort erwähnt, dass er nicht allein ist, als ich ihm sagte, er müsse zurück aufs Revier, weil es im Mordfall Neuigkeiten gibt.«

»Es gibt in Ribots Fall Neuigkeiten?« Toni kam so langsam nicht mehr mit.

»Nein, gibt es nicht. Das habe ich nur behauptet, um zu sehen, wie Pedro reagiert.«

»Und?«, fragte Bruno.

»Er hat gar nicht reagiert.«

»Gar nicht?« Das konnte Toni kaum glauben. »Er muss doch was gesagt haben.«

»Er kommt aufs Revier. Dann hat er aufgelegt und sich weiter mit diesem Tomeu Amer unterhalten. Sie hatten es sehr lustig. Ich bin dann losgefahren, weil ich vor ihm zurück auf dem Revier sein wollte.«

Das musste Toni erst mal sacken lassen. Konnte es sein, dass Pedro und David korrupt waren? Catarina schien das anzunehmen. Sonst wäre sie David gegenüber am Telefon nicht so ausfällig geworden. Und wenn einer oder sogar beide korrupt waren und an der Playa de Palma in irgendwelche Sachen verstrickt waren, konnte dann einer der beiden auch die Ermittlungen zum Tod seines Halbbruders verschleppt und manipuliert haben? Der Gedanke setzte Toni mächtig zu. Es gab nichts Schlimmeres, als dem eigenen Team nicht vertrauen zu können. Ein Punkt, der in ihrem Job Leben kosten konnte. Im Extremfall sogar das eigene. Tonis Halbbruder war an etwas dran gewesen, daran hegte Toni keinen Zweifel. Obwohl sie nur unregelmäßig Kontakt gehalten hatten, kannte Toni Lucas' Charakter gut. Wenn diese Einbruchserie und der Mord von Ribot aufgeklärt waren, würde Toni die Ermittlungen zum Fall seines Halbbruders offiziell wieder aufnehmen. Wie eben auch die Fälle von Sara López oder nun von dieser Claudia Klein. Und er würde genau hinsehen, wenn Pedros und Davids Namen in der Ermittlungsakte auftauchten.

»Jetzt holen wir uns alle einen Kaffee und beruhigen uns besser, bevor es hier grundlos eskaliert.« Toni ging zum Vollautomaten und nahm sich eine Tasse. Catarina trat gegen einen Mülleimer, der scheppernd umkippte. »Wie war es auf der Beerdigung?« Vielleicht konnte er so Catarinas Gedanken etwas beruhigen.

»Da muss ich noch etwas nachprüfen«, erklärte sie vage. Aber ihr Fokus legte sich nun doch auf den Mordfall. Und das ließ sie ruhiger werden.

Tonis Telefon klingelte. Seine Schwiegermutter. Für einen Moment überlegte er, den Anruf anzunehmen. Dann ignorierte er das Klingeln. Sie musste warten, bis er nach Hause kam. Jetzt musste er sich um sein Team kümmern.

David betrat als Erstes das Büro. Sein dunkelblaues Ralph-Lauren-Shirt passte gut zur weißen Hose und den dunkelblauen Segelschuhen. Seine verspiegelte Brille hatte er sich ins Haar geschoben. Seine Augen blitzten wütend, als er Catarina erblickte. »Du bist ein untervögeltes und verrücktes Miststück! Wie kannst du es wagen, mir so etwas zu unterstellen! Ich und korrupt!«

David ging auf Catarina zu. Er wirkte wie ein wütender Stier in der Manege. Jeden Moment würde er auf seine Kollegin losgehen. Toni trat zwischen die beiden. »Beruhige dich.«

»Ich soll mich beruhigen? Die ...«, er zeigte auf Catarina, »die gehört zum Arzt.«

»Und weil ich zum Arzt muss, sitzt dein Partner mit dem Verdächtigen Tomeu Amer gemütlich beim Bier, und sie erzählen sich gegenseitig Anekdoten, die so lustig sind, dass sie gleich noch ein Bier bestellen.« Catarina trat hinter Tonis Rücken hervor. »Hat nur noch gefehlt, dass er ihm einen dicken Umschlag über den Tisch schiebt. Die beiden kennen sich. Und das nicht nur von der heutigen Befragung.«

David verharrte mitten im Schritt. Irritiert sah er zu Toni. »Stimmt das?«

Entweder war David ein begnadeter Schauspieler, oder diese Nachricht überraschte ihn.

»Es stimmt. Und er wird jetzt ins Büro kommen, weil er denkt, es gäbe Neuigkeiten im Fall Ribot.«

»Gibt es aber nicht?« David rieb sich über den gepflegten Dreitagebart. »Und ich werde hier aus welchem Grund so vorgeführt?«

Catarina trat auf ihn zu. Sie tippte auf seine Rolex und den Polospieler auf seinem Shirt. »Deswegen. Wie kannst du dir das alles plötzlich leisten? Als wir zusammen waren, hat ein teures Abendessen schon deine Kreditkarte überstrapaziert. Meinst du, ich weiß das nicht? Du verdienst seit deiner Degradierung weniger als ich.«

»Ach, das ist es.« David schlug sich auf die Stirn. »So schnell ist man also korrupt.«

Bruno stand nun ebenfalls auf. »Es fällt eben auf. Auch dein neuer Wagen. Was ist es doch gleich für eine Marke?«

»Das spielt doch keine Rolle.« David senkte den Kopf. Er wirkte gekränkt. »Was seid ihr bloß für beschissene Kollegen!«

Toni hob die Hände. »Jetzt mal langsam. Warum hast du Pedro nicht zum Verhör von Tomeu Amer begleitet?«

David schnaubte wütend. »Weil ich mich um die Exhumierung von Claudia Klein gekümmert habe. Die liegt nun bei Jaume auf dem Tisch. Anschließend war ich bei meiner Schwester, die sich gerade scheiden lässt. Ich habe ihr vorgeschlagen, vorübergehend bei mir zu wohnen.« Er sah von einem zum anderen. »Ich kann es mir nämlich leisten, sie und meinen Neffen durchzufüttern, weil ich die Hand aufhalte bei jedem Einbruch, der auf Mallorca stattfindet.«

»Das sagt doch keiner.« Toni konnte David verstehen. Catarina nannte ihn korrupt, und er selbst hatte sich noch nicht für David ausgesprochen. »Woher kommt das Geld? Die Frage muss erlaubt sein.«

David schüttelte fassungslos den Kopf. Seine Sonnenbrille rutschte nach hinten und fiel zu Boden.

Bruno hob sie auf und betrachtete das teure Stück. »Noch ganz. Glück gehabt.«

»Ja, das hatte ich vor acht Wochen auch. Ich hatte mit meinem Kumpel in besoffenem Zustand ein Los der Nationalen gekauft, und wir haben bei der Sonderausschüttung gewonnen.«

Bruno riss die Augen auf. »Wie viel? Und warum hast du nichts gesagt?« Das Grün seiner Iris leuchtete wie dunkle Smaragde. Immer wieder erstaunte Toni diese merkwürdige Farbe.

Catarina runzelte nachdenklich die Stirn.

»Das geht euch einen Dreck an!« David ließ sich auf einen Schreibtischstuhl fallen und verschränkte verärgert die Arme vor der Brust. »Ich wollte euch zur Party einladen, die wir am letzten August-Wochenende geben. Mit Catering, Live-Band und allem, was zu einer Riesenparty gehört. Aber das könnt ihr jetzt vergessen.« Er legte seine Beine auf den Schreibtisch. »Ist wohl besser, ich lasse mich versetzen. In eine Abteilung, wo man loyal ist und Dinge offen anspricht und nicht wegen irgendwas beschuldigt wird. Pedro wird eine gute Erklärung haben, davon bin ich überzeugt. Er ist ein guter Kollege!«

Toni seufzte. »Dann ist das ja geklärt.« Ob David die Wahrheit sagte, würde er überprüfen, aber das würde er auf gar keinen Fall offen sagen. Für den Moment musste er sich hinter David stellen.

Catarina kniff die Augen zusammen.

»Catarina, in mein Büro.« Toni ging voraus, wartete, bis sie eintrat, und schloss die Tür. »Warum hast du nicht erst mit mir gesprochen?«

»Weil ich weiß, was ich gesehen habe. Wenn David nicht in der Sache drinsteckt, dann zieht Pedro alleine eine krumme Nummer ab. Daran gibt es für mich keinen Zweifel.«

»Das ist eine schwere Anschuldigung.«

»Ich bin mir sehr sicher.« Catarina lehnte sich gegen die Tür. »Und ich glaube zu wissen, wer Ribot hat ertrinken lassen. Ich kann es nur nicht beweisen.«

»Dann behalte das im Moment für dich. Ich verfolge auch noch zwei Spuren, und morgen Vormittag besprechen wir den Fall Ribot.«

Toni sah durch die Glasscheibe David mit Pedro sprechen. Das hatte er eigentlich verhindern wollen. Doch nun war es zu spät. Das Überraschungsmoment war vorüber. »Heute klären wir, was zwischen Pedro und diesem Vermittler läuft. Einverstanden?«

Catarina gab die Tür frei, und Toni kehrte zurück in das Gemeinschaftsbüro. »David hat dich schon in Kenntnis gesetzt?«

»Wie kommst du darauf?« Pedro sah Catarina vorwurfsvoll an. Sein Gesicht zierten rote Flecken. Toni schob es auf den spontanen Stress.

»Ich habe dich gesehen. Mit Tomeu Amer. Du hast ihn nicht verhört, ihr habt Bier zusammen getrunken, und das stinkt weit mehr als deine Bierfahne!«

Pedro legte den Kopf in den Nacken. »Danke für dein Vertrauen.« Er ging zum Kaffeeautomaten, drückte auf eine Taste und wandte dem restlichen Team den Rücken zu, bis sich der Kaffee röchelnd in die Tasse ergoss.

Toni speicherte dieses Verhalten, wenn er es auch nicht einordnen konnte. War Pedro entsetzt? Oder suchte er gerade nach einer guten Ausrede?

Er nahm die Tasse, pustete hinein und drehte sich herum. »Ich dachte, es wäre vernünftiger, ihm eine Falle zu stellen.«

»Eine Falle?« Bruno sah ihn neugierig an. »Wie willst du das anstellen?«

»Ich gab vor, eine Ferienimmobilie zu besitzen, die ich ihm zur Vermietung geben möchte. In der Anlage von Santa Ponsa.« Er trank einen Schluck Kaffee. »Wir müssten eben eine frei machen und dann abwarten, ob er jemanden einbrechen lässt.«

»Was für eine schwachsinnige Idee«, kommentierte Catarina.

Toni gab ihr recht. »Und wie bist du an ihn herangetreten?«

Pedro lächelte schief. »Ich sagte, er wäre mir empfohlen worden, und vom Foto seiner Internetseite hätte ich ihn gleich auf der Straße erkannt. Er hat mir geglaubt.«

David klopfte seinem Kollegen auf die Schulter. »Seht ihr, ich habe doch gesagt, es gibt eine gute Erklärung dafür.«

Catarina legte den Kopf schief.

Toni sah ihr an, wie wenig sie diese Aussage überzeugte, auch er hielt nicht viel davon. Er hatte außerdem angeordnet, Tomeu Amer ins Revier zu bestellen. Und genau das würde er nun auch tun. »Woher sollen wir eine Wohnung in dieser Wohnanlage nehmen?« Diese Frage wollte er dennoch klären.

»Irgendjemand wird sich schon zur Verfügung stellen, wenn wir sagen, wofür wir die Wohnung brauchen«, erklärte Pedro und wirkte sehr zufrieden mit sich.

»De acuerdo. Kennt Amer deinen Namen und deinen Rang?« Toni glaubte ihm nicht, sosehr er es auch wollte.

»Ich glaube, nicht, warum?«

»Weil er kaum so blöd sein wird, in die Wohnung eines Polizisten einbrechen zu lassen.« Catarina ließ Pedro nicht einen Moment aus den Augen.

Toni wusste um das gute Gespür seiner Partnerin. »Dem

stimme ich zu. David, lass ihn aufs Revier kommen. Wir knöpfen ihn uns morgen vor. Und dann machen wir Feierabend für heute.«

»Aber ...« Catarina fing seinen Blick auf und schwieg, wofür er ihr sehr dankbar war.

Er würde Pedro von nun an nicht mehr aus den Augen lassen, und er würde dabei Catarinas Hilfe benötigen. Wenn Pedro an der Playa de Palma die Hand aufhielt, konnte er weder ihm noch David vertrauen. Catarina hatte nicht gezögert, ihren Verdacht zu äußern, also war sie auf keinen Fall darin verstrickt. Die weiteren Ermittlungen würden schwierig werden. Wem konnte Toni noch trauen?

Diese Frage stellte sich Toni auch auf der Fahrt nach Hause.

Die Vorgehensweise von Pedro akzeptierte er jedenfalls nicht, zumindest nicht inoffiziell. David war nur allzu schnell in diese Farce eingestiegen. Er fragte sich nach dem Grund. Arbeiteten die beiden auch außerdienstlich zusammen? Und David hatte zeitgleich noch das Glück eines Lottogewinns, der ihm ermöglichte, sein Vermögen nun auch auszugeben? Und wenn sie Geld nahmen, wozu benötigte Pedro die Schmiergeldzahlungen? Er musste einen Kredit bedienen, und ein Kind kostete Geld. Natürlich, aber er verdiente auch nicht schlechter als andere Familienväter. Sobald er die Möglichkeit hatte, würde er die Finanzen von beiden überprüfen.

Er parkte seinen Dienstwagen in der Auffahrt. Das Tor stand offen, also war Mel ebenfalls gerade erst nach Hause gekommen. In der Küche traf er auf Adelheid. Auf dem Herd standen mehrere Kochutensilien, und ein verführerischer Duft nach gebratenen Kartoffeln zog durch das Haus. »Du hast wirklich ein gutes Gespür. Ich hätte heute den Lieferdienst angerufen.«

»Das dachte ich mir schon.« Adelheid zeigte auf die

zweite Pfanne. »Mel bekommt Spiegeleier, wir essen panierte Schnitzel. Die Kartoffeln und das Gemüse gibt es für alle. Die Vorspeise ist gleich fertig.«

»Vorspeise?«

»Für Mel eine Gazpacho, und für uns Albondigas, davor noch frisches Aioli mit Oliven und Brot. Das bestellst du doch vor jedem Hauptessen. Chipirones kann ich nicht so gut.«

»Chipirones? Du hasst diese kleinen Tintenfische. Wie hast du sie genannt? Glibberige Aliens, die du nicht mal paniert essen würdest.« Misstrauisch runzelte er die Stirn.

»Was ist hier los?« Adelheid kannte die Regeln ebenso sehr wie er selbst. Und nun wollte sie Schnitzel braten. Fleischprodukte in Mels Küche? Das gab es nie. »Was habt ihr ausgeheckt?«

»Wir? Nichts. Wie kommst du darauf?« Adelheids Unschuldsmiene wirkte echt bis auf die zuckenden Mundwinkel. Sie unterdrückte ein Lachen.

Toni sah sich im Erdgeschoss um. Er trat auf die Terrasse. Im Nachbargrundstück tobten zwei Hunde. Adelheid schien noch einen Hund aufgenommen zu haben. Doch solange die Tiere bei ihr blieben, war das auch ihre Angelegenheit. Er konnte nichts Verdächtiges feststellen. Mel kam die Treppe nach unten. Sie trug ihren dunkelroten Hausanzug, in dem ihre Kurven sexy zur Geltung kamen. Mit wiegenden Hüften schritt sie auf ihn zu, küsste und umarmte ihn. »Auch ein harter Tag?«

Seine Schwiegermutter kochte, und Mel sah zum Vernaschen aus. So einfach war er nicht hereinzulegen. »Was geht hier vor?«

»Mutter kocht uns etwas Leckeres.« Mel löste sich von ihm. »Ein Glas Wein?«

»Mel. Sie brät in deiner Küche Schnitzel!«

»Ist das ein Ja?«

Ohne ihn anzusehen, ging sie zum Schrank mit den Rotweinflaschen, zog eine heraus und griff nach dem Korkenzieher.

»Lass mich das machen«, bat Toni. »Und sag mir lieber, was hier läuft.«

»Dann hättest du vorher ans Telefon gehen sollen.« Adelheids Stimme klang spöttisch.

Toni entkorkte die Flasche und ging zu seiner Schwiegermutter. »Was gab es denn so Dringendes?«

»Eigentlich wollte ich dich nur fragen, was einer von deinen Mitarbeitern mit diesem windigen Amer zu tun hat. Ich war am frühen Morgen mit Coco am Strand spazieren, und da saß dein Kollege in einem Café mit diesem Kerl zusammen, und sie schienen sich nett zu unterhalten.«

»Welcher?« Mehr brachte Toni nicht über die Lippen. Er ahnte die Antwort.

»Der Große mit der Adlernase, ich weiß seinen Namen nicht mehr. Aber seine Frau war damals auf dem Fest schwanger.«

»Pedro.«

»Wenn du das sagst. Ich habe nicht so darauf geachtet.«

Die Information über Pedro vertiefte sein Misstrauen.

»Gibt es eigentlich schon was Neues, was ich Clara berichten kann?«

»Im Moment nicht. Laufende Ermittlungen.«

Toni bemerkte, wie wenig Interesse er an dem Mordfall Iker Ribot hatte. Egal, wer ihn umgebracht hatte, er besaß sein Mitgefühl. Im Gegensatz zum Opfer. Dieses Opfer war kein unschuldiges. Obwohl er den Fall am liebsten als Unfall zu den Akten gelegt hätte, musste er die Ermittlungen fortsetzen.

Adelheid redete weiter, aber Toni verlor sich in seinen eigenen Gedanken. Was wäre, wenn eine der Munar-

Frauen dahintersteckte? Das würde Adelheid überhaupt nicht gefallen. Auch Mel würde er gegen sich haben. Er selbst würde sich schwertun, eine Mutter ins Gefängnis zu bringen, die den Tod ihres Kindes rächte. Aber er konnte sie auch nicht laufen lassen, wenn sie es gewesen war. Und es war sein Job, das herauszufinden.

»Dann hast du nichts dagegen?« Mel hielt ihm ein Glas Wein entgegen und strahlte ihn an.

Offenbar hatte er auf etwas geantwortet, was er nicht bewusst wahrgenommen hatte. Das kam manchmal vor, wenn er sich während eines Gesprächs daraus entfernte, weil sich anderes in den Vordergrund drängte. »Gegen was habe ich nichts?«

»Gegen Zuwachs.«

»Gegen Zuwachs?« Toni verstand nichts mehr. Mel stieß gegen sein Glas und trank einen herzhaften Schluck Wein. Schwanger war sie also nicht. Was meinte seine Frau?

»Sag nicht, du hast nicht zugehört.« Mels Blick verfinsterte sich.

»Doch.«

Adelheid prustete los vor Lachen. »Hat er nicht.«

Mel verdrehte die Augen. »Danke für deine Aufmerksamkeit. Ich habe dir gerade eben von der Räumung erzählt und dir beschrieben, wie es auf dem Grundstück von Herrn Schulze aussieht.«

Toni zog seine Frau an sich. »Es tut mir leid. Und gegen welchen Zuwachs soll ich nichts haben?«

»Eine der Katzen hat mich adoptiert. Sie ist lieb und zutraulich.« Mel schmiegte sich an ihn. »Und ich bringe es nicht über mich, sie ins Heim zu geben.«

»Wenn es dir so viel bedeutet …« Toni zeigte auf die Pfanne, in die Adelheid gerade zwei panierte Schnitzel legte, die brutzelnd ihren Duft verbreiteten. »Dir ist aber schon klar, was Katzen fressen.«

Mel grinste. »Du sagst wirklich Ja?«

Bisher hatte sich Toni Haustieren verweigert. Sie waren beide viel zu viel außer Haus. Aber nun wohnte Adelheid nebenan, und sie kamen beide jeden Abend nach Hause. Katzen sagte man nach, sehr selbstständig zu sein, anders als ein Hund. Und wenn es seine Frau glücklich machte, warum sollte er sich dagegenstellen? »Hast du etwas anderes erwartet?«

»Nicht, wenn du ein Schnitzel im Vegetarierhaushalt bekommst«, feixte Adelheid.

Und sie traf damit genau ins Schwarze. Den restlichen Abend wollte Toni im Beisein seiner Familie genießen. Er schob den trüben Gedanken an einen wahrscheinlichen Verrat von Pedro beiseite. Es würde lange dauern, ihm etwas nachweisen zu können. Und der Täter von Iker Ribot würde ihm auch nicht davonlaufen.

Mittwoch

34

»Das ist nicht dein Ernst!« Mel funkelte ihn böse an. Seinen Toast ließ sie aus dreißig Zentimetern Höhe auf seinen Teller fallen. Die Krümel flogen auf wie ein Nest mit Flöhen, in das ein fetter Wassertropfen geplumpst war.

»Es bleibt mir keine Wahl. Ich muss sie vernehmen.« Toni strich die Krümel in seine Hand und gab sie auf den Teller. »Sie wollte ins olympische Team und ist topfit. Wenn ich es jemandem zutraue, dann ihr.« Toni ließ den Toast liegen. Ihm war der Appetit vergangen. Er hasste es, wenn seine Frau böse auf ihn war, und das war sie unübersehbar.

»Diese Frau hat gerade ihr Kind beerdigt.« Mel griff nach dem Telefon.

Toni trank an seinem Kaffee. »Ich weiß. Und genau darum hat sie ein Motiv.«

»Kommst du rüber?« Mel funkelte ihn wütend an. »Vielleicht bringst du Toni zur Vernunft.«

»Du hast jetzt nicht deine Mutter angerufen!« Das hatte Toni noch gefehlt. Nun sollte er sich gegen beide Frauen durchsetzen. »Du spielst nicht fair, Mel.«

»Ich will nur ihre Meinung hören. Sie kennt Clara und Irene seit vielen Monaten.« Mel legte ihr Telefon auf den Tisch. Das Klopfen an der Terrassentür verkündete die Ankunft seiner Schwiegermutter.

Mel öffnete.

»Was ist denn los? Darfst du die Katze doch nicht behalten?« Adelheids langes Haar trug sie in einem nachlässigen Knoten. Ein Bademantel verdeckte ihr Nachthemd, das wenige Zentimeter länger als der kanariengelbe Mantel war. »Das kannst du nicht bringen, Toni. Du hast das Schnitzel gegessen. Das war ein klarer Deal.«

»Es geht nicht um die Katze.«

»Nicht?« Adelheid ging zum Kaffeevollautomaten und bediente sich. Die Maschine röchelte, was Toni einen kleinen Aufschub verschaffte.

»Clara soll Ribot getötet haben«, begann Mel ohne Umschweife. »Kannst du dir das vorstellen?«

Adelheid ging mit der Kaffeetasse zum Kühlschrank, nahm kalte Milch heraus und goss davon ordentlich in ihre Tasse. Nachdenklich trank sie einen großen Schluck. »Darüber habe ich auch schon nachgedacht.«

Mel starrte ihre Mutter an.

»Hast du?« Toni ließ nun seine Schwiegermutter nicht aus den Augen.

Sie strich sich eine lose Strähne hinter das Ohr. »Na ja, als ich sie durch die Bucht habe schwimmen sehen, ist mir der Gedanke gekommen. Ich hätte diesen Mistkerl vermutlich erledigt, hätte er meine Tochter auf dem Gewissen.«

»Es gibt Gerichte.«

»Die nur dann was tun, wenn nicht gerade eine Frist verstrichen ist.« Adelheid lehnte an der Küchentheke. »Er ist schon mal mit einem verschuldeten Tod davongekommen.«

»Das ist viele Jahre her.«

»Und was ist, wenn auch dieses Mal die Beweise nicht ausgereicht hätten?« Adelheid verschränkte die Hände vor der Brust. »Eben. Nichts. Und es war völlig unklar, ob ihr ihn wegen der Köder dranbekommt.«

Mel setzte sich. Entschuldigend legte sie ihre Hand auf Tonis. Immerhin schien sie ihm seinen Gedankengang verziehen zu haben. »Und was passiert, wenn sie es war?«

Toni schnaubte auf. »Es kann auch Tomeu Amer gewesen sein. Vielleicht hat er ja im Affekt gehandelt, als er drohte aufzufliegen. Auch ihn werde ich heute vernehmen. Und glaube mir, den würde ich lieber wegsperren als eine verzweifelte Frau.« Das war die pure Wahrheit. Er hielt nichts von Selbstjustiz, konnte die Beweggründe jedoch sehr gut nachvollziehen. Doch so lief es in einem Rechtsstaat eben nicht. Die Schuldfrage musste eindeutig geklärt werden. Sonst würden viele Unschuldige durch rachsüchtige Hinterbliebene ums Leben kommen. Und einen Toten zum Leben erwecken, weil es den Falschen erwischt hatte, konnte niemand. Iker Ribot war ein Schwein gewesen. Daran bestand kein Zweifel. Aber hatte er deshalb den Tod verdient? In Spanien gab es keine Todesstrafe, weil es eben unmenschlich war, jemandem das Leben zu nehmen.

Und doch beschäftigte ihn die Frage, wie er in einer solchen Ausnahmesituation reagieren würde. Vermutlich besonnener. Er kannte die Mittel und würde sie durch seine Position nutzen können. Es handelte sich um eine völlig andere Ausgangslage.

Adelheid stellte lautstark ihre Kaffeetasse ab. »Wisst ihr, vielleicht will sie sogar bestraft werden. Warum sollte sie sonst durch die Bucht schwimmen und jeden Tag ihr Leben riskieren?«

»Und vielleicht war sie es auch gar nicht«, sagte Mel. »Ich habe sie kennengelernt. Eine zarte Frau ohne Durchsetzungsvermögen. Woher hätte sie die Kraft nehmen sollen? Und wie soll sie an Bord gelangt sein?«

Toni drückte kurz ihre Hand. Er verstand Mels Mitgefühl mit der Frau. »Das werde ich sie fragen. Da du in der Angelegenheit ja schon die Mandantschaft übernommen hast, möchte ich dich bitten, mit ihr um elf Uhr aufs Revier zu kommen. Und um die Sache bei Rückfragen zu beschleunigen, sollten Adelheid und Irene gleich mitkommen, wenn es euch möglich ist.«

»Ist gut, Irene würde es sowieso nicht zu Hause aushalten. Und ich auch nicht.« Adelheid stand unschlüssig im Raum. »Dann gehe ich mal. Die Katzen wollen auch heute verpflegt werden.« Und schon verschwand sie lautlos durch die Verandatür.

»Kannst du sie nicht als Verdächtige ausklammern?« Das Flehen in Mels Stimme klang bittend. »Sie hat genug gelitten. Findest du nicht?«

Toni griff wieder nach Mels Händen. »Du kennst die Antwort.«

Fünfzehn Minuten später fuhr Toni mit einem etwas mulmigen Gefühl ins Revier. Es gefiel ihm nicht, in welche Richtung sich der Fall entwickelte. Ebenso wenig behagte ihm die Teamsituation.

Catarina kam zeitgleich mit ihm an. »Auf wann hast du Tomeu Amer geladen?«

»Auf halb zehn, und wenn er nicht auftaucht, lasse ich ihn abholen.« Toni trat zuerst durch die Tür ins Gemeinschaftsbüro.

Pedro saß an seinem Schreibtisch und sah auf. »David verhört Tomeu Amer bereits. Er kam früher als vereinbart.«

Verwundert murmelte er einen Gutenmorgengruß. Wieso kam Amer früher? Und warum verhörte ihn David bereits? »Wo sind die Listen mit den Wohnungseinbrüchen?«

»Buenos días, Chef.« Manuel reichte ihm eine Akte. »Die Gegenüberstellung der Wohnungen, die Amer im Angebot hat, ist auch dabei. Und er hat fast alle im Angebot. Auf die Ausrede bin ich gespannt.«

»Er wird gestehen.« Pedro stand auf. »Kann ich mit rein?«

Toni überlegte, ob das ratsam war. Wenn Pedro mit Amer gemeinsame Sache machte, hatten sie sich vermutlich abgesprochen.

Obwohl es naheliegend war, wer hinter der Einbruchsreihe steckte, hatten Pedro und David mehrere Monate dafür gebraucht, die Verbindung herzustellen. Etwas stimmte hier nicht. Toni würde jede einzelne Akte durcharbeiten, um zu erfahren, warum der Inhaber des Vermietportals nicht schon vorher in den Fokus gerückt war. »In Ordnung.«

Gemeinsam mit Pedro ging er zum Verhörraum. »Du sagst aber kein Wort.« Toni wollte keine Beeinflussung zulassen. Er konnte Pedro nicht mehr trauen.

»Einverstanden.«

Mit Schwung öffnete Toni die Tür. David saß Tomeu Amer gegenüber. Das Aufnahmegerät lag zwischen ihnen. »Comandante Antonio Morales. Meinen Kollegen Pedro Sánchez kennen Sie bereits.«

Amer riss die Augen auf, gab sich überrascht. Nichts anderes hatte Toni erwartet. Entweder er tat Pedro unrecht, oder sie hatten sich bereits abgesprochen. »Sie sind Polizist?«

Pedro hielt sich an die Absprache, nichts zu sagen.

»Wie kommt ein Polizist zu einer solchen Ferienwohnung?« Tomeu Amer nickte vielsagend. »Ach, ich verstehe, die Ferienvermietung sollte das Gehalt aufbessern. Sie ziehen über die Sommermonate aus Ihrer Wohnung aus.«

»Das spielt an dieser Stelle keine Rolle.« Toni legte die Akte auf den Tisch, zog sich einen Stuhl heran und setzte sich neben David. »Nachdem Sie zu früh erschienen sind, werde ich Ihnen einige Fragen nochmals stellen.« Er klopfte auf die Akte. »Wie erklären Sie es sich, dass in allen Wohnungen, die Sie in der Vermietung haben, ein Einbruch stattfand?«

Tomeu Amer zeigte auf David. »Ich habe es Ihrem Kollegen schon gesagt, ich habe die Adressdatenbank mit den Belegungsdaten weitergegeben. Mehr habe ich nicht getan. Das mag gegen den Datenschutz verstoßen, aber mehr auch nicht.«

Toni ärgerte die Antwort. Natürlich hatte dieser Amer regelmäßig die Hand aufgehalten, und er hatte von den Einbrüchen gewusst. Wie er so großkotzig mit seinem hellblauen Anzug dasaß, ließ die Wut wie zu viel Kohlensäure seinen Hals hochsteigen. »An wen haben Sie die Daten weitergegeben?«

David zeigte auf den Zettel vor sich. »Namen und Adresse haben wir schon.«

Er wollte den Zettel Pedro reichen. Toni schnappte sich jedoch das Papier. »Catarina und Manuel kümmern sich. Ihr achtet darauf, dass er nicht telefoniert.« Dann wandte er sich nochmals an Amer. »Sie hatten einen Streit mit Iker Ribot.«

»Was heißt Streit? Wir hatten eine Diskussion, mehr nicht.« Auf Tomeu Amers Stirn bildeten sich trotz der vorgeschobenen Lässigkeit ein paar Schweißperlen. »Mit seinem Tod habe ich nichts zu tun!« Er rutschte auf seinem Stuhl hin und her.

»Wo waren Sie am Sonntag von elf bis achtzehn Uhr?« Toni sah zu, wie er von nervös wieder auf lässig switchte. Am liebsten hätte er ihm das Grinsen, das in seinem Gesicht auftauchte, fortgewischt.

»Mit meiner Frau bei meinen Schwiegereltern. Da können Sie sogar die Nachbarn meiner Schwiegereltern fragen, die saßen nämlich auch am Tisch beim Mittagessen. Wir sind gegen neunzehn Uhr gegangen.« Nachdem Amer sich sichtlich entspannte, schied er eindeutig als Täter aus. Ihn für den Tod Ribots festzunehmen, wäre Toni lieber gewesen, als im Anschluss an dieses Verhör mit Clara Munar über das Thema sprechen zu müssen.

Toni stand auf. »Er darf nicht telefonieren.«

»Entendido«, sagte David.

Pedro setzte sich auf den frei gewordenen Stuhl.

Zurück im Gemeinschaftsbüro, zitierte Toni Catarina und Manuel in sein Büro. Er reichte Manuel den Adresszettel. »Check den Kerl durch.«

Manuel ging sofort an die Arbeit.

»Schließ die Tür«, bat er Catarina. »Und setz dich.« Ihm war durchaus Catarinas Gesichtsausdruck aufgefallen, als er mit Pedro zur Vernehmung gegangen war. »Du glaubst immer noch, Pedro und dieser Amer drehen zusammen etwas?«

»Absolut. Die kennen sich schon lange. Und ich glaube, es gab heute Nacht eine klare Absprache zwischen den beiden.« Catarina verschränkte aggressiv die Arme vor der Brust. »Er hat gestanden, richtig?«

»Nur, die Adressen und den Belegungsplan weitergegeben zu haben.« Toni wies in Richtung Manuel. »Er liefert einen der Einbrecher ans Messer. Damit ist er raus. Mehr als eine Geldstrafe wird er nicht zu erwarten haben.«

»Das habe ich befürchtet. Und Pedro kennt er natürlich auch nicht.« Catarina kniff die Augen zusammen. »Und du glaubst mir nicht. Verstehe ich das richtig?«

»Ich glaube dir, kann ihm aber nichts nachweisen.« Toni lehnte sich in seinem Stuhl zurück. »Und du hast gestern davon gesprochen, etwas zu Ribot zu wissen.«

»Wissen ist übertrieben. Ich habe, als wir in der Wohnung von Irene Munar waren, auf dem Weg nach draußen ein Foto gesehen, auf dem Clara im Teenageralter auf einem Block im Schwimmbad steht. Sie scheint hart trainiert zu haben. Irene Munar war fürchterlich stolz auf ihre Tochter. Im ersten Moment habe ich es nicht für wichtig gehalten ... außerdem wäre es mir zuwider, die Frau festzunehmen, weil sie diesen Dreckskerl hat ertrinken lassen.«

»Hast du das weiter überprüft?«

»Ja, sie hat sich um die Aufnahme im Olympiakader beworben. Es stand damals groß in den Zeitungen.«

Dann musste sie gut gewesen sein. »Ist sie für Olympia angetreten?«

»Nein, sie war zu langsam. Es hat nicht gereicht. Auch der Vater von Valentina hat das bestätigt. Ihr Ehrgeiz hat ihre Beziehung zerstört.« Catarina seufzte. »Aber sie könnte es dennoch gewesen sein.«

»Clara Munar habe ich schon einbestellt.«

»Seit wann verdächtigst du sie?«

»Es war vor deiner Info nur ein vager Verdacht. Sie hatte das größte Motiv. Ich wollte sie vorerst nur befragen.« Toni betrachtete seine Kollegin für einen Moment schweigend. Catarina hatte einen ausgeprägten Instinkt, und sie war ihm gegenüber loyal. »Sie kommt zusammen mit meiner Frau in ...« Toni sah auf seine Uhr. »... in fünfundzwanzig Minuten.« Er wog kurz ab, ob er sein Vorhaben durchziehen sollte, und entschied sich dafür. »Das wird reichen.« Schon seit dem Vortag spukte ihm ein Gedanke durch den Kopf. Catarina würde es nicht gefallen, was er ihr nun vorschlagen würde. Davon war er überzeugt.

»Wozu wird es reichen?«

»Du wirst an die Playa de Palma versetzt. Nach der Anschuldigung David und Pedro gegenüber bist du für das Team nicht mehr tragbar. Tut mir leid.«

Wie erwartet sprang Catarina auf. »Was? Das ist nicht dein Ernst! Warum?« Ihre Stimme überschlug sich fast. Es tat Toni leid, aber er musste handeln. Sofort.

»Es passt nicht mehr.« Tonis Magen verkrampfte sich bei Catarinas aufgewühltem Anblick.

»Was soll ich da?« Mit geballten Fäusten stand sie vor ihm. »Der Lokalpolizei helfen? Ich habe nicht jede Ausbildung mitgemacht, die ich buchen konnte, um nun zur Lokaltruppe verbannt zu werden.« Für einen Moment sah es so aus, als würde Catarina ihn anspucken. Doch sie besann sich. »Das lasse ich mir nicht gefallen!«

Sie stürmte aus seinem Büro. Manuel und Bruno starrten ihr hinterher, als sie aus dem Büro rauschte. Toni wusste, wohin sie nun gehen würde. Zu Anabel García.

Er erhob sich gemächlich, erklärte seine Entscheidung Bruno und Manuel. »Es ist vermutlich besser, wenn ihr beiden den Verdächtigen abholt.«

»Du versetzt Catarina?« Bruno starrte ihn fassungslos an.

»Wie ihr wisst, müssen wir uns im Team blind vertrauen können. Sie hat David und Pedro fälschlicherweise der Korruption beschuldigt. Es geht nicht anders.«

Manuel schwieg. Er schien seine Entscheidung nachvollziehen zu können. Zumindest widersprach er nicht. Kaum verließ Toni das Büro, hörte er Bruno und Manuel leise miteinander sprechen. Und er war überzeugt davon, sie sprachen nicht über die bevorstehende Festnahme des Serieneinbrechers.

Catarinas brüllende Stimme drang bis auf den Flur hinaus. Ohne zu klopfen, trat er ein. Anabel sah ihn nicht weniger wütend an als Catarina. »Was soll der Blödsinn?«

»Moment«, wandte er sich an Anabel, die ansetzte, noch mehr zu sagen. »Es war eine spontane Idee.«

»Du machst meine Karriere kaputt wegen einer spontanen Idee?« Catarina funkelte ihn zornig an. »Das wird ja immer besser.«

»Ich ermögliche dir gerade, bald Comandante zu werden.«

Verdutzt schwieg Catarina. Anabels Blick wirkte nun neugierig. Toni nutzte dieses Überraschungsmoment für eine Erklärung. »Du bist eine sehr gute Ermittlerin. Loyal, direkt, mit einem guten Gespür. Davids Seite hat sich geklärt, er ist sauber, würde ich im Moment sagen. Aber Pedro kann ich nach den Ereignissen der letzten Tage nicht mehr trauen. Den habe ich hier aber im Blick. Wenn er an der Playa de Palma die Hand aufhält, dann arbeitet er dort mit jemandem zusammen. Ich brauche dich dort vor Ort. Und zwar brauche ich dich wütend vor Ort. Jeder soll denken, du seist aufs Abstellgleis geschoben worden. Und du sollst vorgeben, nun selbst die Hand aufhalten zu wollen.«

Anabel knurrte verstimmt. »So etwas muss mit mir besprochen werden. Das übersteigt deine Kompetenz.« Dann wandte sie sich an Catarina. »Auch mit ihr hättest du das absprechen müssen.«

»Hätte ich ihr die wahren Gründe genannt, wäre sie nicht wütend zu dir gerannt.« Toni sah Catarina entschuldigend an. »Ich musste dich ausflippen lassen, um glaubwürdig zu sein.«

»War das eine Entschuldigung?«

»Es tut mir wirklich leid.« Toni bedauerte die Vorgehensweise aufrichtig. »Es blieb keine Wahl.«

Er wandte sich nun an Anabel. »Wenn Pedro in illegale Geschichten an der Playa de Palma verwickelt ist, brauchen wir jemanden vor Ort, dem wir zu hundert Prozent trauen können. Vom Rang her kam nur Catarina infrage. Es gab nur diesen einen Moment, den ich nutzen konnte. Und wenn Pedro die Hand aufhält, werden das andere vermutlich auch tun. Und einer davon ist für den Tod meines Halbbruders verantwortlich.«

Catarina sah ihn überrascht an. »Dein Halbbruder?«

»Damit liegen die Karten wohl offen auf dem Tisch.« Anabel strich sich eine Haarsträhne aus dem Gesicht. »Damit vertraust du Catarina dein Geheimnis an.«

»Es blieb, wie gesagt, keine andere Wahl.« Toni hatte seine Kollegin spontan eingeweiht. Er vertraute Catarina, und wenn er ihre Unterstützung wollte, musste er ihr alle Informationen geben, die ihm vorlagen. »Ich werde dich in den Fall einarbeiten. Das muss allerdings außerhalb des Reviers stattfinden.«

Catarina lehnte sich an die Wand. Sie schien zu überlegen. »Nachdem du es bereits öffentlich gemacht hast, habe ich keine Wahl mehr.« Sie ging auf ihn zu und rammte ihren Finger mitten auf Tonis Brust. »Mach das nie wieder. Sonst bin ich raus und lasse mich aufs Festland versetzen. Verstanden?«

Den Ton hatte Toni verdient. Er hatte sie überrumpelt, und wenn er es sich ehrlich eingestand, hätte er nicht anders reagiert. »Verstanden. Es kommt nicht wieder vor.«

35

Die Wut in ihrem Bauch verrauchte nur langsam. Was hatte sich Toni nur dabei gedacht? Das würde sie noch herausfinden. Sie kannte ihn als überlegt handelnden Polizisten. Es passte nicht zu ihm, so überstürzt zu handeln. Um in ihrer Rolle zu bleiben, tobte sie im Gemeinschaftsbüro weiter, während sie ihre wenigen privaten Dinge zusammenklaubte. Ihre Kaffeetasse würde sie auf gar keinen Fall zurücklassen.

David und Pedro würden von ihrer spontanen Versetzung erst später erfahren. Immerhin musste sie den beiden nicht mehr ins Gesicht sehen. Es tat ihr leid, David mitbeschuldigt zu haben. Allerdings fiel es ihr immer noch schwer zu glauben, er würde nicht mitbekommen, wenn sein Partner die Hand aufhielt. Das war fast unmöglich. David vertraute Pedro. Das hatte sie oft genug erlebt. Doch war Pedro das Vertrauen wert? Das bezweifelte sie. Wie sie auch bezweifelte, dass sie sich bei den Kollegen an der Playa de Palma wohlfühlen würde. Sie passte nicht zur Lokalpolizei, die sich um betrunkene Touristen kümmerte oder um falsch geparkte Fahrzeuge. Überhaupt würde es sicherlich merkwürdig aussehen, wenn sie als Capitán plötzlich für die Lokalpolizei arbeiten würde. Die Ausbildung unterschied sich in vielen Punkten wesentlich. Aber vielleicht war genau das der Punkt, dass die Kollegen denken mussten, sie hätte etwas Grobes ausgefressen, um auf diese Station geschickt zu werden. Der Karrierekiller schlechthin.

»Tut mir aufrichtig leid.« Manuel stand neben ihr, legte ihr die Hand auf die Schulter und sah sie mitfühlend an. »Und du wirst ernsthaft an die Playa de Palma versetzt?«

Catarina stöhnte genervt auf. »Genauso gut hätte er mich nach Alaska zu einem Länderaustausch schicken können.«

Bruno brummte zustimmend. »Vielleicht holt er dich bald zurück.«

»Das glaube ich nicht.« Es würde lange dauern, bis sie auf ihrem neuen Posten anerkannt werden würde. Außerdem sollte sie heimlich intern ermitteln. So etwas hatte sie noch nie getan. Und im Grunde war es ihr auch zuwider, bei den Kollegen nach Ungereimtheiten zu suchen. Sie wollte sich auf ihre Kollegen verlassen können. Blind vertrauen. Aber bei Pedro hatte sie nun gesehen, wie schnell aus blindem Vertrauen grobes Misstrauen werden konnte.

»Catarina«, hörte sie Tonis Stimme. »In mein Büro, bevor du gehst.«

»Sí, Jefe.« Sie hob die Hand an die Stirn und schlug die Hacken zusammen. Er hatte es aber gar nicht gesehen, da er nur kurz den Kopf aus seinem Büro gestreckt hatte. »Ex-Jefe.«

Manuel nahm seine Jacke. »Wir müssen dann auch los. Bevor wir Amers Mittelsmann nicht hier haben, sitzen David und Pedro im Verhörraum fest.«

Bruno erhob sich ebenfalls. »Mach's gut, Kleine, und lass dich mal wieder sehen.«

Catarina rang sich ein Lächeln ab. »Danke. Aber ich glaube, es ist besser, wenn ich mich hier nicht mehr blicken lasse.« Sie wies in Richtung Tonis Büro. »Und jetzt werde ich sehen, ob ich meine Dienstwaffe auch hierlassen muss.«

»Bestimmt nicht«, mutmaßte Manuel. Er klopfte ihr

nochmals auf die Schulter. »Ich habe gerne mit dir gearbeitet. Das wollte ich noch loswerden.«

Nun wurde Catarina doch ein wenig schlecht. Bruno und Manuel waren feine Kollegen, und Catarina würde sie vermissen. Und sie wusste jetzt schon, beide würden es ihr übel nehmen, sobald sie die Wahrheit erfuhren.

Catarina blickte in Tonis ernste Miene. Sie blieb im Türrahmen stehen.

»Setz dich.«

Catarina nahm auf dem Stuhl vor seinem Schreibtisch Platz. Sein Gesichtsausdruck entspannte sich erst, als Bruno und Manuel das Großraumbüro verlassen hatten.

»Fühlst du dich dem gewachsen?«

Sie dachte einen Augenblick darüber nach. »Habe ich noch eine Wahl?«

»Ja, natürlich. Ich kann dich auch in eine andere Einheit versetzen lassen, bis du dann wieder hierherkannst. Das wäre dann der Fall, sobald wir herausgefunden haben, was bei Pedro läuft.«

Catarina schlug die Beine übereinander. Das Angebot relativierte Tonis überstürztes Handeln.

Undercover.

An einem Touristenort. Natürlich gab es dort Drogen, Prostitution und Menschenhandel, und ja, sie arbeiteten immer wieder daran, einige Clans zu zerschlagen, aber es schien tatsächlich so zu sein, als würden einige Kollegen an dem bei Deutschen beliebten Strandabschnitt bestechlich sein. Nur so war es zu erklären, dass bei Razzien oft nichts gefunden wurde. Catarina sprach kaum Deutsch. Ihr Englisch war zwar sehr gut, doch ob sie das dort weiterbrachte?

»Erzähl mir von deinem Halbbruder.« Vielleicht halfen ihr die Hintergründe, eine Entscheidung zu treffen, hinter der sie auch in einigen Wochen noch stehen würde.

Sein Halbbruder trug den Namen des Stiefvaters, nachdem er ihn adoptiert hatte. Aus diesem Grund knüpfte niemand eine Verbindung zwischen ihnen. »Lucas und ich haben denselben Vater. Ein Seitensprung. Ich habe erst spät von ihm erfahren. Wir haben uns nur selten gesehen. Ich mochte ihn. Er arbeitete in Palma bei der Policía Nacional, war also auch Polizist.«

»Du sprichst jetzt aber nicht von Lucas Massot?« Catarina dämmerte langsam, warum Toni sich nach Mallorca hatte versetzen lassen.

»Kanntest du ihn?« Die Überraschung stand Toni ins Gesicht geschrieben.

»Ich bin zweimal mit ihm ausgegangen.« Catarina erinnerte sich noch sehr gut an Lucas. Es hatte bei beiden gefunkt, doch bevor sich mehr hätte entwickeln können, war Lucas in Arenal erschossen aufgefunden worden. Eine heiße Spur hatte es nicht gegeben. Die Waffe war nie gefunden worden, die ballistische Untersuchung der Kugel hatte kein Ergebnis gebracht. Es war einer ihrer ersten Mordfälle gewesen. Sie hatte David und Pedro zugearbeitet, weil sie neu in der Abteilung gewesen war. Bruno hatte die Ermittlungsleitung.

»Das wusste ich nicht.«

»Keiner wusste das. Man hätte mich sonst von den Ermittlungen abgezogen. Lucas war also dein Halbbruder.« Catarina hörte hinter sich ein Geräusch und drehte sich um. Es war niemand zu sehen. Der Krach war wohl im Flur vor den Büroräumen gewesen. »Du hast dich deshalb hierherversetzen lassen.«

»Es gab mehrere Gründe, aber ja, es ist richtig. Es war einer der Hauptgründe. Ein Polizistenmord bleibt über zwei Jahre ohne Aufklärung?« Toni schüttelte den Kopf. »Das ist selten der Fall. Und auf einer so kleinen Insel nur dann möglich, wenn jemand die Spuren verwischt.«

»Vale. Ich mache es.« Ihr setzte es selbst zu, ausgerechnet diesen Fall nicht geklärt zu haben. Sie hatte Lucas sehr gerngehabt. Sie suchte in Tonis Gesicht nach äußerlichen Ähnlichkeiten und fand sie nicht. Beide waren groß gewachsen, wie es häufig bei den Festlandspaniern vorkam. Athletische Figur, volles Haar, aber damit endeten die Ähnlichkeiten auch schon. »Ein Jahr. Ich bleibe dort ein Jahr. Und keinen Tag länger.«

Toni reichte ihr die Hand. »Danke. Mit etwas Glück wird es schneller vorbei sein. Pass auf dich auf. Du bist jetzt eine Woche beurlaubt. Komm am Sonntag zu mir nach Hause. Dann besprechen wir alles Weitere.«

»Abgemacht.« Catarina stand auf, schlug in Tonis Hand ein und verließ das Büro.

Von ihrem Schreibtisch nahm sie die Tasse, ihren Lieblingskugelschreiber und zwei Taschenbücher mit, die sich noch in ihrer Schublade befunden hatten. Die Schokoladenkekse legte sie Bruno auf den Tisch. Ohne sich nochmals nach Toni umzudrehen, verließ sie das Großraumbüro, eilte die Treppenstufen nach unten zu ihrem Auto, stieg ein und fuhr los.

Fast schon schlafwandlerisch fuhr sie durch die Straßen, bis sie sich vor ihrer kleinen Wohnung wiederfand.

Ein verrückter Tag.

Und ein Tag, der ihr Leben aus den gewohnten Bahnen hob. Catarina gehörte nicht zu den Menschen, die ihre Befindlichkeiten jedem auf die Nase banden. Aber mit niemandem über die wahren Gründe für ihre Versetzung sprechen zu können, fiel ihr schwer. Außerdem fürchtete sie, diesem speziellen Job nicht gewachsen zu sein. Und wenn sie darüber nachdachte, was ihre Eltern zu ihrer Versetzung sagen würden, wusste sie, sie musste es schaffen. Sie würde den Tod von Lucas aufklären. Und wenn sie dazu an der Playa de Palma arbeiten musste, dann war das eben so. Um den Kopf freizubekommen, ging sie nach oben, sperrte ihre Waffe weg, zog sich die Laufschuhe an und joggte zum Paseo Marítimo hinunter. Dort bog sie in Richtung Portixol ab. Mit jedem Schritt fühlte sie sich freier. Zum ersten Mal in ihrem Leben war sie nur auf sich allein gestellt. Tonis Vertrauen in sie gab ihr die Kraft und Zuversicht, die sie benötigte, um über sich selbst hinauszuwachsen.

36

Die Anmeldung verkündete die Ankunft von Clara Munar und Tonis Frau. Im Grunde hätte Catarina durch ihre logischen Schlussfolgerungen verdient gehabt, bei dieser Vernehmung dabei zu sein. Nun würde er die Aussage allein aufnehmen. David und Pedro saßen noch im Nebenraum bei Tomeu Amer, bis Manuel und Bruno mit dem mutmaßlichen Einbrecher aufs Revier zurückkämen.

Toni ging hinunter zur Anmeldung, um die beiden abzuholen. Schon an Mels Gesichtsausdruck sah er, dass sie etwas sehr bedrückte. Am liebsten hätte er sie beiseitegenommen und sie gefragt, was los war. Aber das wäre unprofessionell gewesen. Und auch Mel hätte es ihm übel genommen, in dieser Situation privat zu werden.

»Vielen Dank fürs Kommen«, begrüßte er Mel und Clara. »Wie geht es Ihnen?« Die Frau wirkte sehr blass und zerbrechlich. In diesem Moment kamen ihm Zweifel, ob er sie beschuldigen konnte, Iker Ribot getötet zu haben. Sie sah aus, als habe sie deutlich an Gewicht verloren. Das Kleid schien ihr mehr als eine Nummer zu groß. So zart, wie sie vor ihm stand, wirkte sie mehr wie ein Kind, das man beschützen wollte. Es würde ihm schwerfallen, die Frau mit seinen Fragen zu bedrängen.

»Nun geht es besser«, sagte sie vage.

Wie meinte sie das? Er runzelte die Stirn und sah zu Mel. Ihre Miene war unergründlich. »Bitte folgen Sie mir nach oben.« Toni ging voran. »Wo sind Adelheid und Irene?«

»Sie werden nicht kommen. Du wirst es gleich verstehen.« Mel wusste, wo die Vernehmungsräume lagen. Sie war schon einmal hier gewesen.

Er öffnete die Tür und gab den Weg frei. Mel nahm mit Clara auf einer Seite des Tisches Platz. Toni setzte sich ihnen gegenüber. Das Aufnahmegerät legte er auf den Tisch.

»Sie wissen, weswegen ich Sie sprechen möchte?«

Clara Munar nickte.

»Wo waren Sie am vergangenen Sonntag?« Toni beugte sich ein wenig nach vorn und stützte sich mit den Ellbogen auf dem Tisch auf.

»Morgens ging ich joggen, dann habe ich meine Tochter in der Forensik besucht.« Clara presste die Lippen aufeinander. Es fiel ihr offensichtlich schwer, darüber zu sprechen. Sicherlich hatte sie die Bilder in diesem Moment wieder vor Augen. Kein schöner Anblick, sein kleines Mädchen auf einer Metallliege zu betrachten und zu wissen, es würde nie wieder auf sie zulaufen, sie nie wieder in die Arme nehmen, sie nie wieder anlächeln.

»Wie lange waren Sie dort?«

Toni wartete ab. Mel legte Clara aufmunternd eine Hand auf den Arm.

Clara Munar schüttelte den Kopf. »Ich trage keine Uhr.«

»Beschreiben Sie mir bitte, wie Sie den Sonntag verbracht haben.«

»Ich bin zurück nach Santa Ponsa gefahren. Ich habe in Hafennähe geparkt, bin herumgelaufen.« Clara starrte auf die Tischplatte, als wollte sie die darauf befindlichen Kratzer mit purer Willenskraft aus dem Holz polieren.

Toni ließ sie gewähren. Er spürte umgehend, was er nun zu hören bekommen würde. »Sie kannten Iker Ribot?«

»Jeder kannte ihn. Ihn und seine Luxusspielzeuge. Teure Autos, seine Jacht, mit der er gerne aufs Meer fuhr und die ich manchmal mit einer Freundin geputzt habe. Und seine wechselnden Liebschaften.« Clara sprach abgeklärt, ohne Emotion in der Stimme. »Ich habe ihn beobachtet. Wie er Anweisung gegeben hat, die Jacht herzurichten. Er hat das Hafenpersonal abfällig behandelt.«

Iker Ribot lebte wie ein Feudalherr, und genauso benahm er sich zeitlebens. Bis ihm sein Verhalten zum Verhängnis wurde. Toni schaltete das Aufnahmegerät ein. Er nannte das Datum, die Uhrzeit und Clara Munars sowie seinen Namen und den von Mel. Dann fragte er: »Sie wussten, wann Iker Ribot am Sonntag ausfahren würde?«

Mel hob die Hand. »Clara, Sie müssen nicht aussagen. Das wissen Sie. Ich rate Ihnen dazu, nichts zu sagen.«

Clara lächelte. »Ich habe längst meinen Frieden gemacht. Und ich bereue nichts. Gar nichts. Ja, ich habe diese miese Ratte ertrinken lassen. Er hatte den Tod verdient.«

»Erzählen Sie der Reihe nach.«

Immer noch lächelnd begann Clara zu erzählen. »Fast hätte ich die Abfahrt verpasst. Ich habe zu lange gebraucht, weil ich erst an der falschen Stelle war, um mit meiner Tochter zu sprechen. Als ich sie vor mir habe liegen sehen, wusste ich, ich durfte ihn nicht ungestraft davonkommen lassen. Zu dem Zeitpunkt wusste ich nicht, dass er über die Giftköder hätte überführt werden können. Daran habe ich nicht geglaubt. Ich dachte, er kommt davon, wie mit allem anderen auch.« Sie schüttelte sanft den Kopf. »Er sollte seine Schuld zugeben, bereuen. Aber er hat so viel Zufriedenheit ausgestrahlt, genüsslich geseufzt und den sonnigen Tag genossen, da wusste ich, er würde nie bereuen. Beinahe hätte er mich entdeckt, als er in die Küche kam. Er hat die Flasche Champagner geöffnet und sich die Leckereien aus dem Korb schmecken lassen, während mein Mädchen tot auf einer kalten Pritsche lag!«

Toni vermochte sich die Gefühle kaum vorzustellen, die in der Frau hochgekommen sein mussten. Der Mörder ihrer Tochter feierte das Leben, ein Leben, das er einem kleinen Mädchen genommen hatte.

»Er hat das erste Glas wie Wasser hinuntergekippt. Er hat sich ein zweites Glas eingeschenkt, es aber nicht getrunken, aber er hat Salami und Käse gegessen. Ich bin so wütend geworden, es hat nicht viel gefehlt, und ich wäre aus meinem Versteck gekommen, um ihm die Flasche über seinen hässlichen Schädel zu ziehen.« Das Lächeln erreichte nun auch Claras Augen. Offenbar sah sie die Situation wieder vor sich. »Er hat die Leiter hinuntergelassen und ist schwimmen gegangen. Damit hat er es mir leicht gemacht. Ich musste nur hinübergehen und per Knopfdruck die Leiter wieder einfahren.«

Toni schwieg, er wollte Clara Munar nicht unterbrechen. Auch Mel unterbrach sie nicht. Sie sah nur traurig von Toni zu ihrer Mandantin.

»Erst wollte ich ihn nur erschrecken. Und dann hat er panisch um Hilfe gerufen. Lauthals hat er um Hilfe gebettelt. Er kannte keine Gnade, kein Mitgefühl, nichts, aber selbst winseln wie ein Hund, den er, ohne mit der Wimper zu zucken, vergiftet hätte.« Clara sah nun auf. »Ich weiß nicht mehr genau, ich glaube, ich habe gelacht, als er so gewinselt hat. Und ich habe ihn angesprochen. Er war so überrascht, meine Stimme zu hören, dass er fast untergegangen ist. Und dann wollte er wissen, wer ich bin und was ich auf seiner Jacht verloren hatte.« Sie ballte die Hände zu Fäusten. »Er wusste wirklich nicht, wer an Bord sein könnte. Ich war nur Personal für ihn, also unsichtbar. Er forderte mich auf, die Leiter hinunterzulassen.«

»Was Sie nicht getan haben.«

»Nein, er ist ein schlechter Mensch, und das habe ich ihm gesagt. Darauf wusste er keine Antwort. Ich wollte die Wahrheit von ihm erfahren. Er sollte gestehen, was er getan hat. Ich forderte ihn auf, mir zu sagen, was er getan hat.«

»Und er hat gestanden?« Toni kannte diesen Schlag Mensch. Hart gegenüber anderen, aber selbst kein Rückgrat, keine Stärke besitzen, wenn es eng wurde.

»Er jammerte, er habe nichts getan. Er ... und nichts getan ... Dann bettelte er, ich solle ihn wieder an Bord lassen.« Sie lachte trocken auf. »Dann fragte er mich, ob ich Saras Schwester bin. Ich kenne keine Sara.«

Toni wusste sehr wohl, wer Sara war. Und er kannte ihre Schwester.

»Auf alle Fälle muss er dieser Frau auch übel mitgespielt haben. Er jammerte, es wäre ein Unfall gewesen, die Polizei wisse davon. Dieser Mistkerl hat also früher schon den Tod eines Menschen herbeigeführt.«

Toni wusste von dem eiskalten Totschlag, mit dem Ribot davongekommen war.

»Dieser Unmensch hat vieles gestanden. Zum Schluss wollte er mir sogar Geld geben! Mir! Er nimmt mir meine Tochter und bietet mir Geld an? Das war ein Punkt zu viel. Es war leicht, ich musste nur dasitzen und warten. Er hat sogar geleugnet, die Köder ausgelegt zu haben. Fast bis zum Schluss. Er bettelte, und ich wurde sogar schwach und wollte die Leiter schon runterlassen. Doch dann drohte er mir. Das hätte er nicht tun sollen.«

Clara Munar hatte dem Mörder ihrer Tochter beim Ertrinken zugesehen. Und sie gab es unumwunden zu. Kein Leugnen, keine Lügen, die pure Wahrheit, so hart sie auch sein mochte.

»Er hat tapfer gekämpft«, sagte Clara. »Doch er hat es nicht geschafft. Wissen Sie«, sprach sie ihn nun an, »er hatte die gleiche Chance wie ich. Die Küste Mallorcas lag für ihn genauso weit entfernt wie für mich. Er hätte die richtige Entscheidung treffen können und aufs Meer hinausschwimmen müssen, aber er hat sich lieber an die scharfen Felsen geklammert. Für mich war klar, ich musste von Bord, und der Weg zurück führte nur über das offene Meer in Richtung Küste. Ich hatte nicht geglaubt, es überhaupt zu schaffen.«

»Warum haben Sie alles gesäubert?« Toni fragte sich, warum sie das getan hatte, wenn sie damit rechnete, die Küste selbst nicht zu erreichen.

»Das weiß ich nicht. Instinkt? Ich wollte ihn ja nur zur Rede stellen, doch dann geriet alles außer Kontrolle.« Clara zuckte die Schultern. »Ich habe das Glas und die Flasche über Bord geworfen, die Flächen abgewischt, die ich berührt hatte, habe mich bis auf die Unterwäsche ausgezogen, meine Kleidung in eine Tüte gepackt, mir diese umgebunden, bin über Bord gesprungen und losgeschwommen. Es war nicht anstrengend. Mit jedem Zug, mit dem ich mich der Küste näherte, wurde ich ruhiger. Ich habe meiner Tochter versprochen, ihren Mörder zur Strecke zu bringen, und ich habe es getan. Mehr ist nicht wichtig. Ich übernehme die Verantwortung, aber ich bereue nichts.«

»Den letzten Satz sagen Sie bitte nicht vor Gericht«, bat Mel. »Auch wenn Sie es so empfinden, wird es wichtig sein, dem Gericht glaubhaft vermitteln zu können, wie traumatisiert Sie waren.«

Toni schaltete das Aufnahmegerät ab. Im Protokoll würde er die letzten Worte der Aussage streichen. Die Frau stand zu ihrer Tat, er konnte es sogar ein Stück weit nachvollziehen, aber unnötig lange im Gefängnis sollte sie auch nicht bleiben müssen. Mel würde schon die richtige Strategie ausarbeiten. »Es tut mir leid.« Toni stand auf. »Ich muss Sie jetzt dem Untersuchungsrichter vorführen, und so lange bleiben Sie hier in Haft.«

»Ich weiß.« Clara Munar schien die Ruhe selbst. Es war offensichtlich, dass sie mit sich im Reinen war und Frieden geschlossen hatte.

Gründonnerstag

37

Nachdem Toni seine Chefin am Vortag nicht mehr im Revier angetroffen hatte, blieb ihm nichts anderes übrig, als am Feiertag doch noch ins Büro zu fahren, bevor er mit Mel und seiner Schwiegermutter segeln gehen wollte. Anabel hatte darauf bestanden, an diesem Vormittag die Berichte zu den letzten Tagen zu lesen, weil sie sich am Freitag in ein langes Wochenende verabschiedete.

Mel ging ebenfalls ins Büro. Vielleicht sollten sie den Bootsausflug besser auf Sonntag verschieben. Der Wetterbericht versprach ein schönes Wochenende, und das wollte er ausnutzen, solange er nicht an einem aktuellen Fall arbeiten musste.

Auf seinem Schreibtisch lag eine Akte aus der Rechtsmedizin. Jaume Álvarez hatte die Untersuchungen der Leiche von Carola Klein abgeschlossen. Toni ging zur Kaffeemaschine, holte sich eine Tasse und setzte sich in sein Büro. Wenn es sich hierbei jetzt um einen Tod mit Fremdverschulden handelte, konnte er das Wochenende vergessen. So viel stand fest. Das änderte sich auch nicht, wenn es sich um einen alten Fall handelte.

Mit einem Seufzen schlug er die Akte auf. Der toxikologische Befund belegte damals eindeutig eine Medikamentenüberdosis. Ob die erneute Autopsie der Leiche Neues zum Vorschein gebracht hatte? Toni wusste es nicht. Die Rechtsmediziner arbeiteten in der Regel sehr aufmerksam. Toni schlug die Akte auf. Schon auf der ersten Seite erkannte er die Handschrift von Jaume Álvarez. Der Chef der Abteilung selbst hatte die Untersuchung vorgenommen. Der ausführliche toxikologische Befund aus Barcelona brachte beim direkten Vergleich keine neuen Erkenntnisse. Laut Jaumes Untersuchung gab es auch keinen Hinweis auf eine Gewalttat. Nur zwei Punkte störten für ein eindeutiges Ergebnis. Es waren auch viele Tiere gestorben. Aber vielleicht hatte die Frau die Tiere nicht zurücklassen wollen. Und wenn jemand den Brunnen vergiftet hatte? Doch welche Mengen müssten dazu notwendig sein, um den Tod eines Menschen zu verursachen? Der Medikamentencocktail musste nach Álvarez' Einschätzung vielmehr in konzentrierter Form in den Körper gelangt sein, sonst hätte die Frau zwar leichte Vergiftungserscheinungen bekommen, aber eine tödliche Menge war unmöglich über das Brunnenwasser zuzuführen. Die Untersuchung des Brunnenwassers hatte damals keine Verunreinigung aufgewiesen. Álvarez bestätigte die Annahme seines Kollegen. Der Tod der Frau war auf einen Suizid zurückzuführen. Niemals hätte ihr dieser Cocktail an Medikamenten unbemerkt zugeführt werden können.

Toni beendete den Bericht, holte sich die Fallakte von Brunos Schreibtisch, packte alles zusammen und stempelte die Akte mit »Caso cerrado«. Die hinterbliebene Tochter musste sich nun mit der Entscheidung ihrer Mutter anfreunden, bewusst aus dem Leben geschieden zu sein. Vielleicht war sie einsam gewesen auf dieser abgelegenen Finca ohne zuverlässige Strom- und Wasserversorgung. Die Tiere waren ihr wohl wichtig gewesen, deshalb waren auch von ihnen einige am gleichen Medikamentenmix verendet. Sie hatte sie nicht ohne Aufsicht zurücklassen wollen. Offenbar hatten aber viele der Tiere die vergiftete Nahrung nicht angerührt. Ein tragischer Fall, aber keiner, der weitere Ermittlungen rechtfertigte.

Zeit, den Rapport bei Anabel hinter sich zu bringen. Er ging den Flur entlang zu ihrem Büro. In seinem Hinterkopf hämmerte immer noch die Vermutung, Anabel könnte hinter der merkwürdigen Eintragung im Anwaltsregister stecken. Nachweisen würde er es ihr nicht können. Dazu war sie mit Sicherheit clever genug vorgegangen. Er hoffte nur, dass sie danach Ruhe geben und nicht weiter gegen seine Frau intrigieren würde. Denn das würde irgendwann eskalieren. Dazu kannte er Mel gut genug. Sie hatte sofort diese Schlüsse gezogen.

Mit einem zweifachen Klopfen betrat er Anabels Büro. Sie saß an ihrem Schreibtisch und sah auf. Seit wann brauchte sie eine Lesebrille? Damit hatte er sie noch nie gesehen. Ihr dunkles Haar trug sie wie gewohnt straff zu einem Pferdeschwanz gebunden. Die Augen wenig betont, dafür roten Lippenstift. Sie wirkte kühl. Toni fragte sich, was er jemals an ihr sexy gefunden hatte. Vielleicht war es ihr messerscharfer Verstand gewesen. Anabel sah attraktiv aus, daran bestand kein Zweifel, aber ihre unterkühlte Art ließ keine wirkliche Nähe zu. So war immer eine Distanz zwischen ihnen geblieben, die Toni nicht mal versucht hatte zu überbrücken. Wozu auch? Es war eine kurze Affäre gewesen. Nichts von Bedeutung. »Buenos días, Anabel.«

»Danke fürs Kommen am Feiertag«, grüßte sie ihn und nahm die Brille ab.

Er reichte ihr die Akte von Claudia Klein. »Álvarez hat die Untersuchungsergebnisse bestätigt. Suizid, keine Fremdeinwirkung. Der Fall ist abgeschlossen.«

»Wer sagt es der Tochter?«

»Das wird morgen Bruno übernehmen.«

»Und die Einbruchsserie?« Anabel nahm ihren Stift und ließ ihn durch die Finger gleiten, bevor sie ihn auf einem weißen Blatt Papier ablegte.

Toni bemerkte es und fragte sich, warum Anabel nervös erschien. Vielleicht wollte sie ihn aber auch nur schnell loswerden und in ihr langes Wochenende gehen.

»Tomeu Amer hat zugegeben, die Daten seiner Feriengäste an einen Enrique Cobet weitergegeben zu haben. Und der hat alle Einbrüche gestanden. Ein Fall, der zum Himmel stinkt, aber wir können im Moment nichts weiter tun, als Enrique Cobet anzuklagen. Wenn der bei seiner Aussage bleibt, kann man Amer nichts nachweisen.«

Anabel wirkte desinteressiert.

»Wir werden sehen, ob es mit den Einbrüchen in Santa Ponsa und an der Playa de Palma weitergeht.« Toni setzte sich Anabel gegenüber.

»Wann wird Clara Munar dem Untersuchungsrichter überstellt?«

Überrascht sah er sie an. Woher wusste sie schon Bescheid? Er verkniff sich die Frage. »Der Termin ist auf morgen zehn Uhr festgelegt. Da sie geständig ist, wird sie vermutlich bis zur Verhandlung auf freien Fuß kommen, solange sie ihre Papiere abgibt.« Die Frau tat ihm leid. Er hoffte auf ein mildes Urteil.

»Mal sehen, ob der Richter das auch so sieht. Immerhin hat sie kaltblütig dabei zugesehen, wie ein Mann ertrunken ist.« Anabel stand auf, öffnete das Fenster und drehte ihm den Rücken zu. »Erstaunlich, wie sie das getan hat.«

»Frauen sind zu vielem in der Lage.« Toni spielte nun leicht auf seinen Verdacht an, Anabel könnte sich heimlich an ihm und Mel rächen.

»Das ist wahr«, bestätigte Anabel. »Aus Liebe, Hass oder Verzweiflung kann vieles geschehen.«

Ruckartig wandte sie sich ihm zu. »Der Kerl war ein Schwein, das wissen wir alle.«

Toni lag noch eine Frage auf der Zunge. »Ist dir noch nie etwas an Pedro aufgefallen?«

»Das frage ich mich schon seit Catarinas Vorwurf.« Anabel lehnte sich an den Fenstersims und sah ihn an. »Glaubst du, es ist etwas dran an der Sache?«

»Leider ja. Deshalb habe ich mich zu dieser Aktion hinreißen lassen. Ich habe Catarina angeboten, sie in eine andere Abteilung der Guardia Civil versetzen zu lassen. Doch sie hat abgelehnt. Sie will ebenfalls herausfinden, ob Pedro die Hand aufhält und vielleicht sogar geholfen hat, die Aufklärung des Mordes an Lucas zu verschleiern.«

»Alles andere hätte mich bei Catarina auch gewundert.« Anabel lächelte zufrieden. »Weißt du, wäre nicht deine Bewerbung für den Posten hereingerutscht, hätte ich die Stelle Catarina gegeben.«

Davon hörte Toni das erste Mal. Umso mehr wunderte er sich, wie souverän Catarina mit der Situation umgegangen war. »Ich werde mich bald mit ihr treffen, um sie in den Fall einzuweihen und mit ihr die weitere Vorgehensweise abzusprechen.«

»Catarina kennt den Fall, sie hat bei den Ermittlungen geholfen.« Anabel setzte sich wieder hin. »Sie ist eine Topermittlerin. Wenn du sie zu etwas bringst, das sie in Gefahr bringt, mache ich dich einen Kopf kürzer. Verstanden?«

Das hatte Toni nicht vor. Er würde allerdings Mühe haben, Catarina zu bremsen. Sobald sich etwas in ihrem Kopf festsetzte, hielt sie daran fest wie ein Pitbull an einem Hosenbein, in das er sich verbissen hatte. »Anabel, hast du die Möglichkeit, schon ihre Besoldungsgruppe anzuheben? Sie muss mehr Geld zur Verfügung haben, um den Eindruck der Bestechlichkeit zu erwecken. Mit ihrem Gehalt kann sie diesen nicht erfüllen.«

»Ich werde darüber nachdenken.«

Das wertete Toni als eine Zusage, denn um Erfolg in dieser Sache zu haben, würde Catarina mehr Geld ausgeben müssen. Und das in einer Größenordnung, die auffiel. Der Wechsel zur Lokalpolizei würde schon für Gerede sorgen, und sie mussten sich noch eine gute Erklärung einfallen lassen, warum sie Pedro und David der Korruption beschuldigt hatte, wenn sie selbst nicht abgeneigt sein sollte, Geld gegen Informationen zu erhalten. Man könnte eine Konkurrenzsituation schaffen, die zeigte, wie sehr Catarina Pedro und David in diesem Bereich loswerden wollte, um die Zahlungen selbst zu erhalten. Das würde funktionieren.

»Gibt es sonst noch etwas?« Anabel sah ihn ungeduldig an.

Toni überlegte kurz. »Nein, das war alles.« Er stand auf. »Schönen Urlaub. Ich werde mich mit Catarina besprechen. Kann ich ihr gegenüber ein höheres Gehalt erwähnen?«

Anabel lachte trocken. »Na gut, über die Höhe wird noch entschieden.«

Damit war Toni zufrieden. »Danke.« Anabel entschied sich generell sehr schnell, und er konnte in diesem Fall nicht lange auf eine Antwort warten. Über die Höhe würden sie sich schon einig werden. »Ich bin morgen wieder im Büro.«

»Schönes Wochenende.« Anabel setzte sich die Brille auf und wandte sich wieder ihren Akten zu.

Im Wagen rief er Mel an. »Ich bin durch, wie sieht es bei dir aus?«

»In einer Stunde bin ich zu Hause.«

Dann könnten sie vielleicht ja doch noch mit dem Boot raus. Gegen ein Uhr könnten sie am Hafen sein. Für eine kurze Runde würde die Zeit noch ausreichen.

Toni bestellte zwei Pizzen beim Italiener vor, die er auf dem Weg nach Hause abholte. So sparten sie sich die Zeit, etwas zu essen zu machen.

In der Hofeinfahrt traf er auf Adelheid. »Hunger? Es reicht auch für drei!«

»Ich habe schon gegessen, danke.« Sie zeigte auf den dunkelbraunen Hund. »Außerdem fahre ich jetzt ins Krankenhaus. Die Besitzerin des kleinen Kerlchens wird entlassen.«

»Der andere Hund bleibt bei dir?« Toni schloss die Haustür auf.

»Natürlich bleibt er. Und hat dir Mel schon wegen der Katze Bescheid gesagt?« Adelheid half dem kleinen Hund in den Wagen.

»Was hätte sie mir sagen sollen?« Irgendwie fehlte es die letzten Tage an Zeit für private Gespräche. Das würde sich nun hoffentlich wieder bessern.

»Die Katze hat einen Besitzer, sie bringt sie gerade zu ihm.« Adelheid schloss die Fahrertür auf. »Da wirst du sie trösten müssen.«

»Meinst du, Pizza reicht?«

Adelheid lachte. »Das überlasse ich dir!« Sie stieg ein und fuhr mit einem kurzen Hupen vom Hof.

Mel war also traurig, weil sie die Katze nicht behalten konnte. Darüber sollten sie sprechen. Wenn sie unbedingt eine Katze haben wollte, warteten in den Tierheimen sicherlich mehr als genug Tiere, die sich über ein neues Zuhause freuen würden.

Er legte die Kartons auf den Küchentresen. Anschließend deckte er den Tisch. Damit war er gerade fertig, als er den Schlüssel im Schloss hörte.

»Oh, Pizza«, hörte er Mel schon im Flur sagen. »So wird das nichts mit der Bikinifigur.«

»Die hast du doch.« Toni ging auf seine Frau zu, zog sie

in die Arme und küsste sie. »Ich liebe jedes Gramm an dir. Das weißt du.«

Mel schmiegte sich an ihn. Für einen Moment genossen sie beide die Nähe des anderen, bis Toni sie sanft von sich schob. »Du willst also unbedingt eine Katze?«

»Meine Mutter hat geredet.« Mel legte ihre Handtasche auf das Sideboard und ging in die Küche. »Es geht nicht um eine Katze, es ging um diese Katze.«

»Was war an ihr so besonders?«

»Die Art, wie sie mich angesehen hat.« Mel wusch sich im Spülbecken die Hände, öffnete den Pizzakarton und nahm sich eine Schnitte der Vegetariana. Genussvoll biss sie hinein.

»Und was war so besonders an der Art?« Toni verstand es wirklich nicht. Katzen waren Individualisten, soweit er wusste. Hunde waren da viel anhänglicher.

Mel schüttelte den Kopf. »Was macht dich so besonders?«

»Du vergleichst mich mit einer Katze?« Im nächsten Moment verstand er es jedoch. Es hatte zwischen den beiden eine spezielle Bindung gegeben, eine, die man nicht erklären konnte.

»Ja, du bist mir auch zugelaufen, ohne dass ich es wollte.« Mel grinste breit.

»Du hast also ein Faible für Streuner.«

»Könnte man so sagen.« Sie biss erneut in ihre Schnitte. »Und den vierbeinigen Streuner bringe ich nachher zu seinem Besitzer. Ein älterer Deutscher aus der Wohnanlage nebenan. Er wohnt im dritten Stock, und die Katze ist ihm durch das Treppenhaus abgehauen. Weil er schlecht zu Fuß ist und die Katze kein Freigänger, haben die beiden nicht wieder zueinandergefunden.«

»Hört sich nach der Liebesgeschichte des Jahres an«, scherzte Toni, nahm sich ebenfalls ein Stück der Pizza, legte es jedoch auf den Teller und setzte sich an den gedeckten Tisch. »Das bedeutet, du bist nachher weg?«

»Ja, warum?«

Toni murrte etwas, bis er die passenden Worte fand. »Ich wollte segeln gehen.«

»Oh, das wusste ich nicht, sonst hätte ich Mutter darum gebeten.« Mel aß den letzten Bissen der Schnitte. »Wie sieht es denn am Sonntag aus?«

»Bittest du mich um eine Verabredung?«

Mel lächelte und angelte sich das nächste Pizzastück. »Wenn du es so nennen willst.«

»Vale, um neun Uhr geht es los.« Damit war es beschlossen, er würde an diesem Tag nicht segeln gehen. Vielleicht hatte Catarina Zeit, um die weitere Vorgehensweise zu besprechen. Dann konnte er diesen Punkt auf seiner Liste abhaken, bevor er ans Wochenende denken konnte.

Mel küsste ihn. »Bis später. Ich bin anschließend noch im Büro. Zum Abendessen bin ich dann hier. Von mir aus können wir die restliche Pizza aufwärmen.«

»Wenn bis dahin noch was übrig ist.« Toni kannte Catarinas Appetit, und er selbst würde auch noch das eine oder andere Stück in seinen Magen befördern. »Wie siehst du die Chancen für Clara Munar?« Darüber hatten sie noch gar nicht gesprochen.

»Sie wird für ein paar Jahre ins Gefängnis müssen, natürlich werden wir mildernde Umstände geltend machen.« Mel sah ihn bedauernd an. »Es ist irgendwie nicht fair. Aber Clara wirkt zufrieden auf mich.«

Toni sah Mel hinterher. Nein, fair war es nicht, aber das war das Leben sehr selten. Clara hatte sich zum Richter und Henker gleichzeitig ernannt, nun musste sie den Preis dafür bezahlen.

38

Um den Kopf freizubekommen, joggte Catarina oder fuhr mit den Inlinern am Meer entlang. Die salzige Luft, das Geräusch der an den Strand rollenden Wellen und der Blick aufs offene Meer beruhigten ihre Gedanken regelmäßig. Zeitgleich tat sie etwas für ihre Fitness. Dieses Mal lief sie bis an die Playa de Palma. Der Blick auf das neue Revier neben der lokalen Feuerwehrstation fiel kurz aus. Es gab auch nicht viel zu sehen. Wie ein Kind zwischen Erwachsenen lag der einstöckige Bau eingekesselt zwischen den hohen Hotels. Vielleicht würde sie aber auch an der Station am Meer arbeiten, die nur in den Sommermonaten besetzt war. Im Grunde spielte es keine Rolle, wobei sie am Meer wenigstens nicht auf einen Betonklotz sehen würde, wenn sie aus der Tür trat. Ihren Einsatzort würde sie bald erfahren. Offiziell war sie für eine Woche vom Dienst suspendiert, bis Anabel ihre Versetzung in die Wege geleitet hatte.

Ihr Handy klingelte. Der Blick aufs Display zeigte Davids Namen. Für einen Moment überlegte sie, das Gespräch nicht anzunehmen. Dann überwog ihre Neugierde. »Willst du mich nochmals beschimpfen?«

»Nein. Auch wenn ich nicht verstehen kann, wie du auf die Idee kommst, Pedro oder ich wären bestechlich.« Sie hörte ihn laut ausatmen. »Ich hätte mich nicht so aufregen sollen. Hat Toni dich deswegen aus der Abteilung genommen?«

»Weil du dich aufgeregt hast?«

David brummte zustimmend.

Catarina blieb stehen, stellte ein Bein auf die betonierte Strandmauer, bevor sie David antwortete. »Nein. Er will mich nicht mehr im Team haben, weil ich euch misstraut habe. Deshalb bin ich draußen. Außerdem hätte ich erst mit ihm sprechen müssen. Auch das wirft er mir vor. Dazu kommt noch mein Verdacht gegen Clara Munar, den ich nicht gleich geäußert habe. Auch da wirft er mir mangelnde Teamfähigkeit vor. Es passt einfach nicht.« Die Lüge ging ihr leichter über die Lippen, als sie befürchtet hatte. Vielleicht wäre sie doch für den Undercover-Job geeignet.

»Und wohin wirst du versetzt?«

Offiziell konnte sie es noch nicht wissen, also log sie auch an dieser Stelle. »Keine Ahnung. Vielleicht ja nach Manacor oder nach Inca.«

»Ist vielleicht auch besser so«, antwortete David.

Für einen Augenblick schwieg Catarina irritiert.

»Anabel hat dir Toni vor die Nase gesetzt. Jeder weiß, wer die Stelle bekommen hätte, wenn er nicht gekommen wäre.«

Nun wusste sie, wie er die Aussage gemeint hatte. »Ich habe sie aber nicht bekommen, das lag nicht an Toni. Anabel meinte, ich sei noch nicht so weit, eine Abteilung zu leiten. Und sie hatte recht, wenn ich mir das Schlamassel ansehe, das ich angerichtet habe.«

»Lass uns in Kontakt bleiben, ja?«

»Ja.« Normalerweise hätte sie die Zusage nicht ernst gemeint, doch um an Pedro ranzukommen, musste sie auch an David dranbleiben. Nach seinem Ausbruch war sie geneigt, ihm zu glauben, nicht bestechlich zu sein. Nun musste sie aber noch herausfinden, ob er Pedro deckte.

Sie wusste, was sie gesehen hatte. In gleichmäßigem Tempo joggte sie nach Hause. Schon seit Monaten hatte sie nicht mehr an Lucas Massot gedacht. Um sich selbst zu schützen, hatte sie jeden Gedanken an ihn beiseitegeschoben. War sie während der Ermittlungen durch ihre Gefühle befangen oder nachlässig gewesen? Hatte sie Fehler gemacht? Diese Gedanken hämmerten in ihrem Kopf, als ihr Telefon erneut klingelte.

Toni.

Er schien einen Riecher für ihre Gedanken zu haben. »Jefe, was gibt es?«

»Schön, dass du mich noch Chef nennst.« Toni lachte. »Was machst du gerade?«

»Ich gehe gerade die Stufen zu meiner Wohnung hoch.« Catarina hatte an diesem Tag nichts vor. »Warum?«

»Falls du Zeit hast, könnten wir schon heute über das weitere Vorgehen und den offenen Fall sprechen. Könntest du zu mir kommen?«

»Gib mir dreißig Minuten. Und schick mir deine Adresse aufs Handy.«

»In Ordnung. Danke.«

Catarina legte auf, schloss die Tür auf und ging auf direktem Weg unter die Dusche. Nach einem Blick in den leeren Kühlschrank beschloss sie, ohne etwas zu essen, loszufahren.

Zwanzig Minuten später klingelte Catarina an Tonis Haustür. Er öffnete und bat sie herein. Im Erdgeschoss roch es nach Pizza. Ihr Magen reagierte auf den Duft mit einem lauten Knurren.

»Hungrig?« Toni ging voraus in die Küche.

»Ja. Ich hole mir später etwas.«

»Setz dich«, bat Toni. »Ich mache dir die Pizza schnell warm.«

Fünf Minuten später biss sie in die aufgewärmte Pizzaecke. Augenblicklich beruhigte sich ihr Magen. »Danke. Ich habe gar nicht bemerkt, was für einen Hunger ich habe.«

»Gerne. Immerhin habe ich dich spontan hergebeten.« Toni setzte sich ihr gegenüber und schob ihr ein Glas Wasser über den Tisch.

»Wie ich schon sagte, ich möchte, dass du dich an der Playa de Palma umhörst. Unauffällig, und gib mehr Geld aus, als dein Gehalt offiziell möglich macht. Und das offen, damit es jeder mitbekommt. Du wirst mehr Geld ausbezahlt bekommen, als deine Besoldungsstufe zulässt.« Toni nahm die Akte, die an der Ecke des Esszimmertisches bereitlag. »An was erinnerst du dich noch bei den Ermittlungen?«

Catarina wollte sich die Akte nehmen, Toni zog sie weg. »Ohne nachzulesen. Aus deinem Gedächtnis.«

Gedankenverloren aß sie das Stück, nahm sich das nächste und überlegte, wie damals die Ermittlungen abgelaufen waren. »Manuel kam erst ein Jahr später. Bruno hatte die Leitung. Ich war noch recht neu, und die Ermittlungen übernahmen David und Pedro.« Das waren so weit die Fakten. »Wir waren alle entsetzt über die Nachricht. Anabel machte Druck. Ein ermordeter Kollege warf kein gutes Licht auf die Polizei, wenn der Täter nicht gefasst wird. Dann fühlen sich die Bürger nicht mehr sicher.«

»Kam dir irgendetwas merkwürdig vor?« Toni sah sie wachsam an. »Konzentriere dich. Alles kann wichtig sein.«

Sie leckte sich die Finger und wischte sich die Hand an ihrer Jeans ab. David hatte damals mit ihr geflirtet, da sie zu der Zeit aber mit Lucas ausgegangen war, blieben seine Versuche erfolglos. »Pedro und David ermittelten vor Ort. Ich habe nur die Fakten überprüft, aber nichts gefunden.

Und ich war sehr gründlich. Ich mochte deinen Halbbruder sehr.«

»Das kann dir auch den Blick verstellt haben«, gab Toni zu bedenken.

»Daran habe ich auch schon gedacht.« Catarina nagte an ihrer Unterlippe. »Es ging das Gerücht um, Lucas wäre in eine Schutzgeldzahlung geplatzt. Es gab aber keine konkreten Hinweise. Nur die Gerüchte.«

»Das wäre zumindest mal ein Anhaltspunkt.« Toni überlegte. »Bevor Anabel sich um deine Versetzung kümmert, habe ich noch eine Frage.«

»Schieß los.«

»Du bist dir der Konsequenzen bewusst?«

Es könnte gefährlich werden, das war ihr natürlich klar. Aber das konnte es in ihrem Beruf immer. Und wenn an der Playa de Palma Schutzgelder bezahlt wurden, um frühzeitig Warnungen über Razzien zu erhalten, dann würde sie das erfahren. »Ja, das bin ich.«

»Gut. Bevor wir alles in die Wege leiten, musst du mir versprechen, keine Alleingänge zu unternehmen und im Ernstfall sofort Verstärkung anzufordern.« Toni sah sie mit besorgter Miene an.

»Ich kann schon auf mich aufpassen«, sagte sie leichthin, um seine Sorge vom Tisch zu fegen. Sie war weder jung noch dumm und leichtsinnig auch nicht. Toni machte sich völlig umsonst Gedanken. Seine Unsicherheit machte sie wütend. »Traust du mir den Job nicht zu?«

Toni zögerte.

»Würdest du ihn mir zutrauen, wenn ich ein Mann wäre?« Nun war ihr der Appetit vergangen. Catarina stand auf. »Ich werde dir das Gegenteil beweisen.«

»Und genau davor habe ich Angst.«

Catarina blieb unschlüssig stehen.

»Du bist allein dort.« Toni hob die Hand und gab ihr zu

verstehen, sie solle sich wieder hinsetzen. »Vergiss das nicht.«

»Werde ich nicht, versprochen.« Catarina setzte sich. »Und jetzt gib mir die Akte. Ich muss mein Gedächtnis auffrischen.«

Ostersonntag

39

Die vergangenen Tage waren sehr ruhig verlaufen. Clara Munar durfte bis zur Verhandlung auf freiem Fuß bleiben, wie Toni bereits vermutet hatte. Pedro und David hatten den Papierkram zur Einbruchsserie erledigt. Obwohl es sich auf dem Papier unverdächtig las, blieb in ihm die Gewissheit, ein wachendes Auge auf Pedro zu werfen.

Die kleinen Reibereien zwischen Manuel und Bruno ließen nach. Offenbar hatte Bruno die Entscheidung seiner Tochter akzeptiert, ihre eigenen Wege zu gehen. Und für den Moment schien Manuel ihr Wegbegleiter zu sein.

Einzig der Gedanke an Catarina ließ Toni etwas unruhig sein. Er hoffte, seine Entscheidung nicht irgendwann zu bereuen.

»So nachdenklich?« Mel legte ihm die Hand auf die Schulter und griff nach seiner Kaffeetasse. Eine Angewohnheit, die er inzwischen lieb gewonnen hatte. »Ich bin gespannt, ob das Referenzschreiben meines Chefs etwas bewirkt.«

»Es ist nur eine Frage der Zeit.« Toni wusste, wie lange sich Dinge auf offiziellen Stellen hinziehen konnten. Aber es würde sich regeln. Und dann konnte niemand mehr Mels Einschreibung ins offizielle Register verhindern.

»Wann willst du los?«

»Wollte deine Mutter mit?« Toni hatte es ihr angeboten, doch Adelheid hatte eine Verabredung zum Frühstück bei ihrer Freundin Irene. Da die beiden Frauen täglich sehr früh aufstanden, um sich um die Katzenkolonie zu kümmern, fand auch das Frühstück schon zu Uhrzeiten statt, zu denen Toni an freien Tagen sich noch einmal im Bett herumdrehte.

Das Klingeln an der Haustür, gepaart mit Hundegebell, kündete Adelheids Besuch an. »Das erfahren wir gleich.« Mel ging zur Haustür. Der Mischlingshund stürmte herein, auf Toni zu und sprang an seinem Bein hoch. Toni tätschelte den Kopf des Hundes, was ihn nur noch ausgelassener werden ließ. »Dir fehlt es noch an Erziehung.«

Adelheid stand lachend im Türrahmen. »Das kannst du laut sagen. Ich habe uns schon in der Hundeschule angemeldet. Ab nächster Woche geht es für diesen Kerl und seinen Bruder los.«

»Dann behält Irene den Hund?« Mel sah neugierig zu ihrer Mutter.

»Ja, das tut sie, und ich bin im doppelten Sinne froh darüber.« Adelheid setzte sich an den Küchentisch. »Es wird ihr guttun, nicht mehr allein zu leben. Jetzt …«

Sie brach mitten im Satz ab. Toni verstand sie trotzdem. Die kleine Valentina hatte Leben ins Haus gebracht, nun herrschte Schweigen. Und die bevorstehende Inhaftierung von Clara machte die Situation für Irene noch schwerer. Sie verlor ihre Enkeltochter und musste sich von ihrer Tochter verabschieden. Zumindest für einige Jahre. Da konnte die Verantwortung für ein anderes Lebewesen nicht schaden, wenn es natürlich die Familie nicht ersetzen konnte.

Es war erstaunlich, wie die Munar-Frauen mit der Situation umgingen. Clara bereute nichts. Sie hatte nun ihren Frieden geschlossen. Und dieser Umstand erleichterte auch Claras Mutter. Natürlich hoffte Irene auf ein mildes Urteil.

»Wie geht es den beiden?«, hakte Mel nach.

»Irene begreift langsam, wieso Clara diese Tat begangen hat, obwohl es sie ins Gefängnis bringt.« Adelheid schob ein paar Toastkrümel auf dem Tisch zu einem Häufchen zusammen, bevor sie die Krümel auf Tonis Teller gab. »Die Rache gibt Clara im Nachhinein das Gefühl, alles für ihre Tochter getan zu haben. Das mag moralisch falsch sein, aber es schenkt ihr ihren Seelenfrieden.«

»Kommst du mit segeln?« Mel ging zum Kühlschrank. Sie nahm Käse und Tomaten heraus. Zwei Baguettebrote steckten bereits in einem Korb. Ebenfalls eine Flasche Rotwein. »Das reicht für drei.«

Adelheid überlegte. »Darf ich den Hund mitnehmen?«

»Auf gar keinen Fall.« Toni sah den lebhaften Kerl schon über Bord gehen. Einen Hund aus dem Meer zu fischen, war nicht das, was er sich unter einem entspannten Segelausflug vorstellte.

»Warum auch nicht?« Mel sah ihn an. »Oder spricht was dagegen?«

Adelheid erkannte den Widerwillen in seinem Gesichtsausdruck. »Ich würde ihn angeleint lassen. Und ich passe gut auf ihn auf.«

Toni merkte, wann er auf verlorenem Posten stand. »Egal, was er für Hinterlassenschaften produziert. Du kümmerst dich, verstanden?«

Adelheid lächelte. »Ich nehme das Körbchen mit, dann versaut er dir die Planken nicht.«

»Und wenn er über Bord geht, werfe ich dich samt Rettungsring hinterher.« Toni spürte, wie er lächelte, als er sich das bildlich vorstellte.

»Einverstanden.« Adelheid stand auf. »Dann packe ich mal zwei Würstchen für den Hund und Salami für uns ein.«

Mel verzog angewidert das Gesicht. »Muss das sein?«

Toni lachte nun schallend. »Ja, muss es. Der Hund kann nicht vom Käse leben.«

Adelheid grinste breit und zwinkerte ihm zu. Beide wussten, wer die Salami bekommen würde. Und der Hund war es definitiv nicht.

Eine Stunde später befanden sie sich auf dem Segelboot. Das gleichmäßige Tuckern des Motors beruhigte Tonis Gedanken. Der Hund lag friedlich unter Bord in seinem Körbchen. Er schien froh zu sein, nicht irgendwo allein sein zu müssen.

Bald könnte er Segel setzen, aber erst mussten sie aus dem Hafen von Santa Ponsa ausfahren. Der Blick auf die großen Jachten war beeindruckend, da fühlte man sich auf einem kleinen Segelschiff wie in einer Nussschale. Und trotzdem zog Toni ein Segelschiff den Motorjachten vor, wenn es um seine Freizeitgestaltung ging. Auf dem Meer liebte er die Ruhe, auf der Straße die Geschwindigkeit. Das mochte für einige Menschen ein Widerspruch sein, für ihn war es das nicht.

Sie passierten die Hafeneinfahrt. Toni schaltete den Motor ab, setzte das Hauptsegel, und der Wind blies es wie eine Kaugummiblase auf. Das Boot legte an Fahrt zu. Das Meer lag ruhig vor ihnen, der Himmel strahlte azurblau, und die kreischenden Möwen begleiteten sie mit ihren Rufen. Mel saß entspannt auf dem Sonnendeck, blinzelte in die Sonne und genoss offensichtlich ebenfalls den Ausflug. In diesem Moment wusste Toni, es war richtig gewesen, auf die Insel zu ziehen. Trotz des oft aufreibenden Jobs fanden sie an ihren freien Tagen zur Ruhe. Nun musste er nur noch den Tod seines Halbbruders aufklären. Aber diesen Fall würde er sicherlich nicht an diesem herrlichen Sonntag beginnen. Der gehörte ausnahmsweise seiner Familie.

Hintergrund zur Geschichte

Die eingemauerte tote Frau gab es tatsächlich. Sie wurde allerdings nicht bei den Renovierungsarbeiten in einem Hotel in Santa Ponsa aufgefunden, sondern in einem Hotel im Viertel El Terreno, am Stadtrand von Palma. Fakt ist auch, dass ihr Liebhaber sie im Streit erschlagen hat und er wegen der Verjährungsfrist nicht mehr verurteilt wurde.

Das habe ich mir zunutze gemacht, und meine Fantasie hat das Motiv ersonnen sowie den Charakter dieses Menschen. Ich habe noch ein paar Boshaftigkeiten dazugenommen, wie zum Beispiel die illegale Ferienvermietung.

Das war über viele Sommer ein großes Problem, weil gerade in den beliebten und strandnahen Wohnanlagen eben sehr viele Ferienwohnungen gekauft wurden, die nur wochenweise selbst genutzt werden. Was liegt näher, die Wohnung an andere Feriengäste zu vermieten und so etwas Geld zu verdienen? Generell spricht da nichts dagegen, wenn man eine Genehmigung einholt. Das tun nur sehr wenige, weil inzwischen für Wohnungen in solchen Anlagen keine zu erhalten sind. Es gibt viele Einwohner, die das ganze Jahr über in diesen Wohnungen leben. Und da ist es unangenehm, wenn morgens um vier Uhr grölend, singend oder auch nur laut lachend Besucher durch die Gartenanlage ziehen und man Nacht für Nacht aufgeweckt wird. Auf den Balkonen und Gärten wird weitergefeiert, man ist ja im Urlaub. Verständlich. Die milden Nächte, die lockere Stimmung. Doch ist das für diejenigen, die jeden Tag morgens aufstehen und zur Arbeit müssen, nicht zu ertragen.

Ich kenne solche Situationen ebenfalls. So kam vermutlich auch die Autorin in den Roman, die im Anschluss zu ihrer Mutter geht, um den Roman fertigzustellen.

Meist hilft ein Gespräch mit dem Mieter oder dem Eigentümer, aber es sind auch andere Fälle bekannt, wo auf das Wohlbefinden der anderen Anlagenbewohner keine Rücksicht genommen wird.

Diese Ignoranz ergänzte ich als eine weitere Charaktereigenschaft zu Iker Ribot.

Ich habe Iker Ribot wenig gute Eigenschaften angedeihen lassen, er musste ja genügend Feinde haben. Also kam noch die Katzenkolonie ins Spiel. Ebenfalls ein ewiger Streitfall auf der Insel. Die einen füttern die Tiere, und die anderen wollen sie am liebsten vergiften, was auch ab und zu vorkommt, obwohl freiwillige Helfer versuchen, durch Kastrationen die Population einzudämmen.

Es gab auch nicht wenige Immobilienbesitzer aus dem Ausland, die zu ihrem Ferienhaus reisten und das plötzlich bewohnt vorfanden. Ein altes Gesetz aus Franco-Zeiten bietet da ein Schlupfloch für die Hausbesetzer, die sogenannten Okupas. Das Recht auf menschenwürdiges Wohnen steht höher als der Eigentumsstatus, wenn es sich nicht um den Erstwohnsitz handelt. Die Gesetze ändern sich gerade, und es geht in Zukunft schneller, sein Recht durchzusetzen. Bisher musste man abwarten, bis ein Richter einen Räumungsbescheid ausstellte. Das konnte durchaus einige Monate dauern.

Gerade bei Bankimmobilien hat sich das als regelrechtes Geschäft entwickelt. Ganze – meist rumänische – Familienclans ziehen von Bankimmobilie zu Bankimmobilie, zahlen keine Miete, Strom und Wasser sind wegen der Instandhaltung des Gebäudes vorhanden und dürfen bei illegaler Besetzung nicht abgestellt werden. Also greifen die Banken teilweise tief in die Taschen, um die unliebsamen Bewohner loszuwerden. Leider führt das auch zu einem schlechten Ruf der rumänischen Bewohner innerhalb von Spanien, wobei natürlich nur ein kleiner Teil den Ruf aller ruiniert.

All die kleinen Begebenheiten ergeben dann das Potpourri für Tonis zweiten Fall, wenn man alle Zutaten gut durchschüttelt. Ich habe bewusst Corona im Roman ausgeklammert, da uns dieses Thema stets begleitet. Meine Absicht war, Sie gut zu unterhalten, und deshalb habe ich den Roman so geschrieben, als würde es das Virus nicht geben, um es wenigstens für die Lesezeit zu vergessen.

Und die Fährte, wohin es im nächsten Band geht, ist bereits gelegt. Ich würde mich freuen, wenn Sie Toni und sein Team auch weiterhin bei ihren Fällen auf Mallorca begleiten.

Ihre Elena Bellmar
aka Elke Becker

Danksagung

Nachdem Sie nun einiges zu den Hintergründen der Geschichte erfahren haben, möchte ich Sie erneut an der Entstehung des Romans teilhaben lassen.

Die Tätigkeit des Schreibens mag vielleicht eine einsame sein, wenn man allein vor dem Laptop sitzt und vor sich nur eine weiße Wand sieht. So ist das bei mir. Alles andere würde mich zu sehr ablenken. Da bin ich wohl ein zu neugieriger Mensch. Ich bewundere Autoren, die in einem Café am Meer schreiben können. Das bleibt mir verwehrt. Ich würde aufsehen, ein Segelboot entdecken und mich fragen, wer sich wohl darauf befindet, wohin sie fahren und wie diese Menschen in genau diesem Moment zueinander stehen. Oder ich würde einem Ehepaar hinterhersehen, das sich gerade böse Blicke zuwirft oder liebevolle oder argwöhnische. Da läuft mein Kopfkino sofort los, und an konzentriertes Arbeiten wäre nicht zu denken.

Natürlich kenne ich nach fünfzehn Jahren die Insel sehr gut, aber gerade was die Polizeiarbeit angeht, steht man oft vor neuen Herausforderungen.

Beispielsweise: Wie arbeitet die Mordkommission auf der Insel? Wer von den drei unterschiedlichen Polizeigruppen befasst sich überhaupt mit den Kapitalverbrechen? Die Policía Local? Die Policía Nacional? Oder die Guardia Civil? Und welche Einheit durchläuft welche Ausbildung?

Die Zuständigkeiten und alles, was mit dem Polizeiapparat zu tun hat, habe ich von wundervollen Menschen erfahren. Ich danke den Mitarbeitern aus den Polizeirevieren in Palma und in Sencelles sowie der Pressestelle der Guardia Civil, die mir jederzeit meine Fragen beantworten, wie zum Beispiel, welche Schnellboote werden bei Einsätzen verwendet, wie viele Pferdestärken haben die Motoren, und besitzt jeder Mitarbeiter der Guardia Civil eine Fahrerlaubnis?

Bei jedem Fall lerne ich Neues über die Struktur und die Zuständigkeiten der Polizei.

Auch an dieser Stelle muss ich gestehen, um die Geschichte um meinen Ermittler und um sein Team zu erschaffen, musste ich Kleinigkeiten in puncto Zuständigkeit in Palmas Stadtbereich anpassen. Man möge es mir verzeihen.

Besonders dankbar bin ich für das von Thomas Keilich initiierte Treffen mit dem Gerichtsmediziner Dr. Borja Moreno Vilchez, der bei einem mehrstündigen Gespräch in seinem Stammcafé dafür gesorgt hat, dass wir stets freie Tische um uns hatten. Seine bildhaften Erzählungen zu den unterschiedlichsten Todesfällen gruselten die anderen Zuhörer offenbar so sehr, dass sie schnell das Weite suchten. Da ich mit dem Rücken zum Innenraum des Cafés saß, habe ich das bei den spannenden Fotodokumenten mit ausführlicher Beschreibung gar nicht mitbekommen; im Gegensatz zu Thomas, der sich über meine Detailfreude wunderte, wenn ich erfahren wollte, wie man bei einer schon seit mehreren Stunden toten Person den Alkoholgehalt misst oder wie eine eingemauerte Leiche nach achtzehn Jahren aussieht. Für diese wertvollen Hinweise und die Freundschaft bedanke ich mich von Herzen.

Ich danke auch vielmals meinen kritischen Probelesern Alex Conrad und Lilly Antic, die mir viele wertvolle

Hinweise zur Geschichte geliefert haben, sowie meiner Schwester Andrea, die nur lacht, wenn ich zu einer Frage zustimmend nicke, obwohl ich gar nicht zuhöre, weil ich gerade mit meiner Geschichte beschäftigt bin. Natürlich führt das so manches Mal ins Chaos, weil ich mich nicht erinnere, einer Verabredung zugestimmt zu haben.

Dem ganzen Team der Literarischen Agentur Kossack danke ich für die wundervolle Unterstützung, für ihre Begeisterung für meine Geschichten und dafür, immer ein offenes Ohr für mich zu haben. Ihr seid toll!

Kerstin von Dobschütz danke ich erneut für das großartige Lektorat und die fruchtbare Zusammenarbeit. Herzlichen Dank an Greta Frank für ihre Unterstützung im Verlag. Ich freue mich schon auf die weitere Zusammenarbeit!

Mein besonderer Dank gilt jedoch Ihnen, meinen Lesern und Leserinnen. Sollten Sie sogar bis hierher gelesen haben, sieht es so aus, als hätte ich Ihre Aufmerksamkeit bis zum Schluss halten können. Das freut mich, denn Ihre Begeisterung ist der Motor, der mich als Autorin antreibt. Ich hoffe, Sie hatten schöne Lesestunden und haben die zweite Reise mit Toni Morales und seinem Team bis hierher genossen. Und ich würde mich freuen, Sie bald wieder in seine Welt auf Mallorca entführen zu dürfen.

Ihre Elena Bellmar
aka Elke Becker